우리는 SF를 좋아해

우리는 SF를 좋아해

심완선 지음 : 오늘을 쓰는 한국의
SF 작가 인터뷰집

김보영   김초엽   듀나

배명훈   정소연   정세랑

민음사

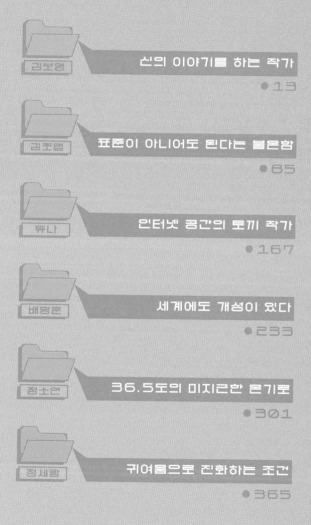

당신의 책을, 당신의 속도로

북극의 겨울은 낮에도 해가 뜨지 않는다. 햇빛이 없으니 달빛에 의지해야 하는데, 사방이 잘 보이지 않아도 누가 소리를 지르면 어디에 있는지 찾을 수 있다고 한다. 소리와 함께 크게 내뱉은 입김이 응결해 달빛을 반사하며 빛나기 때문이다. 사실인지 아닌지 모르고 출처도 잊었지만, 숨이 하얗게 빛난다는 이미지는 마음에 오래 남았다. 한 명이 내쉰 작은 구름이 어둑한 하늘에 잠시간 약하게 반짝이다 사라지는 모습이. 그리고 가끔 이 말을 떠올린다. "우리는 항상 어둠 속에서 더듬거리며 서로를 향해 다가가고 있습니다. 그러나 당신은 한번도 나와 무관한 존재가 아니었습니다. 당신의 생각도, 당신의 고독도."*

겨울의 날숨처럼 온기가 있는 문장은 다 읽은 뒤에도 한동안 허공에 남는다. 그런 글에는 살아 있는 이의 호흡이 담겨 있다. 우리는 타인의 글에서 타인의 삶을 보고 누군가 그곳에 있다는 점을 확인한다. 언어는 캄캄한 날에도 우리가 완전히 혼자는 아니라는 사실을 이해하는 유일한 수단이다. 글로 이루어진 연결은 불완전하더라도 견고하다. "우

---

* 알베르 카뮈, 장 그르니에, 김화영 옮김, 『카뮈-그르니에 서한집 1932~1960』(책세상, 2012) 144쪽.

리는 각자 자의식의 짐을 지고 혼자 걷는 사람들이지만 그 처지만큼은 다들 같다는 것, 그것을 우리는 타인의 글에서만 깨달을 수 있다. 그리고 그것은 우리가 바랄 수 있는 최대의 위안이다."* 위안의 정도가 결코 만족스럽지 못할지라도, 나는 이 문장에서 평생 책을 읽을 수 있으리라는 안도감을 얻었다.

책에는 정말로 간편한 해답도 확실한 구원도 없지만, 읽는 행위는 아주 많은 삶과 세계를 불러온다. "읽음을 통해서 우리가 간신히 희망할 수 있는 것은, 텍스트를 읽을 줄 아는 사람이 되는 것이다. 그리고 삶과 세계는 텍스트이다."** 우리의 삶이 텍스트라면 우리는 상호 텍스트로 연결되어 있다. 우리의 세계는 시공간을 넘어 상호 의존한다. 타인을 읽는 행위는 그 자체로 인용이고 받아쓰기다. 나는 다른 이들의 이야기로 나를 고치고 깁고 늘리며 살았다. 한번도 가보지 않은 장소의 풍경을 알고 있듯이, 나는 내가 살아보지 않은 삶을 안다. 연결된 텍스트가 늘어날수록 나는 다채롭고 거대한 모자이크가 된다.

독서는 혼자서는 발견하기 어려운 혼란과 즐거움을 선사한다. 그리고 SF는 무척 혼란스럽고 즐거운 장르다. "SF는 가능성을 그 자체로 제시할 수 있는 장르"*** 이므로, 여기에는 삶과 세계의 가능성이 폭넓게 펼쳐진다. SF에서는 종종 비인간은 인간적으로, 인간은 우주적

---

* 데이비드 실즈, 김명남 옮김, 『문학은 어떻게 내 삶을 구했는가』(책세상, 2014), 237쪽. 옮긴이의 말에서.
** 김영민, 「생각은 죽는다, '논어'도 죽었을까」, 《한겨레》, 2017. 9. 17.
*** 조애나 러스, 나현영 옮김, 『SF는 어떻게 여자들의 놀이터가 되었나』(2020)의 부록 「조애나 러스에게 묻다: SF 페미니즘 여성의 글쓰기」, 페미니즘 계간지 《퀘스트Quest》 1975년 여름호 인터뷰 중에서.

으로 확장된다. 아득하게 멀지만 놀랄 만큼 현실적인 세계가 묘사된다. 나는 화성의 중력에서 어떻게 걸어야 하는지 모르고, 외계인을 이웃으로 둔 적도 없고, 냄새로 말해 본 적도 없으며, 몸이 변이하거나 우주를 건너 연애를 하거나 과거 시간에 갇혀보지도 못했다. 하지만 여기서 어떤 이야기가 태어나는지는 안다. "우리는 SF를 통해 우리가 살아온 세상 너머를 목도하고, 그 뒤로는 현실의 빈틈을 인식하지 않을 수 없다. 가보지 않은 미래를 끌어당기고 존재하지 않았던 과거를 경험시키는 일은 소설이 본래부터 해온 일이지만, 여기서는 그런 일이 노골적으로 일어난다."* 그러니 바람직한 SF 독자가 할 일은 더 많은 이야기를 찾아 다음 책을 계속해서 읽는 것이다. 혼란과 즐거움을 만끽하며 낯선 텍스트를 소화하는 것이다.

　최근 SF를 읽기 시작했다는 국내 독자가 부쩍 늘었다. 특히 한국 SF 독자가 많이 늘었다. '나 SF 좋아해, 읽어봤는데 정말 좋았어, 한국 SF 재밌더라.' 이런 말을 심심찮게 만났다. 그래서 지금 한국 SF에 무슨 일이 일어나고 있는지 기록해야겠다는 생각이 퍼뜩 들었다. 오늘 이곳의 작가들이 무슨 생각을 하며 무슨 마음으로 쓰는지 정리하고 싶었다. 이들이 어디에서 걸으며 어디까지 갔는지, 무엇을 남기고 있으며 앞으로는 무엇을 추구할 것인지, SF 작가들의 현재 위치를 한 권의 책으로 만들어 단단히 매듭을 짓고 싶었다. SF 독자들이 다음 책으로 가도록 발밑을 받치고 싶었다. 각자의 모자이크에 SF 조각이 다양해지길 바랐다. 이를 통해 우리가 점점 서로를 참조하길 바랐다.

　그래서 현재의 한국 SF를 일별할 수 있도록 인터뷰 목록을 짰

---

* 심완선, 『SF는 정말 끝내주는데』(에이플랫, 2020), 11쪽.

다. 1990년대부터 2020년대에 이르기까지, 말하자면 SF 농도가 짙은 사람부터 옅은 작품까지, 세계에 집중하는 작가부터 인물에 집중하는 작가까지, 스펙트럼이 고루 분포하도록 신경을 썼다. 예를 들어 듀나는 1990년대에 활동을 시작했고, SF 농도가 짙고, 세계 중심의 이야기를 쓰는 작가다. 반대로 정세랑은 2010년에 데뷔했고, SF 농도가 비교적 옅고, 인물 중심의 이야기를 쓴다. 사실 이렇게 꼽다 보면 자리를 훨씬 촘촘하게 채울 수 있는데, 분량상 여섯 명밖에 소개하지 못해서 진심으로 안타깝다. 책이 많이 팔려서 다음 기획으로 이어지기를 바랄 뿐이다.

　인터뷰 질문은 각 작가를 총체적으로 살필 수 있도록 구성했다. 대개의 인터뷰가 신간 소개 중심이라 개별 작품 이야기에 치중한다는 점이 아쉬웠기 때문이다. 모처럼 긴 인터뷰를 할 기회인 만큼 작가의 작품 세계 전반을 다루려고 했다. 여러 작품을 통틀어 나타나는 주요 주제를 찾아 해당 키워드를 중심으로 질문을 만들었다. 그리고 인터뷰 앞뒤로는 공통 질문을 넣었다. 질문을 공유하는 과정을 통해 각 작가의 특징을 대조하려는 의도였다. 주로 한국, SF, 작가라는 세 가지 줄기가 교차하는 질문을 넣었다. "여러분은 SF 작가라는 직업인으로서 어떻게 일을 하나요?" "한국 SF라는 느슨한 울타리 안에서 어떤 가지를 뻗고 있나요?" "동시대 한국을 사는 사람으로서 어떤 생각을 하나요?" 그 결과, 당연한 말이지만 작가마다 다른 색깔의 글이 나왔다. 말투도 가치관도 작업방식도 다르고, 심지어 같은 질문을 던져도 다른 방향의 이야기가 진행됐다. 하지만 그러면서 한국 SF 작가라는 공통점이 묻어났다. 읽는 분들도 공통점과 차이점을 발견하며 읽어주시길 기대하고 있다.

인터뷰가 제각각으로 완성된 모습을 보며 "온 우주에 공통의 현재는 존재하지 않는다"[*]라는 말이 생각났다. 우리의 '현재'는 국지적으로만 존재할 뿐 우주 전체에 적용되지 않는다. 시간의 속도가 상대적이기 때문이다. 물체의 속도가 광속에 가까울수록, 중력에 영향을 받을수록 시간은 느리게 흐른다. 그러니 다른 여건에 놓인 물체는 다른 시간의 현재를 산다. 물리적으로 사실이고 문학적으로도 그렇다. 이 글을 읽고 계실 여러분은 모두 자기만의 속도로 시간을 여행하는 중이다. 언젠가 다다를 죽음을 향해, 막막한 우주에서, 자기라는 짐을 싣고 움직이는 중이다. 그러니 우리는 모두 자신을 위한 1인용 맞춤형 타임머신이다. "완벽하게 제작된, 우리 내부에 타고 있는 승객에게 시간 여행을 경험하게 해주는, 시간 여행, 상실, 그리고 이해를 경험하게 해주는 최첨단 장비를 갖춘 타임머신인 것이다."[**]

그리고 온전하고 아름다운 시간 여행을 누리기 위한 지침이 있다. 부디 미래를 근심하지 말고, 후회에 사로잡히지 말고, 앞을 향해 자기만의 속도로 유영할 것. 자신의 그림자가 움직이는 모습을 바라보며 때로는 경쾌하게, 때로는 완만하게 현재를 맛볼 것. 종종 낯선 책을 들여다보며 당신의 책에 담길 이야기를 고치고 깁고 늘릴 것.

가끔 숨을 내쉬며 서로를 확인할 것.

---

[*] 카를로 로벨리, 이중원 옮김, 『시간은 흐르지 않는다』(쌤앤파커스, 2019), 200쪽.
[**] 찰스 유, 조호근 옮김, 『SF 세계에서 안전하게 살아가는 방법』(시공사, 2011), 235~236쪽.

김보영

:신의 이야기를
하는 작가

김보영 읽기 좋은 때다. 김보영의 작품은 근래 초기작부터 차근차근 재출간되는 중이다. 이 인터뷰를 할 때는 김보영의 『다섯 번째 감각』과 『진화 신화』가 한창 출간 준비 중이었다. 둘 다 10년도 더 전에 나왔던 제목이지만 예전 책은 모두 절판된 상태라 독자로서는 그저 반가울 뿐이었다. 게다가 개정판이라니, 새로운 마음으로 읽을 수밖에.

2020년에 출간된 김보영의 단편집 『얼마나 닮았는가』에는 작가 문목하가 굉장한 해설을 실었다. 제목부터 "우주 예찬을 하고 싶어서 인간 세상에 방문한 중단편의 신"이다. 그의 표현에 따르면 『얼마나 닮았는가』는 수작으로 빼곡한 책이다. 하지만 아무래도 작품 사이에 편차가 있다 보니 전부 수작은 아니다. 「0과 1 사이」, 「세상에서 가장 빠른 사람」, 「얼마나 닮았는가」는 "(물론 이견이 있을 수 있겠지만) 수작이라 할 수 없다. 이 세 편은 걸작이기 때문이다. 목차를 보면 알 수 있듯이, 독자들이 걸작을 세 편 연속으로 읽다가 과도한 희열에 충격받지 않도록 중간중간 수작을 끼워 넣은 배려가 엿보인다."

정말 기억에 콱 박히는 제목이고 감명 깊은 글이었다. 아니, 어떻게 이렇게 호들갑스러운 표현을 100퍼센트 진심으로 할 수 있죠. 나는 문목하의 글에서 영업과 찬사의 새로운 경지를 보았다. 특히 중단편의 신이라는 말이 너무나 강렬했다. 덕분에 나도 몇 번 써먹었다. 김보영에게, 친애와 웃음을 담아서, "역시 신 님이셔서……." 등등으로. 신께서는 처음에는 어쩔 줄 몰라 하는 손사래를 쳤지만, 차차 신의 품격에 익숙해지는 모습을 보였다.

김보영은 한국 SF 역사에 이미 한참 전에 자기 이름을 올린 작가다. 조금 읊어 보자면, 1990년대부터 게임 회사 시나리오 라이터 및 기획자로 일하며 글을 게재하다가, 2004년 과학기술창작문예 공모전에서 「촉각의 경험」으로 중편소설 부문을 수상했다. 그리고 2013년 출간한 『7인의 집행관』으로 SF 어워드에서 장편소설 부문 대상, 2015년 발표한 「얼마나 닮았는가」로 중단편 부문 대상을 수상했다. 또한 현재 김보영은 해외에서의 실적을 책에 실을 수 있는 몇 안 되는 사람이다. 『당신을 기다리고 있어』를 비롯한 '스텔라 오디세이 트릴로지'와 『저 이승의 선지자』는 2019년 한국 SF 최초로 미국 및 영국의 하퍼콜린스 출판사에 판권이 수출되어 2021년 『I'm waiting for you and other stories』로 출간되었다. 이후 김보영의 초기작 「종의 기원」, 「진화 신화」 등을 수록한 단편집 『On the Origin of Species and other stories』가 2021년 미국 카야 프레스 출판사에서 출간되고, 전미도서상 번역서 부문 후보에 올랐다. 같은 해 『Whale Snows Down』은 로제타상 후보에 올랐다. 이외에도 김보영은 게임 기획자 경력을 살려 한국형 슈퍼히어로 단편집 『이웃집 슈퍼히어로』, 행복하지 못한 학교생활을 시대별로 모은 단편집 『다행히 졸업』, 게임회사 이야기 등을 담은 '하이퍼리얼리즘 게임소설 단편집' 『엔딩 보게 해주세요』 등을 기획했다.

　　그리고 농담으로 말했지만 김보영은 정말로 신의 이야기를 하는
사람이다. 작가로서 김보영은 신의 길을 걷는 존재의 이야기를 한다. 긴
경력만큼 오래 숙성된 화두다. 김보영의 소설에 등장하는 인물들은 종
종 하나의 근원적인 물음을 쫓는다. 구도자처럼 가진 바를 하나씩 내
려두고 마지막 하나의 질문을 남긴다. 「지구의 하늘에는 별이 빛나고 있
다」의 화자는 "지구의 하늘에는 별이 빛나고 있다."라는 문장에 천착하
고, 「땅 밑에」의 화자는 죽음을 예견하면서도 "아래로" 가라는 표시를
따른다. 『7인의 집행관』의 화두는 '내가 나라면'이다. "내가 나라면, 기
억을 잃고도 지식과 지력을 잃고도, 사고능력과 판단능력과 신체능력
과 경험을 포함해서 나를 규정하는 모든 것을 잃고도, 누구의 기억을
갖고 어떤 인격을 갖든, 어떤 모습으로 어떤 인생을 살든 내가 내 근원
에서 나온 나 자신이라면, 내게서 무엇을 없애든 '나'를 없애지 못한다
면, 내가 누군지도 모르는 채로도 나를 유지한다면."*

　　목적지에 도달하거나 정답을 찾는다고 하여 이들에게 어떤 보상
이 주어지지는 않는다. 작가 김보영이 "무위(無爲)로 쓴다."라고 말했듯,
이들도 그저 무위로 나아간다. 자신을 사로잡는 하나의 말에 매달려 깊
이, 더 깊이 향하는 것이 이들에게 어쩔 수 없이 삶이고 살아 있는 방식
이기 때문이다. '나'를 찾아 오롯해질수록 이들은 한없이 근원으로 흘러
가 자신이라는 우주의 제1 원인이 된다. 「몽중몽」은 꿈(삶)이 거듭될수
록 화자인 여몽(如夢)이 근원적인 존재임이 드러나는 이야기다. 「진화
신화」는 모습이 변해도 나로서 계속 사는 나의 신화다. 그리고 이들과
는 조금 다른 이야기지만, 『천국보다 성스러운』의 영희는 평범한 여자

---

*　김보영, 『7인의 집행관』(폴라북스, 2013), 7쪽.

18

인 동시에 신이 깃든 존재다. "그녀는 신의 파편이었고 신의 의지였다. 무엇이든 선택할 수 있었고, 어디로든 가고 무엇이든 할 수 있었다."[*] 그렇게 살다 보면, 비록 인간으로서의 자신은 한낱 꿈처럼 사라지더라도 존재는 한순간에 영원히 남는다. "슬퍼하지 마라. 망각은 너를 지우지 않는다. 죽음 또한 너를 지우지 않는다. 사라지는 것은 없다. 너는 홀로 온전히 존재하며 존재한 순간에 영원히 머문다. 네가 살아온 날들을 아는 이가 없다 할지라도, 네가 살아간 흔적이 아무것도 남지 않는다 할지라도, 네가 존재한 순간은 바람과 햇빛과 구름이 세상에 한순간 머물다 사라졌을 때 그러하듯이 찬란하게 빛난다."[**]

'나'의 삶은 '남'의 삶, 남들의 삶, 우주 전체의 삶으로 이어진다. 김보영이 보여주는 우주는 생명 있는 존재로 가득하다. 이를 가장 직접적으로 이야기하는 작품은 「저 이승의 선지자」다. 선지자들은 본래 나와 남의 경계가 흐린 부정형의 존재다. 이들은 일종의 가상현실인 하계를 만들어 우리 같은 개별자로서의 삶을 체험한다. 이들에게 정체성 따위는 하계에나 존재하는 개념이고, 자신과 타인을 완전히 구분해 생각하는 것은 '타락'의 증상이다. 명계는 진짜고 하계는 가짜다. 합일은 옳고 분리는 그르다. 그러나 선지자 나반은 명계의 자신뿐만 아니라 천변만화하는 하계의 자신을 모두 긍정한다. 그렇기에 '합일'되지 않은 상태, 즉 나와 다른 타자를 긍정한다. "나는 생각했다. 그때 내 혈관과 신경계를 흐르던 화학물질마저도 나 자신이며 내 일부라고, 쏟아지는 빗줄기도 내가 서 있던 그 거리도 밟고 선 땅도, 그 세상 전체도, 나와 함께했

*　김보영, 『천국보다 성스러운』(알마, 2019), 92쪽.
** 　김보영, 「스크립터」, 『다섯 번째 감각』(아작, 2022), 292쪽.

던 그 사람도 나고 내 일부라고. 그러니 그 모두가 현실이라고. 아아, 그러나 그 무엇보다도, 그는 타인이기에 의미가 있다고. 내가 만나는 무엇 하나 내가 아니기에 내가 사랑하고 연민하며, 내 삶을 다 바칠 수 있는 것이라고."*

더불어 김보영의 소설은 추상적인 주제를 이야기할 때조차 설정이 단단하다. 중간에 뜬구름 잡는 소리가 나오지 않도록 세계가 규칙에 따라 정돈되어 있다. 소설이 SF로서 만족스러운 이유다. 지구가 아닌 세계를 다루는 「새벽 기차」, 「지구의 하늘에는 별이 빛나고 있다」, 「땅 밑에」 등은 과학적으로 계산된 이야기다. 「종의 기원」과 『미래로 가는 사람들』의 배경을 이루는 과학도 상당히 밀도가 높다. 현실의 과학으로 설명하지 못할 이야기일 때에도 논리적 정합성이 있다. 「다섯 번째 감각」은 청각이 없는 세상이기에 사람들이 청각적 관용어를 쓰지 않는다. 「스크립터」에서는 대화를 통해 상대방이 프로그램인지 인간인지 가리려 하기에 대사 하나하나에 공이 들어갔다. 이처럼 김보영의 소설은 부산물을 신중하게 걷어내고 주제에 집중하기에, 마지막의 에피파니에 이르면 건조하고 순도 높은 아름다움이 나온다.

인터뷰는 강원도에 있는 김보영의 자택에서 이루어졌다. 나는 예전에 그곳에서 『7인의 집행관』에 관해 글을 쓰며 자아와 몰아를 붙잡고 있기도 했고, 우주 제일 맛있는 피망을 얻어오기도 했다. 덕분에 갓 딴 피망은 하나도 안 맵고 향긋하다는 사실을 알았다. 우리는 인터뷰 중간중간 자리에 난입하는 고양이를 어르고 예뻐하며 쉬었다.

───────────

* 김보영, 「저 이승의 선지자」, 『저 이승의 선지자』(아작, 2017), 196쪽.

사실이

아니어도

진실이고

진심이어야

한다고

작가 생활에 대해서 이야기해 볼까요. 작가로서 경력이 이제 거의 20년이 되셨잖아요. 자기만의 일하는 방식을 찾으셨을 것 같아요. 작업 공간은 어떤지, 작업 시간은 어떤지 궁금합니다.

저는 아무 때나 아무 데서나 합니다. 굴러다니면서 쓰는 편이라 한 군데 앉아서 하지 않아요. 게임 회사를 다니는 바람에 이렇게 되었어요. 제가 처음 들어간 회사가 자리에 칸막이도 없고, 제 자리가 문 바로 옆자리인 데다가, 판옵티콘처럼 다 보이도록 동그랗게 앉아 일하는 환경이었거든요. 글을 쓰는 내내 전 팀원이 옆을 지나다녔고 뒤에서 문장을 소리 내어 읽으며 놀리기도 했어요. 그렇게 1년 일하고 나니까 아무 데서나 쓸 수 있게 되더군요.

작업 시간도 시기별로 달라요. 요즘에는 하루에 두 시간은 꼬박꼬박 쓴다고 생각하며 일해요. 많이 할 때는 두 시간을 두 번 하고요. 더 할 때도 있는데 집중한 네 시간이 오래 붙든 여덟 시간보다 결과가 좋다고 느껴요. 그리고 두 시간 한다고 생각하지 않으면 하지 않는 날이 생겨요. 두 시간은 어떻게든 낼 수 있고요. 그리고 많이 자요. 저는 잠드는 데 오래 걸리는 편이라 누워서 계속 상상을 해요. 하지만 상황이 달라지면 또 방식이 달라지겠지요.

매일 글을 쓰기 위해서 작용하는 동력이 있나요?

동력이 필요할까요? 글쓰기보다 재미있는 일이 없는데. 저는 오히려 글에 너무 빠져 있지 않으려고 애쓸 때가 많아요. 글은 문자가 아니라 삶에서 나오는 것이라, 사실 독서를 해도 영화를 봐도 글쓰기보다 재미있지 않아요. 그렇다고 글에만 빠져 있으면 아는 게 없어지고 쓸 것이 없어져요. 일상을 살고 다른 것을 많이 보아야죠. 반대 방향의 노력이죠.

다른 걸 보려고 노력한다면, 무엇을 어떻게 보시나요? 어떤 취미 생활이 있는지 궁금합니다.

책 보고 만화 보고 영화 보고 게임 하고, 다 그렇지요. 기깨 있는 글을 써야 하면 기깨 있는 작가의 글을 읽고, 온화한 글을 써야 하면 온화한 작가의 글을 보고, 문장을 잘 써야 할 때는 문장을 잘 쓰는 작가의 글을 보지요. 그래서 그 작가의 기운을 받으려고 해요.

글을 쓸 때 시작하는 지점이 사람마다 다르잖아요. 보영 님은 어디서부터 시작하시나요?

저는 첫 장면을 미리 많이 써둬요. 이야기를 구상하면 보통 첫 장면을 떠올리니까. 어느 때는 다음 장면까지 써요. 어떤 글은 세 번째 장면까지 쓰고요. 그런 조각을 쌓아 두었다가 어느 날 조각을 하나 골라 집필에 들어가요. 그래서 저는 옛날에 써 둔 서두로 글을 시작하는 경우가 많아요. 하지만 첫 장면이 흥미로워도 정말 좋은 글감이었는지는 써 봐야 알 때가 많아요. 다 쓴 다음에 '재미없잖아!' 할 때도 있고요. 그래서 예전에는 다 쓰고 폐기할 때가 많았어요. 지금은 그러기 어려우니 쓰기 전에 더 많이 생각하지요.

글을 완성하기까지 제일 고통스러운 순간은 언제인가요?

글을 쓰는 게 뭐가 힘들어요. 쓰지 못하는 것이 힘들죠. 앞으로는 어떻게 될지 모르겠지만 지금까지는 그게 제일 고통스러웠어요. 학교와 직장을 다닐 때도 글을 못 쓰니 힘들었고, 글이 돈이 안 됐을 때는 다른 일을 하느라 힘들었고, 집안에 일이 생기면 그 일에 매여 있느라 힘들었지요. 내 시간이 온전히 내 시간이면 좋죠. 많은 사람이 그러기를 바라겠지만 삶이 그렇지가 않잖아요. 정말 많은 작가들이 생계를 위해 겸업을 하고 있고요. 육아하는 분들은 아이가 어린이집 간 사이에 글을 쓰고, 아이가 돌아오면 다시 일상을 해야 하죠. 제 생각에는 일상을 사는 게 힘들지, 창작의 고통은 그에 비하면 대단하지 않아요.

지금은 전업 작가잖아요. 전업으로 창작을 계속해서 좋은 점이 있을 것 같아요.

저는 전업이라는 말뜻을 잘 모르겠어요. 내가 번듯한 직장에 다니면 겸업이고, 아르바이트만 하면 전업일까요? 어차피 먹고사는 문제는 늘 다른 일로 해결해 왔는데요. 지금은 소설로 얻는 수입이 커져서 글에 집중할 수 있는 시간이 커졌고, 그게 전업이라면 맞는 듯해요. 그렇게 보면 행복하다면 행복한 시기라고 생각해요. 그러지 못해서 힘들었으니까요.

저는 어릴 때부터 작가 이외의 다른 직업을 원하지 않았어요. 그런데 왜 그렇게 피해 다녔을까, 왜 그렇게 시간을 낭비했을까 싶어요. 하지만 회피하던 당시에는 알 수가 없었겠죠. 어떤 사람은 이렇게 태어나는 것 아닐까요? 태어나 버렸으니 이렇게 살아야죠. 작가가 될 수 있었던 많은 사람들이 창작을 포기하고 다른 직업을 택하잖아요. 소설은 보통 생계를 보장해 주지 않으니까요. 그리고 저는 내내 출간이 불가능한 소설을 쓴다고 생각하며 살았고요.

출판 기획도 여러 번 하셨어요. 게임업계 관련 작가들의 게임 관련 단편집 『엔딩 보게 해주세요』나 한국형 슈퍼히어로 단편집 『이웃집 슈퍼히어로』, 『근방에 히어로가 너무 많사오니』, 아니면 학창 시절이 괴로웠던 작가들의 소설을 모은 『다행히 졸업』 등이 있었죠.

게임 회사에서 기획자를 했어요. 게임 기획의 시작은

'어떤 취향의 누구에게 팔 것인가?'거든요. 그런데 출판계로 와보니 그 생각을 많이 안 하시더라고요. 독자가 만 명이면 취향이 만 가지라고요. 그리고 독자는 만 원을 주고 책 한 권을 사야 하잖아요. 모든 독자가 모든 책을 살 수 없어요. 그러면 취향이 맞는 독자를 잡아야죠. 'SF'는 범위가 너무 넓어요. 그건 '소설집'이라는 것과 거의 차이가 없어요. 타깃팅은 훨씬 더 세밀하고 좁아야 해요. 약간만 기획을 해도 훨씬 잘 팔릴 텐데 싶었어요. 게다가 책 기획은 게임 기획에 비하면 자본도 인력도 거의 안 드는데 말이죠. 기다리고 기다리다 '그냥 내가 하자.' 하고 시작했죠. 그랬더니 출판사도 작가들도 반응이 좋았어요. 이전의 다른 책에 비해 판매도 잘 되고, 화제도 되고, 기사도 많이 나가고요. 기획을 정확히 알리고 시작하니 참여하는 작가분들도 좋아하셨어요. "내가 그 주제 좋아하는데!" 하며 기꺼이 와주시더군요. 이제 돌아보니 요즘 앤솔러지는 대개 테마가 있는 기획작이더라고요. 내가 첫 물방울을 떨어뜨리지 않았나 하며 기뻐하고 있죠.

글을 쓰는 과정에서 혼자 하는 사람이 있고 다른 사람의 피드백을 적극적으로 구하는 사람이 있잖아요. 보영 님은 어떤 쪽인가요?

예전에는 봐주는 친구가 있었는데 요새는 편집자가 보는 게 다예요. 그냥 제 눈을 믿는 편이에요. 제가 보기에 부족한 글을 낼 때는 있어요. 계약은 했고 마감을 어길 수는 없으니까. 하지만 적어도 내가 글을 내놓은 글이 좋은지 나쁜지 착각하지는 않는다고 생각하는 편이에요. 물론 다 주관적인 이야기죠.

인터넷에 자기 글에 대한 반응을 찾아보는 일은 없나요?

찾아보죠. 그런데 공격은 거의 없어요. 악플은 유명세에 따라오는 건데, 욕하기엔 제가 매니악한 위치인가 봐요. 제 자리가 지금과 달라지면 양상도 달라지겠죠. 악플이 있는 경우는 내가 보기에도 글이 부족한데 내놓은 경우에요. 그럴 땐 악플을 봐도 '나도 알고 있어.' 싶죠.

소설을 쓸 때 중요하게 생각하는 점은 무엇인가요?

진실해야 한다는 생각을 많이 해요. 글은 사실이 아니어도 진실이고 진심이어야 한다고. 사실 내가 쓴 이야기라도 그 내용이 내 가치관과 정확히 일치하는 것도 아니고, 소설 속 인물과 나는 별개지요. 소설은 결국 가짜니까요. 그렇더라도 글을 쓰는 순간만큼은 그 이야기가 내게 진짜여야 하는 거죠. 쓰는 동안에는 인물이 사랑을 하는 게 아니라 내가 사랑을 하는 거예요. 물론 다 거짓말이죠. 하지만 쓸때 내가 진짜라고 믿고 쓰지 않으면 읽는 사람 누구에게도 진짜가 되지 못하리라고 생각해요. 내가 이 소설을 쓰며 느끼는 그대로를 독자가 느낄 거라고 믿고 써요. 만약 내가 이 글로 치유를 받았으면 치유 받는 사람이 있을 것이고, 내가 쓰기 싫어하면서 쓰면 독자도 지루해하고 힘들어한다고. 그래서 늘 진심으로 쓰려고 하죠. '이 문장이 지금 나에게 진짜인가?' 그걸 매 순간 검토하죠.

다른 작가를 보며 '이렇게 쓰고 싶은데 부럽다.' 하는 점 있나요?

나한테 없는 걸 가진 사람이 다 부러운데요. 아는 게 많은 사람은 부럽죠. 이야, 저 사람은 새로 공부 안 해도 되겠다 싶어서요. 쓰는 속도가 빠른 사람도 부럽죠. 속도는 중요해요. 웹소설도 속도를 지키니 독자가 좋아해 주잖아요. 출판 소설도 어느 정도 그렇고요. 작가가 독자를 계속 만나야 하는데 글이 느리면 그만큼 잊히기 쉽지요. 하지만 생각해 봤는데, 제가 정말 속도를 원했으면 속도를 택했겠죠. 포기한 거예요. 빨리 안 써지니까. 그렇게 생각하면 나는 내가 가장 원하는 방식으로 쓰는 셈이겠지요. 내가 지금의 나보다 더 재능 있는 사람이면 좋겠지만, 그럼 다시 태어나든가 해야죠. 어쨌든 나는 나로 살아야 하니까.

'나다운 글'이요. 그러고 보면 작가의 대표작이라는 건 그 작가의 면모를 다 담아낸, 특징이 잘 드러나는 책이라고 생각합니다. 스

스로 대표작이라고 여기는 작품이 있나요?

『종의 기원』하고 『미래로 가는 사람들』. 이건 제 초기
작인데요, 둘 다 다시 쓰기 힘든 소설이에요. 『종의 기원』
은 지독하게 긴 시간을 들여 썼어요. 지금은 중편 하나에 그
렇게 시간을 많이 들일 수가 없어요. 오히려 소설가가 직업
이 아니었으니 가능했던 일이지요. 『미래로 가는 사람들』은
다음 문장이 어떻게 전개될지 모르는 채로 따라가듯이 썼
는데도 거의 퇴고할 것도 없이 끝난 소설이에요. 그건 또 그
앞에 『종의 기원』을 긴 시간을 들여 준비했기 때문에 가능
한 일이었다고 생각해요. 둘 다 지금은 그렇게까지 하기 어
려워졌어요. 혹시 상황이 되어서 몇 년쯤 여유를 두고 한 편
을 쓸 수 있다면 가능할지도 모르겠어요.

**과거에 글을 쓰던 자신과 지금의 자신은 다른 사람이잖아요. 달라
졌다고 느끼는 부분이 있나요?**

예전보다 편하게 써요. 과거에 비해 불안이 많이 없어졌
으니까요. 예전에는 '내가 소설을 쓸 수 있을까?', '내가 이
소설을 낼 수 있을까?', '낸다고 해도 이걸로 먹고 살 수 있을
까?' 하는 고민으로 시간을 보냈지요. 다 청년 시절의 불안
이네요. 그런데 지금은 제 마음대로 써도 출간될 것 같고. 그
래서 '정말 자유롭게 써볼까, 그래도 괜찮지 않을까?' 싶기

도 해요. 하지만 그건 알 수 없죠. 듀나 님이 말씀하셨듯이, 절대적 자유 아래에서는 시시한 것이 나오기 쉬우니까요.

똑같은 불안을 많은 사람이 겪고 있을 것 같아요. 모두가 이렇게 편안하게 될 수는 없을 테고요. 그런 분들에게 하고 싶은 말이 있다면?

정말 어렵네. 우리 눈에 띄는 사람은 다 성공한 사람들, 잘된 사람들이잖아요. 그 사람이 어떻게 잘됐는지 말해 봤자 똑같은 방식으로 해서 안된 사람이 훨씬 많을 테죠. 결국 자신이 원하는 길을 가야 한다고밖에 못 하겠어요. 만약 글을 쓰는 게 괴롭다면 안 쓰는 게 맞고, 안 쓰는 쪽이 더 괴롭다면 써야 하고요. 그리고 그 선택을 후회하지 않았으면 좋겠어요. 어떤 길을 갔든 다 가치가 있다고요. 과거에 어떤 길을 택했든 그때 그 길이 가장 행복하기에 그리로 갔다고 믿으면 좋겠어요. 작가 안 되면 어때요. 소설 안 쓰면 어떻고. 소설가가 됐다고 해도 잘나가는 작가가 안 되면 또 어때요. 소설가가 되는 것도 굉장한 행운인데.

앞으로 어떤 작가가 되고 싶은지, 어떻게 읽히고 싶은지 바라는 바가 있으신가요?

지금 상태로, 지금 느낌으로 계속 쓸 수 있으면 좋겠어요. 사실 저는 작가로서 재능이 있는지 확신하지 못해요. 내가 어떻게 쓰는지 아무도 모르잖아요. 글이 '뚝딱, 짠!' 하고 나왔으면 좋겠는데 그렇지 않다는 걸 내가 알아요. 온 갖 삽질과 무수한 수정과 기적 같은 우연으로 작품이 나오 지요. 하지만 내가 나를 확신하지는 않아도 세상에 나온 내 소설은 확신하고, 그 확신이 계속 있었으면 해요. '내 소설 은 세상에 존재해도 괜찮다.' 하는 확신이요.

중학교

교과서부터

시작했습니다

보영 님 작품 중 「진화 신화」가 영문으로 번역된다는 소식을 들었을 때를 기억해요. 2015년에 한국 작가 최초로 미국의 대표적인 SF 웹진 《클락스월드 매거진(Clarkesworld Magazine)》에 작품을 게재한다는 소식이었습니다. 잘됐다, 신기하다고 생각했어요. 그런데 2019년이 되자 『당신을 기다리고 있어』 등 다른 작품이 미국 최대 출판그룹인 하퍼콜린스에 판권이 팔렸다고 뉴스가 났어요. 이렇게 출간된 『I'm Waiting for You: And Other Stories』가 미국 공영 라디오(NPR, National Public Radio)에서 '2021 올해의 책(Books We Love)'으로 선정되기도 했습니다. 그리고 미국 카야 프레스에서 「종의 기원」 등을 포함한 영문 단편집 『On the Origin of Species and Other Stories』가 2021년에 드디어 출간됐고요. 이 책은 전미도서상 번역부문 후보에 올랐습니다. 이제 책을 내면 외신에 실린 평을 추천사로 싣는 작가가 되셨어요. 예전과 비교해 달라진 점이 있나요?

많은 것이 변했어요. 예전에는 지면이 없을 때가 많았어요. 지면이 있어도 원고료가 너무 적어 글을 못 쓰고 다른 일을 할 때가 많았어요. 그때 장르 지면은 중단편 하나에 10만 원에서 30만 원을 줬거든요. 저는 쓰는 속도가 느렸고요. 2014년에서 2015년 사이의 2년간은 낸 소설이 없어요. 게임 기획 외주를 했지요. 아예 그쪽으로 돌아갈까도 싶었지요. 그때 제 책은 대부분 절판이었고 어차피 희망이 없어 보였거든요. 하퍼콜린스에 작품이 팔렸다는 기사가 난 다

음부터 의뢰가 계속 들어왔어요. 2024년까지 할 일이 잡혀
있는데 다 그때 들어왔어요.

그리고 일단 영어권으로 나가니까 다른 나라에서도 연
락이 와서, 수입이 계속 생기더군요. 이전에는 글을 써서
어떻게 사나 의문이었는데 이렇게 버는 거였구나 싶어요.
SF 작가로 살기 힘들었던 이유를 이제 알겠어요. 한국에서
SF 드라마나 영화를 만들지 않으니까 2차 판권이 팔리지 않
았고, 작가들의 주요 부업인 강연을 여는 쪽에서는 장르 작
가를 찾지 않고, 더해서 번역도 안 해주니 부수입이 없었던
거죠.

**이제는 다른 분들의 책도 해외에 꽤 번역되고 있잖아요. 어떤 책
이 해외에서 선호될까요?**

어떤 책이 잘 나간다고 통계가 나올 만큼 많이 번역되
진 않은 것 같고, 제가 상황을 다 알지 못하네요. 대신 저한
테 왔던 의뢰를 보면 한국적 색채가 있는 SF를 찾더라고요.
『저 이승의 선지자』가 한국인에게도 마이너한 글인데 번역
된 점도 그렇고, 「진화 신화」가 제일 먼저 나간 것도 그런 면
이 있지 않나 해요. 전에 연락을 받아서 한국적 색채를 지닌
작품을 찾아봤는데, 의외로 찾기 힘들었어요. 한국도 많이
서구화된 데다가 우리는 '미래'라고 하면 지금보다 더 서구
화된 미래를 상상하니까요. 내 눈에는 한국적인 작품도 서

양과 비슷하다고 하더군요. 네, 세계가 비슷해졌지요. 그리고 번역이 쉽고 웹에서 바로 볼 수 있는 짧은 글을 찾는데, 한국 소설은 기본적으로 길다는 문제도 있었고요. 물론 제 경험이 전부는 아니겠지만요.

현재 한국의 SF라고 할 만한 흐름은 비교적 최근에 만들어진 것 같아요. 한국 SF 자체는 1920년대부터 있었지만 중간에 단절이 있고요. 정말 한국다운 SF는 21세기에 제일 활발하게 만들어지고 있지 않나 싶습니다.

제가 거의 처음 본 한국 SF 작가가 듀나와 김주영인데, 두 분 다 한국적이어서……. 그 이전에 본 한국 SF는 만화였는데, 모두 한국 배경에 주인공이 한국인이었어요. 제가 아기 때 본 만화부터 그랬기 때문에 그 문제는 아리송하네요. 오히려 지나치리만큼 강박적으로 한국인이어서, 저는 어릴 때부터 서사의 주인공은 꼭 한국인이어야 하는 줄로만 알았어요. 제가 처음 본 만화가 고유성 화백의 『로보트킹』이었는데, 로봇에 타기 전에 굿을 하고 제사를 지냈다고요.

단지 해외에서 찾는 '한국적인' 느낌은 우리가 생각하는 한국과 결이 다른 느낌이 들어요. 넷플릭스에서 나온 한국 드라마 「오징어 게임」에는 우리가 어릴 때 하던 놀이가 나오잖아요. 우리 생각에는 흔한 것인데, 외국인에게는 독창적으로 보이는 거죠. 하지만 이게 간단하지 않네요. 해외에 소개하려면 한국에서 먼저 반응을 얻을 필요가 있는데, 한국인에게 한국적인 것은 흔해 보이지 신선해 보이지 않잖아요. 그렇다고 그걸 의도해서 만들려고 하면 또 이상해지겠지요. 그렇게 보면, 스트리밍 서비스가 '한국에서 먼저 반응을 얻어야 한다.'라는 단계를 없애 주고 있기는 하네요.

보영 님이 데뷔했을 때, 그러니까 2000년대 초반의 한국 SF 동네를 기억하고 계시잖아요. 그때는 만날 수 있는 작가도 작품도 지금보다 훨씬 적었죠. 지금은 절대 동네라고 하지 못할 규모가 되었고요. 변화를 겪으면서 체감하는 바가 있으실 듯도 한데요. 한국 SF의 장 안에서 어떤 영향이나 변화를 느끼는 점이 있나요?

듀나의 존재를 알았을 때 많이 위로받았어요. 더 빨리 알았다면 조금 덜 절망하며 살지 않았을까 싶어요. 2002년에 제가 인터넷에 올린 단편을 보고 누가, "너 듀나 알아?" 하고 묻더군요. "누군데?" 하니까, "지금 네가 쓴 것 같은 소설 쓰는 작가야." 라고 했어요. 그때 처음 듀나의 소설을 읽었어요. 읽고 나니 안심이 되더군요. '내 작품도 출간될 수 있겠구나.' 하는 기분이 들었어요. 듀나를 만나기 전까지만 해도 불가능하다고만 믿고 살았어요.

제가 데뷔했을 무렵에는 한국에 가시적으로 활동하는 SF 작가의 수가 많지 않았지요. SF를 쓰는 사람들은 더 많았다고 생각해요. SF 작가로 정체화한 사람이 적었죠. 그러다 보니 성향이 다른 작가들을 한데 묶어 해석하려고 했다고 생각해요. 저는 좀 무리였다고 봐요. 문단 작가 아무나 무작위로 골라 공통점을 찾으려는 시도와 비슷했을 거예요. 지금 시장은 충분히 커져서 작가를 개별적으로 볼 수 있지요.

SF를 쓰면서 보영 님은 과학적 또는 이론적 측면을 어떻게 채우시나요? 과학적인 아이디어가 기반이 되는 작품, 예를 들어「종의 기원」등은 상당히 노력이 많이 들어갔으리라 보입니다. 게다가 독자 질문을 듣다 보면 생각보다 많은 분이 SF 작가가 소설과 과학을 어떻게 융합하는지 궁금해하시더라고요. 설정을 만들거나 자료를 조사할 때 어떻게 하시는지 궁금합니다.

과학은 보편적으로 합의된 사실이잖아요. 사람들에게 일반적이지 않고 평범하지 않은 이야기를 할 때 과학의 논리로 말하면 그나마 받아들여진다는 생각에서 택한 면이 있어요. 과학을 어떻게 공부하느냐고 물으시면, 저는 중학교 과학 교과서부터 시작했습니다. 다 읽은 다음엔 고등학교, 대학교 교과서를 봤어요. 가끔은 딱 한 문장을 쓰기 위해서 그걸 했지요. 과학자도 중학교 과학부터 순서대로 공부해서 과학 지식을 갖추잖아요. 나도 똑같이 하면 되겠다고 생각했죠. 그야 공부 시간이 절대적으로 적으니 당연히 과학자를 따라가지는 못하겠지만요. 소설에 필요한 부분만 보는 거죠.

공부는 자존심을 버리고 해야 해요. 많이들 자기가 성인이고 정규교육 다 받았다는 자존심에 어려운 책부터 시작하려 해요. 최신 과학 이론서나 논문 같은 것을 보죠. 그거 정말 어렵거든요. 대학 개론서는 상대적으로 쉬워요. 대학 교과서는 결국 고등학교 졸업생이 보는 거니까요. 저는 제가 남들보다 똑똑하다는 생각 없이 무식하게 공부하는 편이고, 그래서 좋은 면이 있어요. 중학교 과정이 이해가 안 되면 초등학교 교과서를 봐요. 그러면 그건 이해할 수 있어요. 다 보면 바로 중학교 책을 볼 수 있거든요. 남들에게도 이 방식을 추천해요. 내가 했으면 당신도 할 수 있다고요. 게다가 과학은 순서대로 공부할 수 있도록 체계가 갖춰진 몇 안 되는 학문이거든요. 그래도 지금은 그때처럼 많이 공부하지 못해요. 그래서 1년 정도 안식년을 가지고 공부해야 하나 싶기도 해요.

제가 과학을 전공하지는 않았지만 그래서 좋은 점도 있어요. 안다는 자만을 하지 않는다는 점이요. 공모전 심사를 보다 보면 분명 과학 전공인 사람이 썼을 법한 소설이 오는데, 어느 분야에서는 어려운 최신 이론을 제시하면서, 다른 분야에서는 뻔하고 기초적인 부분을 놓치는 때가 많아요. 특히나 소설을 쓸 때는 여러 종류의 과학이 필요하잖아요. 그런데 오만 때문에 실수를 하는 거예요. 그런 작품이 정말 많아요. 소설은 겸손하게 써야 해요. 독자는 반드시 당신보다 똑똑하거든요.

저는 단편 「새벽 기차」의 설정을 좋아하는데요. 자전 속도가 느려서 육지가 적도 부근을 따라 형성된 행성이 배경이죠. 여기 사람들은 오존층 파괴 때문에 태양을 피해야 하고요. 그래서 태양이 떠오르는 속도로 적도를 따라 영원히 새벽을 달리는 기차가 나와요. 여기에는 과학이 어떻게 들어갔나요?

봉준호 감독의 영화 「설국열차」 자문을 맡았을 때 생각한 설정이에요. 그때 저는 서점에서 '기차'로 검색해서 나오는 책을 다 사서 봤어요. 기차가 어떻게 구동하는가, 기차가 구동하려면 철로는 어떤 모양이어야 하는가, 철로는 어떻게 만드는가 따위를 공부했지요. 그런 뒤에 지구에서 설국열차는 어렵다고 생각했어요. 행성을 일주하려면 대륙이 이어져 있어야 하는데 지구의 대륙은 서로 떨어져 있고 지형도 들쭉날쭉해요. 또 누구든 철로를 계속 수리해야 하니 열차 밖에 사람이 살아야 하고요. 그러니 세계에 기차 하나 남는다는 설정은 무리지요. 물론 그게 중요한 이야기는 아닙니다만.

만약 내가 처음부터 다시 쓴다면 어떤 설정을 쓸까 생각해 봤어요. 일단 지구가 아닌 다른 행성으로 가야지요. 그리고 행성의 자전이 느리면 대륙이 적도에 모여 띠처럼 형성되거든요. 그런 지형이 좋지요. 그래서 자전이 느린 행성을 생각했어요. 자전이 느리면 자전 속도를 따라 계속 같은 시간대에 맞추어 달리는 기차도 만들 수 있고요. 그 기차가 달려야 하는 이유는 그 행성의 오존층이 파괴되었기 때문이라고 생각했고, 어떤 사람들이 오존층 파괴의 영향을 덜 받는 새벽 시간대에 맞추어 달리기로 결정한 거지요. 이런 설정이면 기차가 달려야 하는 이유도 생기고 실제로 달릴 수도 있지요.

따지고 들어가면 어딘가에서는 틀리겠죠. 당연히 틀릴 거예요. 이번에 『다섯 번째 감각』을 내면서 「땅 밑에」도 오류를 많이 고쳤어요. 이 소설은 하늘이 아니라 땅을 동경하는 문화가 있는 세상에서, 주인공이 계속해서 땅 밑으로, 중력이 작용하는 방향으로 내려가는 이야기예요. 하지만 그곳은 알고 보니 행성이 아니라 스페이스 콜로니였지요. 그래서 그들은 하늘이 아니라 땅을 동경했던 거죠. 우주가 땅 밑에 있기 때문에. 하지만 지금 보니 스페이스 콜로니가 너무 커서 이상하더군요. 그래서 이번에는 세계의 크기를 줄이면서 물리적인 한계 때문이 아니라 종교적인 이유로 내려가지 못했다는 식의 암시를 추가했어요. 눈에 안 띌지도 모르겠지만요.

「설국열차」 원작 만화에서는 기차가 달리는 이유가 물리적인 이유예요. 실제로 기차 안에서밖에 살 수 없다고 나오지요. 저는 그게 사실이라면 더 기차가 달릴 이유가 없다고 생각했어요. 기차를 움직일 동력이 있으면 멈춰서 땅을

파야죠. 아무리 빙하기라도 지구는 내부가 불타는 행성이고 지하는 따뜻하다고요. 그리고 아무리 추워도 바다가 바닥까지 얼지 않아요. 물은 표면부터 어니까요. 그러면 얼음 아래에는 물고기가 살 거고요. 정착해서 그걸 사냥하면 되죠. 그래서 기차가 달리는 이유는 체제의 문제라고 생각했어요. 어리석은 체제가 어리석은 결정을 내린 거죠.

그럼 인물은 어때요? 인물을 만들 때도 공부를 많이 하시나요.

저는 수기를 봐요. 수기는 저자가 독자에게 해주는 기나긴 인터뷰잖아요. 「설국열차」 때는 남극 탐사자 수기를 많이 봤어요. 「땅 밑에」를 쓸 때는 산악인과 동굴 탐사자 수기를 봤고, 「미래로 가는 사람들」을 쓸 때는 우주비행사 수기를 많이 보았지요. 그 외에는 '내가 그 상황이라면……' 하고 상상하는 거죠.

보영 님이 SF를 쓰는 이유는 무엇인가요?

내가 세계의 규칙을 창조한다는 점이 좋다고 할까요? 저는 판타지 작가가 될 수도 있었을 거예요. 20대에 글을 못 쓰고 헤매지만 않았어도 PC 통신 시절에 모험 판타지를 쓰지 않았을까 싶어요. 그런데 저는 어째서인지 많은 판타지가 비슷해 보였어요. 이미 존재하는 설정을 차용하는 느낌이었죠. 당연히 그게 장르 규칙이지만, 저는 내 세계를 만들고 싶었어요. 그런데 세계를 자기만의 방식으로 창조하는 판타지는 많은 경우 SF로 해석돼요. 저는 데뷔하고 판타지를 여러 편 썼다고 생각하는데 그것들도 다 SF로 분류되니까요.

그리고 SF는 판타지 이상의 환상을 주죠. 새뮤얼 딜레이니가 말했잖아요. "판타지는 일어날 수 없는 일을 다루는 장르고, SF는 일어나지 않은 일, 하지만 일어날 수도 있는 일을 다루는 장르"라고. '일어날 수 있다'는 그 지점이 얼마나 매력적이에요. 둘 중 어느 쪽이 더 낫다는 이야기가 아니라, 개인적인 선호에서 이렇게 된 거죠.

SF를 쓰는 데 영향을 받은 작가나 작품이 있나요?

내 나이면 부모님 영향도 말라 버렸을 나이라고 말하고 싶은데요. 내가 본 모든 것이 영향을 끼쳤겠죠. 『데미안』에서는 확실히 영향을 받았을 거예요. 『데미안』을 보고 분석심리학에 관심을 가졌고, 분석심리학을 보다가 동양 사상에 관심을 갖게 되었으니까요. 그런 면에서 제 사상적 기반은 헤르만 헤세일 거예요. 고유성 화백 영향도 분명히 있지요. 글을 깨치기도 전에 『로보트킹』을 본 영향이 있을 거예요. 고유성은 SF 작가로서 선구적이었다고 생각해요. 과학을 다루는 깊이가 남달랐어요. 제가 고유성 덕에 컴퓨터가 뭔지도 모르던 때에 생체 컴퓨터를 먼저 알았다니까요? 캐릭터도 그렇고요. 주인공이 남자이긴 하지만 보통 세 명이 한 팀인데, 주인공은 뱃심이 있고, 제일 힘이 센 캐릭터는 여자, 제일 똑똑한 캐릭터는 어린애였어요. 그 구도가 좋았지요.

「건담」 영향도 있죠. 「건담」과 여러 로봇 만화를 소개한 설정 백과 영향도 있고요. 제가 어릴 때는 일본 만화가 지금처럼 많이 들어오지 않았어요. 대신 「다이나믹 콩콩 코믹스」라는 설정 백과가 있었어요. 애니메이션 컷이 약간, 캐릭터 설정과 줄거리가 조금, 그리고 로봇 해부도 같은 것이 실린 작은 책 시리즈였어요. 말 그대로 이야기의 파편만 있었죠. 그 파편을 보며 이게 어떤 이야기일까 상상하는 일이 어렸을 때 놀이였어요. 로봇 만화가 다양한 만큼 다양한 SF 설정을 거기서 다 배웠어요. 「초인 로크」는 어릴 때 애니메이션 딱 한 컷만 보고 그 컷에 대해 온갖 이야기를 상상했는데, 주로 초능력자 이야기였어요. 나중에 실제로 작품을 보니 진짜로 초능력자 이야기여서 기쁘더군요. 「퍼스트 건담」은 그 설정 백과에서 유일하게 애니메이션 컷을 만화처럼 배치해서 이야기를 다 볼 수 있게 해줬어요. 그런 이야기는 처음이었고 경이감이 굉장했죠.

텔레비전에서 해준 「아톰」과 「은하철도 999」의 영향도 있겠지요. 지금 돌이켜 봐도 명작이고, 마찬가지로 에피소드마다 온갖 SF 설정이 다 나오니까요. 1990년대 한국 SF 순정 만화에서도 물론 많이 배웠지요.

액션을 좋아하는 성향은 아무래도 김용 덕이지요. 무협으로 인생을 배우는 바람에 사람이 서로 사랑하기 전에는 일단 칼을 부딪쳐서 기량을 확인해야 하는 줄 알았어요.(웃음) 반전 기법은 애거서 크리스티에게서 배웠고요. 서술 트릭의 대가잖아요. 작가가 종이에 쓰지 않으면 그 어떤 것도 독자는 모른다는 점을 배웠어요. 제 영향은 이렇게 조각조각이 합쳐져 있어요.

SF 소설은 많이 늦게 접했고, 제가 어릴 때만 해도 국내 출간작은 거의 눈에 안 띄었고 번역된 작품도 많지 않았어요. 그래서 저는 제 상상이 소설로 출간될 수 있다는 생각을 잘 못 했어요. 그래서 게임 개발자나 만화가가 될 생각을 했죠. 만화 공부도 잠시 했는데 아무래도 그림에 더 시간을 쏟아야 하더군요. 그래서 게임을 택했어요. 게임도 처음에는 그래픽 디자이너로 시작했는데, 회사에 들어가보니 시나리오 작가가 없어서 쓰기 시작했죠. 하지만 희곡도 답답해서 결국 이렇게 소설로 돌아왔지요.

SF가 어렵다고 하는 사람들에게 하고 싶은 말이 있나요?

익숙하지 않은 거죠. 문단 문학도 익숙하지 않으면 어려워요. 이야기가 바로 시작하지 않고 한참 있다 시작하잖아요. SF가 어려운 이유는 과학을 몰라서가 아니에요. 독법이 좀 다르죠. 이를테면, 로맨스는 사랑이 결말에서 이루어지는 장르인데, '왜 사랑이 이루어지는 데 이렇게 오래 걸리느냐?' 아니면 '이 두 사람은 왜 사랑하느냐?'를 물어보면 그게 로맨스의 법칙이라고 답할 수밖에 없잖아요. 법칙은 어느 장르나 있고, 익숙해지면 어렵지 않아요. 그래서 저는 지금 베스트셀러를 내고 계시는 SF 작가님들께 열심히 박수를 보내요. 저분들이 독자들에게 SF를 익숙하게 만들어줄 테니 저도 살기 편해지지 않을까 하고.

다음 달에

굶어 죽어도

이번 달에

써야겠다고

요즘은 무슨 일 하고 계세요?

웹소설 「사바삼사라」를 마무리하고 있고, 절판된 작품들이 다시 나오고 있어서 퇴고하고 있어요.

우리는 구시대 작품을 보면 시대적 배경을 감안하잖아요. 고치면서 그대로 두고 싶은 글은 없었나요?

안 고친 작품이 더 많아요. 완성했다고 생각하는 작품은 다시는 돌아보지 않아요. 「미래로 가는 사람들」은 거의 안 봤어요. 그런데 예전 단편집은 지금 같으면 뺐을 작품까지 다 넣은 책이라서요. 다시 낼 때 몇 개는 빼자는 이야기도 출판사에 많이 했어요. 그런데 이미 나온 작품은 나올 수밖에 없다고 하더라고요. 저도 그렇게 생각하고요. 빼지 못하면 고쳐야죠.

또 고칠 작품이 있나요?

『7인의 집행관』을 개정하기로 했죠. 그 글을 쓸 당시에는, 사람들이 반전에 속게 하려면 이야기를 많이 꼬아야 하는 줄 알았어요. 제 초기 단편도 많이 그래요. 하지만 이젠 알죠. 거의 모든 단서를 다 주고 최대한 쉽게 만들어도 반전은 눈치채기 어렵다는 것을요. 트릭을 쉽게 만드는 방향으로 고치려고 해요. 트릭이 바뀌면 이야기 자체가 바뀔 거예요.

구작이 재간되니 좋은 점이 있어요. 제가 쓰는 속도가 느린데 재출간 작품이 같이 나오니 합치면 보통 속도로 쓰는 사람처럼 보이잖아요. 저는 2020년 이전의 작품이 거의 절판되었거든요. 미국의 하퍼콜린스에 작품이 팔린 때부터 재판되기 시작한 거죠. 그러다보니 잘 모르는 사람은 제가 김초엽, 천선란 이후에 나타난 신인 작가라고 느끼더군요.

2020년이라니, 세상이 20년 늦었네요!

돌이켜 보면 예전에도 기회가 없지는 않았어요. 그런데 그때는 욕망이 없었죠. 기대가 없으니까 그랬겠지만. 일단 제가 데뷔했을 때 게임 경력을 숨겼고요, 그땐 제 게임 팬이 한국에 많았을 때인데도요. 봉준호 감독님은 제가 첫 책을 내자마자 연락을 해서 「설국열차」 자문을 부탁했어요. 그때도 기자들에게서 연락이 왔는데 제가 절대 기사 내지 말라고 했어요. 그때는 제가 다음 글을 쓸 수 있다는 확신이 조금도 없었어요. 등단할 때 내놓은 소설은 정말 오래 잡고 쓴 작품이라, 그 속도로 계속 쓸 수도 없었으니까요. 그런 마음이었으니 기회가 있었어도 잘 안 됐을 거예요.

사실 게임 시나리오는 빨리 쉽게 썼어요. 마음을 많이 안 담으니까. 대부분 출시가 안 되기도 하고요. (웃음) 소설에는 많이 담아요. 그래서 빨리 못 써요. 그래도 전보다는 마음을 많이 덜어 냈다고 생각해요. 덜어 내는 만큼 빨라지고 요. 그런데 또 강제로 덜어 내려고 하다 보면 이도저도 아닌 글이 나오더라고요.

게임 시나리오와 소설은 어떻게 다른가요? 좋은 시나리오는 뭘까 요?

게임 시나리오와 소설은 영화 시나리오와 소설만큼 달 라요. 게임은 플레이어가 이야기에 개입하는데, 플레이어는 살아 있는 인간이니 어떻게 개입할지 몰라요. 그렇다고 자 유도를 너무 제한하면 게임이 재미가 없어지고요. 그러니 플레이어의 자유도를 최대한 보장하며 내가 원하는 시나리 오로 자연스럽게 데려가야 해요. 이게 게임의 쟁점이에요. 힌트를 많이 줘야 하고, 매 순간 유저가 다음에 뭘 할지 알 아야 해요. 게임 시나리오 주인공은 사유하는 게 아니라 행 동해야 해요. 모든 순간에 행동을 할 만한 충분한 목적이 주 어져야 하죠. 시나리오 작가는 목적과 그 목적에 이르는 난 도와 사건의 간격을 잘 조절해서, 너무 어렵지도 쉽지도 않 게 차근차근 큰일을 해낼 수 있게 이끌어야 해요. 그래야 재 미있지, 단순히 이야기가 재미있다고 게임이 재미있어지지 않아요. 하지만 소설은 그렇지 않지요. 작가가 그냥 끌고 가 지요. 주인공은 목적 없이 흘러 다녀도 되고요. 주인공의 목 적이 분명해야 이야기가 재미있다는 게 작법의 기본 원칙이긴 하지만 그렇지 않아도 문학은 흐를 수 있죠.

그리고 게임은 시스템이 계속 변하는 장르예요. 소설과 영화는 생겨난 이래 구조가 크게 변한 적은 없잖아요. 하지만 게임은 기술과 기기의 발전에 따라 어제는 없었던 새로운 시스템이 매년 새로 생겨나요. 지금 생겨난 기술을 보고, 기획서를 보고, 우리 팀의 상황을 보고, 아직 만들지 않은 게임의 형태를 상상해서 그에 맞는 시나리오를 상상해야 해요. 융통성과 빠른 적응력이 필요하지요.

그리고 협업이 중요합니다. 내가 만든 작업에 다른 팀원이 동의하고 따라오게 설득하는 것이 늘 관건이고, 반대로 누군가 작업을 먼저 끝내면 그 작업에 맞는 시나리오를 짜서 돕는 것도 관건이지요. 내가 회사에 중간에 들어갔는데 이미 끝난 작업이 있다면 모든 일을 그에 맞춰야 하고요. 반면 소설은 혼자 하는 작업이잖아요. 고독하죠. 게임은 내가 이야기를 만들면 그림을 그려 주는 사람, 음악을 만들어 주는 사람, 캐릭터를 움직여 주는 사람이 있고 거기서 오는 기쁨이 있어요. 물론 이상적인 경우고, 일이 잘 돌아가지 않는 경우에는, '아, 차라리 혼자 일하는 게 낫겠다.' 싶죠.

단편집 『엔딩 보게 해주세요』에 단편 「저예산 프로젝트」를 실으셨죠. 게임에 대한 애정이 많이 느껴지는 소설이었어요. '좋은 게임은 어때야 하는가.' '우리는 게임에서 무엇을 얻는가.' 하는 부분도 깊이 다루고요. 등장인물이 게임 캐릭터와 인간처럼 상호작용한

다는 점에서는 예정 단편 「스크립터」 생각도 났습니다.

비교하자면 「스크립터」가 마음을 많이 담은 글이고 「저예산 프로젝트」는 그렇게까지 무겁게 쓰지 않았어요. 제 옛날 글은 지금보다 더 무거워요. 그러고보니 제 옛날 단편들은 지금은 더 짧은 분량으로 나뉘어 나오고 있네요. 「미래로 가는 사람들」, 「종의 기원」, 「진화 신화」가 다 따로 나오지요. 그게 맞는 무게 같아요. 「미래로 가는 사람들」과 「종의 기원」이 한 권에 들어간 건 좀 버거웠지요.

과거의 작품이 다시 나오는 건 감사한 일이죠. 보통은 그렇게 안 되잖아요. 아무리 잘 쓴 글이라도 시간이 지나면 그 시대에 맞지 않게 되니까요.

지금의 한국과 닿아 있다고 생각하는 작품이 있나요?

「0과 1사이」는 2009년에 발표한 글인데 여전히 그때와 비슷한 호응이 있다고 생각해요. 교육을 이유로 행해지는 강압, 과다 경쟁 교육은 아직 해결되지 않은 문제니까요. 1990년대에는 바뀔 여지가 있었다고 생각했어요. 교육의 변화를 위한 투쟁도 많았고요. 그런데 IMF 금융위기 이후로 신자유주의와 무한 경쟁의 기조가 더 거세지고 사람들이 경쟁을 내면화하게 되면서 좋은 방향으로 가지 못하게 되었지요. 「진화 신화」는 배경이 고대 한국이라서 다른 의미로 생명력이 있는 듯해요.

「사바삼사라」는 서울 연남동의 젠트리피케이션 현상이 소설 기저에 있어요. 간혹 연남동에 놀러가면서 그곳이 급변하는 모습을 보다 보니, '이곳을 배경으로 그리면 소설이 완결되었을 때쯤에는 내가 소설에 담은 풍경이 하나도 안 남아 있겠구나.' 생각했죠. 사라져서 다시는 볼 수 없는 풍경을 글자로 남기고 싶었어요. 실제로는 연재 중에 이미 그렇게 되었어요.

한국에서 SF를 쓰면서 어려웠던 점은 뭔가요?

지면이 없었던 점? SF를 받아 주는 곳이 없어서 적어도 '우리는 장르소설을 다룬다.' 하는 암시를 주는 곳에 글을 낼 수밖에 없었는데, 그런 곳이 많지 않았어요. 제가 소설을 쓰기로 결심했을 때는 정말 없었고, 우연히 공모전이 생겨서 데뷔는 했지만 그 후로도 지면은 거의 없었지요. 아주 조금씩 생겨났지만 2010년에서 2012년 사이에는 도로 없어졌고요. 저만 그랬나 싶었는데 많이들 그때 지면이 없었다고 회상하더군요. 원고료도 적었어요. 웹진 《크로스로드》 정도가 일반적인 원고료를 주었지요.

하지만 제 소설은 한국이라는 문화 안에서 나오는 것이니, 제가 다른 곳에 살았다면 다른 소설을 썼겠지요. 게다가 한국 정도면 전 세계를 봤을 때 그리 나쁜 환경이 아니라고 생각해요. 어느 나라에서는 아예 글을 쓸 생각도 못 하는 사람도 많겠죠. 그러니 내게 주어진 환경에서 쓰는 게 맞다고 생각해요. 다만 출간을 못 하리라는 확신을 하면서도 계속 쓴 건 스스로 대단하다고 생각하고요.

계속 글을 쓸 수 있었던 이유가 있다면 뭘까요?

아네요. 포기한 시간이 더 길어요. 그래서 직장도 다녔고. 하지만 글을 쓰고 싶다는 마음이 너무 컸어요. 다음 달에 굶어 죽어도 이달에는 써야 했죠. 안 쓰면 다음 달이 아니라 이달에 죽을 것 같으니까. 이달에 죽는 것보다는 다음 달에 죽는 게 낫죠.

인터뷰에서 무위(無爲)로 쓴다는 말을 많이 했어요. 결과를 기대하지 않고 쓴다고. 왜냐하면 내가 쓰는 소설은 출간도 못 하고, 아무도 읽지 않을 것이고, 아무것도 얻지 못한다는 확신이 분명했는데, 그런데도 쓰겠다는 생각으로 썼으니까요. '여기에 낭비한 시간 때문에 내 인생이 망가질 것이 분명하더라도 써야겠다.' 그게 그때 내린 결론이었어요. 내가 소설로 무엇을 얻으려 했다면 한 줄도 쓰지 못했겠지요.

그렇다고 고료를 안 받겠다는 건 아니고(웃음), 가족을 먹여야 하니 열심히 벌어야지요. 그래도 무위(無爲)는 결과를 기대하지 않는 행함에서 더 큰 결과가 나온다는 뜻이라, 모순적이지만 그 글귀를 좋아해요.

진짜 같은

여성 이야기를

만들기

위해서

지금의 글은 지금의 자리에서 만들어진 거라고 하셨잖아요. 한국이라는 배경도 중요하지만 성별도 중요하다는 생각이 듭니다. 보영 님 초기작은 주인공이 남자거나 성별이 드러나지 않는 편인데요. 뒤로 가면 여성주의적 시각이 많이 반영되고, 주인공 성별이 여자라는 표시가 많아져요. 저는 여기서 작가 어슐러 K. 르 귄 생각을 많이 했어요. 르 귄의 초기작도 마찬가지로 남자가 주인공이거나 성별이 나오지 않았지만 뒤로 갈수록 바뀌었죠. 르 귄 본인도 공개적으로 인정했고요. 르 귄의 에세이를 보면 옛날에 쓴 여성주의적 글에는 나중에 저자 코멘트를 잔뜩 추가했어요. 시대가 바뀌고 저자가 바뀌었다는 게 드러나요. 보영 님은 자신의 변화를 어떻게 생각하시나요?

아니, 내 주인공 성별은 늘 반반이었어요. 예전에는 성별에 대한 생각을 아예 안 했고, 그러다 보니 성비는 늘 반반으로 나왔다고요. 반반인데 게임 회사에서는 "네 시나리오에는 여자가 왜 이리 많으냐." 하는 소리를 하더군요. 그때도 '반반인데 무슨 소리지?' 싶었는데, 소설가가 되니 이제는 또 왜 남자를 많이 쓰냐고 하시네요. 여전히 '반반인데 무슨 소리지?' 싶다니까요.

하지만 성별을 드러내지 않으면 제 인물은 남자로 보이죠. 심지어 「저예산 프로젝트」는 주인공이 분명히 여자라고 생각하고 썼거든요. 그런데 초안을 남에게 보여줬을 때 주인공이 남자로밖에 안 보인다는 반응을 듣고, 주인공이 여자라고 밝히는 부분을 넣었어요. 생각해 보면 인물에게 여성적 면모를 부여하지 않으면 인물이 여자처럼 보이지 않죠. 저는 인물에게 그 면모를 잘 넣지 않고요. 그래서 남자 인물이 많아 보일지도 모르겠네요. 중성이나 성별이 표기되지 않은 인물들이 다 남자로 보이니까.

저한테 르 귄 이야기를 하는데, 저는 르 귄과 닮지 않았어요. 로저 젤라즈니에 더 가깝다고 생각해요. 르 귄은 저에 비해 훨씬 더 조용하고 온화한 분이지요. 소설을 쓸 때 저는 제 성향을 많이 줄이고 얌전하게 써요. 소설은 게임 시나리오에 비해 훨씬 더 얌전하니까. 게임 시나리오 주인공은 5분에 한 번씩 죽음의 위기에 처한다고요. 그런데 이것도 기분이 묘해요. 저는 저에게서 자연스럽게 나오는 인물을 만들고 싶어요. 그런데 그런 인물을 만들면 여자가 아니라 남자로 보이는 바람에, 사회에서 말하는 '평범한' 여자를 그리려면 저는 재주를 몇 바퀴 넘어 내 성향과 많이 다른 인물을 만들어야 해요.

다만 전에는 캐릭터를 만들 때 육체적으로 강한 사람은 남자로, 정신적으로 강한 사람은 여자로 만들었어요. 그러다 보니 더 시각적으로 강렬한 인물이 남자가 되고, 기억에도 남을 수 있겠네요. 한번은 그 문제를 생각해 봤어요. 내가 좋아하는 과격한 액션을 하는 여자를 만들려면 어떻게 하나 하고요. 드라마나 무협 소설을 보면 액션을 하는 여자가 나오기는 하지만 늘 뭔가 가짜 같았어요. 이를테면, 액션에서 주로 여자에게 빠르고 가벼운 속성을 주는데, 빠르고 가벼우려면 똑같이 힘이 있어야 하거든요.

그러다 처음 감을 잡았던 작품이 영화 「매드 맥스: 분노의 도로」였어요. 얼마 안 됐네요. 퓨리오사 말고 작중 퓨리오사와 같이 떠나는 여자들 있잖아요. 말하자면 신체적으로 약한 여자들이잖아요. 그런데 이들이 강한 남자인 맥스의 머리끄덩이를 잡고 싸우는 거예요. 자기 체력에 맞춰서 모두가 자기 역할을 맡아 액션을 하는데, 집단으로 협업해서 달려드니 결국 맥스를 압도했단 말이죠. 그걸 보고 여자 액션이 호쾌하면서도 진짜 같을 수 있다고 처음 느꼈어요. 예전에도 창작에서 분명 그런 묘사가 있었을 테지만, 저는 그제야 남을 압도하는 여자 액션을 상상할 수 있게 됐어요. 그래서 최근에 싸우는 여자가 늘면서, 여자 캐릭터 비중이 더 늘어나서 반반 이상이 되기는 했지요. 『사바삼사라』와 『역병의 바다』에도 여자 액션이 들어갔어요.

그래도 아직 극복하지 못한 점이 있어요. 저는 아직 여자가 다치는 장면을 잘 못 써요. 성별을 정할 때 주인공이 다치는 장면이 하나라도 있으면 남자로 바꾼 적이 많아요. 거리감 때문에요. 현실감 때문도 있는데, 여자는 다칠 상황에서 성추행을 당할 확률이 높다고 생각해요. 그 점이 빠지면 적들이 예의 바른 인물이 되고요. 이것도 극복할 방법이 있겠죠. 하지만 제 소설 인물의 성별은 제 느낌에는 많은 경우 무성이에요. 종이 위의 텍스트니 실제로 무성이지요. 저는 처음에 무성으로 시작했다가 쓰면서 성별을 분화하는 때가 많은데, 조연이나 엑스트라는 끝까지 무성으로 남는 경우도 많아요.

말씀하신 『역병의 바다』는 경호업체 경험이 있는 여자 주인공이 크툴루 세계관에서 살아남는 이야기죠. 거대하고 오래되고 사악한 무언가가 인간을 미치게 만드는 코스믹 호러 장르의 글입니다. 『사바삼사라』는 성별을 불문하고 다양한 사람들이 신화적인 전투를 벌이고요.

여자는 어느 시대에든 여자 이야기를 했지요. 하지만 제가 게임 회사에 있었기 때문일지는 몰라도, 전에는 "여자는 여자 이야기만 쓰니까 다양한 스토리를 쓸 수 없다."며 무시하는 분위기가 있었어요. 그래서 여자 작가가 기용되지 않았으니, 오히려 그때는 여자가 강한 남자를 그려 편견을 깰 필요가 있었지요. 생각해 보면 우습지요. 남자가 여자를 못 그리는 건 아무 문제도 안 되었는데 말이에요. 지금은 굳이 강한 남자를 보여 줄 필요 없이 강한 여자를 그려도 되고요. 어느 순간에 그런 생각이 들더군요. 나는 나다운 인물을 만들어서 강한 남자를 만들 수 있잖아요. '그 강함은 여자인 내게서 나오는 것이니, 나는 마찬가지로 강한 여자도 그릴 수 있잖아?' 하고요. 그래도 몇십 년 전이라면 그런 여자는 너무 독특하고 개성적으로 보였을 거예요. 지금은 아니고요. 더는 그렇게까지 독특한 여자는 아니죠.

그렇다고 강한 여자만 그리겠다는 것이 아니라…… 내게서 자연스럽게 나오는 캐릭터도 현실의 여자로 받아들여질 수 있다는 생각에 가까워요. 간혹 여자를 창작할 때 인간의 특성에 추가로 뭔가를 덧붙여서 만들려고 하는 모습을 영화나 드라마에서 보곤 하잖아요. 그러니 여자 캐릭터가 이상해지고, 캐릭터가 이상하니까 인기가 없어지고, 인기가 없으니 여자 캐릭터를 안 만들고. 그런 악순환이 있지 않나 해요.

여자 캐릭터를 만들 때 변화한 점이 있나요? 저는 요즘 나오는 '완벽하지 않은 여자' 이야기를 좋아하거든요. 여자에 대해 많이 생각해 본 다음에야 나오는 이야기니까요.

지금까지 말했던 점이려나요. '여자가 주인공이어야 한다.', '여자가 완벽해야 한다.' 둘 다 이룰 수는 없어요. 둘 다 되는 건 막연한 이상향이죠. 완벽한 사람은 주인공이 되지 못해요. 완벽한 사람이 주인공처럼 보일 때는 서사를 끌어가는 다른 주인공이 하나 더 있어요. 셜록 홈즈 시리즈의 왓슨이라든가 디즈니 애니메이션 「겨울왕국」의 안나라든가. 「페이트」 시리즈의 세이버는 완벽하기 때문에 항상 이야기의 조연이에요. 영화 「캡틴 마블」이 완벽해서 좋더라도, 그렇기에 캡틴 마블은 「어벤저스: 엔드게임」에서 길게 나오지 못하죠. 서사를 끌고 가는 사람은 완벽할 수 없어요.

완벽한 주인공이 나오는 듯한 작품들은 속임수를 쓴다고 생각해요. 히지리 유키의 SF 만화 『초인 로크』는 누군가 서사를 다 끌고 간 다음 마지막에 초인 로크가 나타나요. 초인 로크는 너무나 강해서 이야기를 끌고 갈 수 없거든요. 끌고 갈 때는 모종의 이유로 약해졌을 때뿐이죠. 그래서 저는 싱숑의 웹소설 『전지적 독자 시점』이 진짜 훌륭하다고 생각해요. 이 소설은 조연인 유중혁을 주인공으로 내세우는데, 실제 주인공은 사실 조연 같은 인물이고 이름도 '김독자'잖아요. 사람들이 조연을 주인공으로 착각하게 만들면서, 정석적인 성장형 주인공인 김독자가 서사를 끌고 가게 하는 것으로 이야기의 재미도 주면서, 유중혁으로 완벽한 주인공에 대한 판타지도 준 거죠.

사람이 생각이 변하면 행동도 변하기 마련이잖아요. 본인이 느끼는 변화가 있나요?

'넥슨 사상검증' 사건* 때 충격이 컸어요. 극단적인 주장

---

* 2016년에 "소녀들은 왕자가 필요 없다."라고 쓰인, '메갈리아4' 계정의 소송비용 후원 티셔츠에서 촉발된 사건. 해당 티셔츠를 입은 성우가 SNS에 사진을 게재하자, 국내 게임 유통사 넥슨은 하루 만에 자사 게임에서 위 성우를 퇴출하고 다른 성우의 음성으로 작업물을 교체했다. 해당 성우를 지지하는 글을 올렸던 웹툰 작가나 일러스트레이터 등은 악성댓글이나 인신공격에 시달렸으며, 2018~2019년에는 이러한 게시

이 있는 것은 이상하지 않은데, 그 정도로 대규모로 퍼질 수 있다는 점에 충격을 받았어요. 세계관이 달라져 버린 거죠.

그때 게임 일을 그만뒀어요. 내 작업의 안전을 보장받을 수 없다는 메시지를 받은 셈이니까요. 그때도 여전히 소설 지면은 적었기 때문에 칼럼과 비소설 쓰는 일을 많이 했어요. 『SF 거장과 걸작의 연대기』 원고를 그때 연재했지요. 나름 오랫동안 수입원이었던 곳으로 돌아갈 수 없다고 생각하니 SF에 매진하게 되더군요. 에이전시도 그때 계약했고요. 이전에는 그렇게까지 절박하게 움직이지 않았어요. 그러면서 제게 온 변화도 있었겠지요.

소설집 『얼마나 닮았는가』에 실린 작품 몇 편이 그 사건의 영향 아래에 있어요. 「얼마나 닮았는가」는 사건이 일어나는 동안 새로 쓰는 바람에 분위기가 변했지요. 「빨간 두건 아가씨」도 그때 일을 생각하며 썼어요. 세상에 여자가 없는 것처럼 지워지는 현상을 생각하면서요. 「로그스 갤러리, 종로」에서 이상한 형태의 혐오가 퍼지는 모습도요. 인권 단체가 초인을 도운 적이 있으니 '인권 단체는 혐오 단체다.' 하고 낙인찍는 거. 그것도 그때 일어난 양상이죠. 지금도 일어나고 있고요.

글 등을 이유로 넥슨 등의 여러 게임에서 작업물이 삭제되었다. 이와 관련하여 한국콘텐츠진흥원은 넥슨 등 회사의 콘텐츠불공정행위를 인정하고 "일러스트레이터의 성향 등의 이유로 신고인과 용역계약 체결을 거부하거나 신고인을 다른 일러스트레이터와 차별해서는 아니 된다."고 권고했다.

단지, 「빨간 두건 아가씨」는 세상에 오직 남자만 있는 것처럼 보이는 현상의 은유였는데, 실제 성전환이 가능한 시대다 보니 그렇게 읽히지 않는 경우가 있어서 비판이 있었어요. 이건 변명할 길이 없네요.

언제 이렇게 되었나 싶어 이전에 안 보던 커뮤니티도 들여다보게 되었어요. 그런데 이미 쌓인 가짜 정보가 너무 방대해요. 이상한 사람들이 종일 컴퓨터 앞에 앉아서 매일 대량의 혐오 정보를 생산하는데 전문가도 일반인도 그 양을 따라갈 수가 없어요. 그러다 보니 사람들이 대안 현실을 믿게 되는 거죠. 전 세계에서 페미니즘이 몰락했고 페미니스트가 감옥에 갇힌다든가 하는 말을 그 많은 사람들이 믿는 거죠.

예전이라면 사람들이 이상한 생각을 해도 한데 모이기는 어려웠겠죠. 오프라인에서는 인간이 만날 수 있는 사람이 한정되어 있잖아요. 지금은 가장 자극적인 말이 인터넷을 통해 가장 전면에 드러나고 그 말을 모든 사람이 볼 수 있어요. 이전이라면 친구들 사이에서 '이상한 놈이야.' 하고 무시되고 사라졌을 말이 대규모로 퍼지는 거죠. 자극적인 말을 조직적으로 퍼뜨리려는 사람들이 실제로 조직적으로 활동하고 결국 사람들의 세계관 자체가 바뀌고 있어요.

그래도 저는 인터넷이 만든 그 세계가 진짜가 아니라는 생각이 계속 들어요. 현실에서 실제 인간은 그렇게 혐오로 움직이지 않는다고요. 하지만 인터넷의 텍스트는 방대하지요. 이런 대규모의 텍스트 앞에서 문학이 어떤 말을 해야 하는가를 생각하지 않을 수가 없는 거죠. 문학은 영상이나 음악에 비해 더 마이너한 취미잖아요. 읽는 사람도 많지 않은. 그러니 어떤 말이 의미가 있을지 계속 생각해야겠지요.

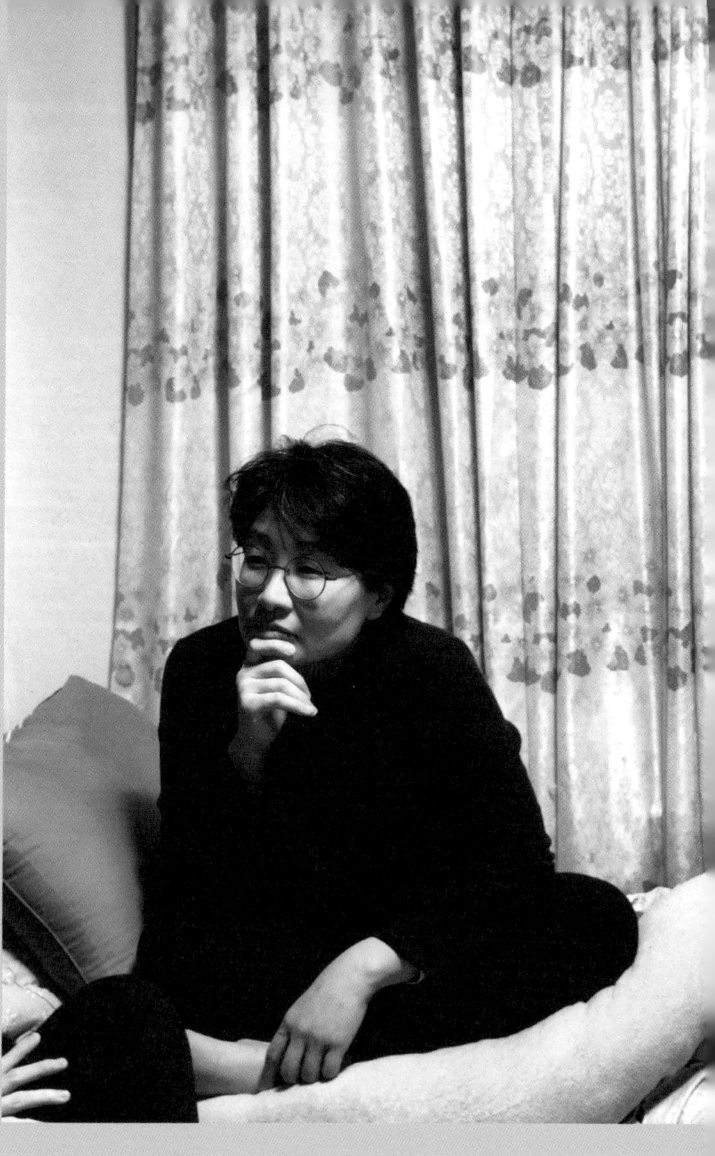

© 김용권

© 김용권

SF는

세상을

전복시킬 수

있으니까

슈퍼히어로 이야기에 애정이 있으시죠. 앞서 잠깐 이야기했지만 한국형 슈퍼히어로 단편집으로 『이웃집 슈퍼히어로』와 『근방에 히어로가 많사오니』를 기획하셨고요.

슈퍼히어로는 영웅신화 서사 전통에서 나온 이야기라고 생각해요. 영웅신화는 중세 기사도 문학이나 서부극, 사무라이 문학, 우리가 잘 아는 무협의 근원적인 형태인데, 미국은 역사가 짧다 보니 슈퍼히어로 코믹스로 발현했다고 생각해요.

제가 슈퍼히어로 이야기를 재미있어 하는 점은 연재가 끝나지 않는다는 거예요. 끝날 시기가 80년은 지났어. 다른 데서는 볼 수 없는 일이잖아요. 김용의 『의천도룡기』가 아무리 계속 리메이크된다고 해도 계속 속편이 나오지는 않는단 말이죠. 그리고 공동 창작이잖아요. 퀄리티가 일정하지 않아요. 평작과 망작이 있는 가운데 예상치 못한 명작이 나와요. 명작을 찾아냈을 때의 기쁨이 있어요.

슈퍼히어로 중 슈퍼맨이랑 플래시 좋아하시잖아요. 좋아하기 때문에 모티브로 고려했다고 『이웃집 슈퍼히어로』와 『근방에 히어로가 많사오니』 후기에 쓰셨죠.

슈퍼맨은 가장 강한 존재라는 설정이잖아요. 연재가 몇십 년 이어지다 보니 점점 더 강한 존재가 되었죠. 그러다 보니 요새 슈퍼맨의 많은 이야기는 힘을 통제하는 게 쟁점이에요. 힘을 어떻게 활용하느냐가 아니라 어떻게 다스리는지를 다루죠. 그런 이야기를 잘 그려 냈을 때 명작이 나와요. 이건 다양한 은유로 해석할 수 있어요. 이를테면 국가 권력을 어떻게 통제하는가. 강자가 힘을 가지고 어떻게 행동해야 하는가.

플래시는 주로 시간 여행을 다루어서 좋아해요. 대부분의 이야기가 시간 여행으로 꼬인 인생을 어떻게 해결하느냐에 맞춰져 있는데, 그래서 플래시는 DC 세계관을 뒤바꾸는 일을 많이 하죠.

아까 『사바삼사라』 이야기를 했는데요. 『사바삼사라』의 주요 주제는 장애잖아요. 나의 결손이 나의 무기가 된다는 점이 기본 설정이죠. 그래서 현실에서 부족하거나 비정상이라고 말하는 몸이 다른 현실로 가면 강한 몸이 되고요. 현실에서 닥쳐오는 압력을 견디면서 그걸 힘으로 삼아요.

여기에 뭐 덧붙일 말이 있나. (웃음) 최근에 본 저에 대한 논문에 '김보영의 소설은 많은 경우 장애 이야기'라는 말이 있었어요. 그 말을 보고 기뻤어요. SF라는 명칭 때문에 많은 분이 자연과학의 시각으로 제 작품을 해석한단 말이죠. 다른 부분을 봐 주니 기쁘더라고요. 사실 듀나도 오랫동안 퀴어 이야기를 해왔는데 그 부분이 간과된 면이 많잖아요.

장애를 다루면서 주의하는 점이 있나요?

간단히 말하기 정말로 어려운데, 조심스러워하는 시점에서 타자화하는 거라고 생각해요. 내가 나를 그릴 때 나를 조심하지는 않잖아요. 타인이기 때문에 조심하는 거거든. 아, 역시 설명하기 어렵네요. 제가 옳은지는 모르겠지만, 저는 제게 그 장애가 있다고 생각하고 써요. 내가 지금 그 장애가 있다면 어떻게 생각하고 행동할까. 그러면 시각이 달라져요. 비장애인이 장애인을 볼 때는 그 사람의 장애에 주목하잖아요. 그 부분이 자기와 다르니까. 하지만 내가 장애인이면 장애 이외의 부분을 중요하게 생각하겠지요. 잘 돌아가는 부분이 잘 기능하게 만드는 게 내 인생에서 더 중요할 테니까. 나는 장애를 제외하면 비장애인과 같겠죠. 그런데 비장애인이 나의 장애만 주목하면 짜증이 날 거예요. 그렇다고 잊어도 곤란하겠지요. 내 장애는 그저 거기 있는 거예요. 내게 익숙하고 내가 적응하며 사는 무엇이겠지요.

저는 인물에 몰입하는 것을 좋아해요. 배우가 배역에 몰입하면서 애드리브를 치듯이 글을 써요. 그때 내 인격 자체가 바뀌는 듯한 감각이 재미있어요. 「얼마나 닮았는가」는 주인공이 기계잖아요. 기계라서 자신의 몸이 진짜 몸이 아니라고 느끼는데, 쓰면서 나도 내 몸이 내 몸 같지 않더라고요. 일상에서도 괴리감이 와서 한동안 고생했어요. 내가 장애가 있다고 생각하면 정말로 결손의 느낌이 들어요. 주인공 외의 조연도 하나하나, '내가 그 인물이라면 어떻게 생각하고 행동할까?'하며 몰입해요. 그런 감각 없이 캐릭터가 타자화되는 순간 망가진다고 생각하거든요.

사실 내가 체험하지 않은 무수한 인물을 상상하는 것이 작가의 임무잖아요. 어떤 인물이 유달리 어렵다면 타자화하고 있지 않나 고민해 볼 필요가 있어요. 본인이 재벌도 아니면서 재벌가 이야기는 잘만 그리는데, 어떤 사람은 그리기 어렵다 싶으면 그 사람을 타자화하는 거죠. 그런 기분이 안 들 때까지 생각해야 한다고 생각해요.

말씀대로 여러 단편에서 장애 이야기가 등장합니다. 장애에 대해 많이 생각하게 된 이유가 있나요?

가족 중에 정도가 약한 발달장애인이 있어요. 제가 태어났을 때부터 그 가족이 있었기 때문에, 저는 학교에 들어갈 때까지 세상 사람이 다 그 사람 같을 줄만 알았어요. 그런데 학교서 친구들을 보니 그렇지 않은 거예요. 제 가족은 다른 사람의 눈치를 보거나 상대방에 맞춰 행동을 바꾸는 면이 없거든요. 하지만 사람들은 눈치로 고맥락의 정보를 주고받으며 남에게 맞춰 행동을 바꾸고, 그걸 당연하게 생각하고 살죠. 사회가 고맥락의 정보를 소화하는 사람들에게 맞춰져 있으니까요. 나는 그 사람이 멀쩡하다고 생각하는데, 세상은 그렇지 않다고 해요. 아무 잘못도 안 하는데도요. 나는 거꾸로 그런 세상 전체가 낯설고 멀쩡하지 않아 보였어요. 세상 전체가 이상해 보였지요. 이게 제 어린 날의 화두였어요.

내 가족은 장애 정도가 약한 대신 종합발달장애라 시력과 체력에서부터 모든 면이 종합적으로 약한데, 그래서 장애 기준에는 미치지 않을 때가 많아요. 국가정책이 바뀔 때마다 걸리거나 안 걸리거나 해요. 장애 판징은 한 가지 면에서 명확하게 기준 이하여야 나오거든요. 그래서 더 힘들게 살았지요. 장애인으로도, 비장애인으로도 대해 주지 않으니까요. 어릴 때부터 친한 친구가 생기면 이 문제를 설명해 보려고 노력했는데 이해받는 경우가 거의 없었어요. "가족이 장애가 있어." 하면 "시설에 보내야지." 해요. 아니면 "어떻게 가족한테 그런 나쁜 말을 하냐." 해요. 장애인이라고 욕했다고 생각하는 거죠. 그때는 사실 장애인이라는 말조차 보편적이지 않았어요. 내 가족을 설명하는 모든 말이 욕설이라는 문제가 제가 어릴 때 겪은 가장 큰 혼란이었어요. 그러다가 나중에 "장애인도 아닌데 왜 거짓말을 해?"까지 가면 너무나 혼란스러워지는 거죠.

제가 어릴 땐 장애에 대한 사회 인식이 지극히 미비했고, 그에 대해 가르쳐 주는 사람도 없었어요. 이게 어릴 때부터 너무 답답하고 화가 나서, 사람들과 일상적인 대화라도 할 수 있으려면 모든 규칙이 뒤집어진 세상을 상상해야 했어요. 결손이 자연스럽고 당연하고, 하다못해 아무런 문제가 아니라고 생각하는 세상이 필요했죠. 그리고 그런 세상은

SF만이 마련해 주었어요. SF는 세상을 전복시킬 수가 있으니까. 그런 세상 안에서 저는 비로소 편안할 수 있었고요.

사실 결손은 자연스럽고 당연한 게 맞아요. 누구도 완벽하게 건강하게 태어나지 않는다고요. 저 같은 사람이, 제 가족과 같은 사람이 얼마나 많겠어요. 심한 장애보다 약한 장애가 훨씬 많단 말이에요. 이들은 제 생각에 다수인데도 통계에 잘 잡히지 않고, 사회 전면에 드러나지도 않아요. 저는 대부분의 집안에 장애인이 있으리라 생각해요. 결국 사람은 언젠가는 다치거나 병에 걸리거나 늙으면서 장애인이 되는걸요. 하지만 사람들은 집안에서 가장 뛰어난 사람에 대해서만 이야기하죠. 결손이 있는 사람에 대해서는 이야기하지 않아요.

소설은 이런 이야기를 복잡하게 말할 수 있는 데다 많은 사람이 읽어주고 공감해 주기도 해요. 저는 그것으로 겨우 답답함을 해소했어요.

자주 등장하는 주제로 청소년이나 학교도 있잖아요. 「0과 1사이」는 기성세대의 구식 교육관 때문에 고통받는 청소년의 이야기죠. SF는 아니지만 『다행히 졸업』에 실린 「11월 3일은 학생의 날입니다」도 청소년기의 혼란을 그대로 담아낸 이야기고요. 그리고 『책이 선생이다』에 청소년기에 관한 에세이를 실으셨는데, 보영 님에게 청소년기는 검고 묵직한 덩어리겠구나 싶었거든요. 『7인의 집행관』처럼 터널을 빠져나와 자기 자신이 되는 이야기와도 닿아 있

지 않을까 싶었어요. 본인이 생각하시기엔 어떤가요?

장애와 마찬가지로 저의 화두 중에 하나에요. 하지만 잘 쓰지는 못해요. 「0와 1사이」 때문에 제가 청소년 소설을 잘 쓰리라 생각하고 출판사에서 의뢰를 하기도 하는데, 그렇지 않아요. 직면하기 힘들어요. 「0과 1사이」도 너무 힘들었어요. 그나마 SF로 썼으니 거리감이 있어서 가능했지만 그래도 쓰면서 죽다 살아났어요. 그래서 청소년 소설을 쓰시는 분이나 청소년 활동가들이 대단하다고 생각해요. 어린 날 문제를 겪었으면서도 매일 다시 직면하잖아요.

청소년기의 자신에게 해주고 싶은 말이 있다면?

뭐 있겠어요. 그 사람이 그 시간을 버텨내 줘서 내가 지금 살아서 소설도 쓰는 거죠. 세상은 장애와 마찬가지로 청소년의 문제도 없는 것처럼 치부해요. 한국의 교육 환경은 세계 최악이라는 지표가 통계적으로 나오는데도, 그 고통을 너만 겪었냐며 무시하잖아요. 다 같이 겪는 일은 힘들다고 말하기가 힘들죠. 더 큰 문제는, 그 환경을 잘 견뎌 내었거나 문제없이 보낸 사람들이 결국 사회에서 목소리를 가진다는 거죠. 남자는 군대가 그렇지 않겠어요? 그 일을 겪은 모두가 힘들다면 정말로 더 심각한 문제니 시급히 바뀌어야 하는데, 오히려 더 바뀌기 어렵지요.

우리는

타인이 있기에

바닥까지

파멸할 수

없다

죽음에 대한 이야기와도 닿아 있지 않나요. 사람들은 죽음을 일상적으로 느끼지는 않지만 누구든 주변 사람들을 통해 죽음을 경험하고, 누구나 자신이 죽으리라는 사실을 알잖아요. 「0과 1사이」도, 『7인의 집행관』도 죽음 이야기고요.

예전 단편집을 다시 내면서 깨달았는데 제 소설에서 사람이 많이 죽더군요. 저는 소설을 통해 계속 죽음에 직면하고 있었던 것 같아요. SF는 거리를 두면서도 어떤 개념에 대해 굉장히 깊이 들어갈 수 있다는 장점이 있지요. 『7인의 집행관』을 끝내고 죽음에 대한 생각이 사라졌을 땐 저도 놀랐어요. 내가 이제야 이 생각을 다 풀어냈구나 싶었죠. 독자들은 좀 힘겨웠겠지만. (웃음)

어떤 죽음을 품고 계신지 궁금해요. 개인적으로 추모하는 죽음이 있나요?

엄마가 투병하실 때, 병원에서 간병하면서 『저 이승의 선지자』를 개작했어요. 그 글을 처음 썼을 때는 저의 죽음을 생각했어요. 그때는 죽음 후에는 사라져 없어지면 좋겠다는 생각으로 썼던 것 같아요. 그런데 타인의 죽음을 마주하니 그렇지 않더군요. '저 사람이 죽은 뒤에도 계속 존재했으면 좋겠다.' 싶은 거예요. 그래서 개작할 때는 그 방향으로 많이 갔어요. 우리는 타인이 있기에 바닥까지 파멸할 수 없고, 타인이 있기에 세상은 유지되어야 하고, 타인이 있기에 나도 살아야 한다고.

그 외에는 세월호의 아이들을 계속 추모하겠지요.

『당신에게 가고 있어』도 '저 사람'이 있기에 살려고 하는 이야기 죠. 원래 어느 독자분의 청혼 선물로 의뢰받은 로맨스 소설이었고 요. 그래서 강력한 사랑 이야기가 나옵니다. 쓰면서 사랑 부분도 많이 몰입하셨나요?

당연히 했죠. 최선을 다해 몰입했고요. 다 쓸 때쯤엔 진 짜로 결혼하고 싶다는 생각을 했어요. 그 기분이 들었을 때 '아싸, 내가 제대로 몰입했구나.' 했어요.

사랑에 대한 이야기는 많지만 사랑을 느끼는 경험은 그리 많지 않 죠. 사랑이라는 걸 배웠다 싶은 경험이 있나요? 애정을 갖게 된 경 우요.

딱 지금 시점에서 말하면, 저희 집에 자주 놀러오는 친 구가 떠오르는데요. 그분이 저를 많이 사람으로 만들어줬 어요. 저는 먹고 자고 입는 것을 다 아무렇게나 하는 사람이 거든요. 예전에는 더 심해서 일상을 거의 돌보지 않았는데 그분은 반대예요. 하루를 정확하게 운영하고 언제나 밥 먹 었냐, 잘 잤냐고 체크하는 분이에요. 그런 분과 교류하다 보니 저도 충실하게 먹고 충실하게 자고 충실하게 일상을 사는 가치를 알게 되었죠. 그러면서 글을 사랑한다고 글이 나오는 것이 아니고, 삶을 돌봐야 글이 나온다는 생각을 하게 됐어요. 삶에 애정을 두지 않으면 말 그대로 쓸 게 없거나 써봤자 종이 위에서만 맴도는 이야기가 나오는 거죠. 제가 시골에 살면서 손님이 쉽게 방문할 수 있고, 편하게 쉬고 자고 갈 수 있는 구조로 집을 만든 것도 사람들이 많이 찾아왔으면 하는 마음 때문이었어요. 삶을 돌봐야 한다는 생각의 연장으로.

그 외에 또 지금 시점에서 말하면 고양이려나요. 몇 년 전 제 집에 홀연히 찾아와서 함께 지내 주는데, 매일 자고 일어날 때마다 옆에 있는 모습을 보며 위로받아요.

지구에 대해서는 어떤가요? 저는 제가 사는 사회 공동체, 전혀 만날 일 없는 다른 사람들, 다른 나라에 사는 사람들, 지구에 사는 생물에 대해 생각하거든요. 혹시 마음이 가는 생물종이 있나요?

고양이? (웃음) 그 외에는 가끔 그 생각을 하죠. '혹시 내가 인류의 마지막 시기를 사는 것은 아닐까, 내가 인류의 마지막 전성기를 보고 떠나는 것은 아닐까?' 즐길 수 있는 콘텐츠가 제가 살아온 그 어느 때보다도 넘쳐나는데, 한편으로 지금 환경이 파괴되는 속도나 세계가 돌아가는 방식이 해결하기에는 너무 멀리 가 버렸으니까요. 우리는 실상 앞이 안 보이는 시대에 살고 있다고 생각해요. 어떻게 해결해야 하나 생각하다 보면, 아무래도 예정된 죽음 앞에서 살아있는 지금 이 순간을 소중하게 가꾸자는 방향으로 돌아가게 되곤 하죠. 여기서 한 발 더 생각하는 분들은 많이 싸우고 활동하고 있을 거고요.

고양이들과의 관계에서 앞으로 어떻게 하고 싶은가요? 살아 있는 순간을 가꾼다는 것이 무슨 뜻인지요.

고양이는 수명이 짧잖아요. 10년, 15년이면 사람에게는 한순간이지요. 고양이를 기르게 된 초기에 고양이 만화를 좀 봤는데, 어머니가 돌아가시고 나타난 친구들이라 저는 여러 이야기가 고양이의 죽음으로 끝나더라고요. 저는 끝을 미리 준비하고 시작했다고 할까요. '나의 인생에서 이 친구들은 언젠가 떠나겠지만, 이 애들의 묘생 전체에는 내가 있겠지. 그러면 그 시간이 아름다웠으면 좋겠다.' 하고요.

지구는 SF다운 주제이기도 하죠. 옛날 영미 SF 보면 인류나 지구에 대해 쉽게 이야기하잖아요. 매우 제국주의적인 태도이기도 하고요. 하지만 인류나 지구로 시야를 넓히는 것도 SF가 해내는 중요한 효과이기도 합니다. SF를 쓰면서 그렇게 시야가 확장되는 경험을 한 적이 있나요?

다른 나라에서 일어난 화산 폭발이나 환경 파괴의 영향이 고스란히 우리에게 오지요. 예전에도 그랬겠지만 옛날에는 원인을 몰랐죠. 이제는 우리가 다 이어져 있다는 사실을 알고요. 다른 나라에서 일으킨 온실효과로 어느 나라는 바다에 잠겨 없어질 수 있어요. 애초에 이런 것을 생각하는 사람이 SF를 쓰지 않을까요. 과학은 아무래도 세계가 돌아가는 규칙을 설명하려 하니까요. 내 일상이 세계의 어떤 규칙으로 생겨났는지 생각하다 보면 시야가 지구로, 우주로, 세계 전체로 가기도 하지요.

이번 코로나 팬데믹은 지구가 돌이키기 어려울 만큼 망가졌다는 징조 중 하나인데, 저는 그래도 희망을 보았다고 생각해요. 돌아가신 분도 많고 여전히 고통받는 분도 많은데 이렇게 말해도 되나 모르겠어요. 종말은 그리 쉽지 않다는 방향의 희망일까요. 전대미문의 사건이었지만 대응하는 방법도 전대미문이었다고 봐요. 사람들이 바로 생활방식을 바꾸고, 대응하는 시스템을 만들고, 전 세계가 돕고 정보를 나누었지요. 한 곳에서 만든 시스템이나 백신이 전 세계에 전파됐고요. 아마 앞으로도 지구에는 재난이 계속 일어나겠지요. 빙하가 녹고, 해수면이 높아지고, 공해도 계속 심해질 거고, 그러다 또 지금처럼, 한순간에 전 세계가 다시는 이전으로 돌아갈 수 없는 다른 재난이 일어날지 모르지요. 그런데 아마 그때도 어찌어찌 대응은 하지 않을까. '전 인류가 생활 방식을 바꾸는 것이 불가능하지는 않겠구나.' 하는

생각을 이번 코로나 팬데믹을 보며 했어요. 우리가 나중에
는 방호복을 입고 살아야 할지도 모르죠. 하지만 필요하다
면 방호복을 입고 살도록 세계를 재편할 수 있겠지요. 인류
가 그 정도의 단계에는 이르렀다는 기분이 들었어요. 방호
복을 입고 살게 되어도 어떻게든 적응할 것 같아요. 사실 다
른 시대에 태어난 기성세대가 적응하기 힘들지, 지금 태어나
는 아이들은 처음부터 세계가 이렇게 돌아간다고 믿고 그에
맞추어 살고, 또 살 방법을 찾아낼 것 같아요. "나 방호복 샀
어." 하고 트위터에 쓰고, 리트윗과 좋아요를 나누며 서로를
위로하겠지요.

© 김용권, 김보영

김보영의 일상을 함께하는 고양
특징을 붙여 이름 지었다.
코에 흰 줄이 있는 흰줄이와
코에 점이 있는 코점이,
온 몸이 새까만 까망이,
0보 거리에 다가온 영보.

© 김보영

김초엽

:표준이 아니어도
된다는 불온함

　　김초엽과의 인터뷰는 서울에서 한 번 한 것으로는 성에 차지 않아 결국 울산에서 마무리했다. 울산에 작업실이 있으니 오시면 환영한다는 말을 들었기 때문이다. 김초엽은 울산에서 태어나 포스텍에서 화학을 전공하고 생화학으로 석사학위를 받았다. 그리고 2017년 「우리가 빛의 속도로 갈 수 없다면」과 「관내분실」로 각각 한국과학문학상 중단편 대상 및 가작을 수상하며 동시 수상이라는 기록을 세웠다. 또한 2019년 『우리가 빛의 속도로 갈 수 없다면』으로 오늘의작가상을, 2020년 「인지 공간」으로 젊은작가상을 수상하며 작품성과 인지도를 갖춘 젊은 작가의 반열에 올랐다. 첫 단행본 『우리가 빛의 속도로 갈 수 없다면』은 출간 1년 만에 10만 부, 2년 만에 20만 부라는 판매량을 기록하며 한국 SF 소설 카테고리의 판매량을 크게 끌어올리는 역할을 했다. SF 독자로서는 손뼉 치며 호들갑을 떨고 싶은 일이다. 그리고 나는 초대를 사양하지 않는 사람일뿐더러 마침 울산에 가 본 적이 없었으므로, 신나는 마음으로 인터뷰 일정을 잡았다. 추가 인터뷰를 명분으로 관광을 하고 보드게임을 하고 맛있는 것도 먹을 속셈이었다.

　　울산은 서울과 큰 차이를 느끼기 어려운, 도시같이 생긴 도시였

88

다. 나는 서울에서 나고 자라 서울의 대도시 풍경을 집으로 느낀다. 어
릴 적에는, 지금도 어느 정도 그렇지만, 서울 밖의 모습은 그저 막연했
다. 10대 시절이 지나 다른 도시들을 직접 가 본 뒤에야 구체적인 차이
를 느꼈다. 어느 항구도시는 시내의 번화가가 여기서 저기까지로 끝이
었다. 내게 도시를 소개해 준 친구는 자기가 서울에서 처음 놀란 점이
번화가의 경계가 보이지 않는 모습이었다고 했다. 나는 저녁 9시의 번
화가에 서울 새벽 2시처럼 사람이 없다는 데 놀랐다. 서울에는 사람도,
공간도, 기회도 많으니까. 서울에 거주하면 극장과 병원과 도서관과 행
사장과 새벽에 영업하는 배달 음식점을 찾기가 어렵지 않았다. 서울의
대학을 가면서 자취 비용을 걱정할 필요가 없었다. 취향을 나눌 만한
사람들을 쉽게 만날 수 있었다. 나는 서울 사람이라는 점만으로 비교적
윤택한 생활을 누렸다. 서울을 떠나 보지 않았다면 몰랐을 사실이었다.
김초엽 소설에 등장하는 이방인, 방문자, 여행자들이 겪듯, 접촉은 어
쩔 수 없이 사람을 변화시킨다.

　　인터뷰 중 자신이 은연중에 누리는 권력의 문제가 자꾸 화두에 올
랐다. 권력을 지닌 사람은 타인에게 영향력을 행사한다. "한 집단의 사
람들은 다른 집단에 비해 더 많은 권력을 가지고 있어서 자신을 인간다
움의 표준으로 여기고 자신의 필요에 따라 세상을 맞추어가고 자신들
의 경험을 정당화한다."* 표준이 무엇인지 확신하는 사람은 그만큼 쉽
게 타인에게 비표준이라는 도장을 찍곤 한다. 언젠가 소위 '부자 동네'
에서 일하던 중 부모님 신용카드를 받은 게 언제냐는 질문을 들은 적이

* 수전 웬델 지음, 김은정, 강진영, 황지성 옮김, 『거부당한 몸』(2013,
그린비), 125쪽.

있다. 다른 이들이 너무나 자연스럽게 이야기를 주고받아서 차마 아무 말도 하지 못했다. 신용카드를 선물 받을 수도 있다는 사실을 그 질문으로 처음 알았다. 나는 대학 생활 내내 근로장학금 또는 아르바이트로 생활비를 충당했다. 형편 좋은 아르바이트가 가능하고, 학자금 대출 말고는 빚이 없고, 기를 쓰고 취업해야 하는 상황이 아니라서 다행이라고만 생각했다. 신용카드 질문을 듣는 순간 갑자기 가난이 느껴졌다. 어디 가서 가난하다고 하면 욕먹을 삶을 살았는데도 그랬다. 별 의미 없는 한두 마디로 나는 경계선 밖으로 밀려났다. 하지만 나도 누군가를 밀어내는 줄도 모르며 밀쳤을 것이다. 이는 관계의 문제이고 관점의 문제였다. 밀고 밀리는 경험이 쌓일수록 세상이 3차원으로 보였다. 입체의 형태를 가늠하려면 시점을 이리저리 옮기는 것이 유리하다. 서울이 얼마나 유별난지 체감하려면 서울 밖을 넘나들어야 했다. 3차원의 사회를 이해하려면 준거집단을 다양하게 갖출 필요가 있었다. 소설은 도움이 됐다. 특히 SF는, 물론 재미있어서 읽긴 했지만, 아주 좋은 도움이 됐다.

시점 이동으로 치면 SF는 이동 폭이 넓다. SF는 개인이나 사회를 현실과 다르게 설정하는 방법으로 표준을 바꾼다. 이쪽에서 결핍이라고 생각했던 모습이 소설에서는 당연한 상태가 된다. 의식하지도 못했던 문제가 상상하지도 못했던 방법으로 해결되기도 한다. 김초엽의 인물은 이동하는 사람들이다. 이들은 안에서 밖으로, 밖에서 안으로 이동하며 낯선 영역을 체험하고 타인을 이해한다. 소설에는 내부와 외부, 위와 아래, 주류와 비주류, 표준과 비표준, 우리와 타자의 경계가 자주 등장한다. 「스펙트럼」과 「행성어 서점」은 낯선 언어를, 「마리의 춤」이나

「숨그림자」는 낯선 언어가 당연한 커뮤니티를 제시하며 독자를 비표준으로 밀어 넣는다. 「우리가 빛의 속도로 갈 수 없다면」의 안나는 주류의 첨단에서 순식간에 비주류로 밀려난다. 우주여행 기술의 주류가 안나가 따라잡지 못할 속도로 달라졌기 때문이다. 이렇게 김초엽의 소설은 권력을 자꾸만 이동시키며 경계를 포착한다.

개인으로서도 김초엽은 주류와 비주류의 관점을 꾸준히 의식하는 사람이었다. 아무리 소수자성을 지닌 사람이라도 모든 영역에서 주류의 시선을 탈피할 수는 없다. 우리는 가만히 있으면 자연스레 중심을 향해 기울어진다. 조금이라도 객관적으로 판단하기 위해서는 자기 관점이 오염되어 있다는 사실을 인정해야 한다. 그래서인지 김초엽의 말에는 "다 그렇진 않겠지만" 하는 첨언이 버릇처럼 뒤따랐다. 의심하고 조심하는 습관이 붙은 사람의 말이었다. 편집하는 과정에서 많이 사라졌지만, 이 인터뷰에는 "제가 보기엔"이 배경으로 깔려 있다.

소설에 정답이 없다는 이야기도 여러 번 나왔다. 많은 사람이 불투명하거나 모호한 상태를 불안하게 여긴다. 틀리든 맞든 쉽게 판가름 지으려는 것이 인간 본성이다. 그러나 김초엽의 소설은 불편하고 불온한 조각을 간직하고 있다. 그리고 이것도 저것도 아닌 상태를 담아내려 한다. 『지구 끝의 온실』에서 보여주듯 인공과 자연의 이분법은 사실 부정확하다. 공기 정화 식물 '모스바나'는 순전한 인공물도 자연물도 아니다. 사이보그가 된 레이첼은 인간도 기계도 아니다. 이런 혼종에게 표준을 들이대는 일은 의미가 없다. 「로라」도 비정상과 정상을 뒤섞는 소설이다. 로라는 가져 본 적 없는 세 번째 팔을 잃어버렸다고 느끼는 사람이다. 대부분의 사람에게는 팔이 두 개인 쪽이 정상이라는 사실은 의미가 없다. 로라는 인공 팔을 몸에 덧대고 나서야 자기 몸이 정상이라고 느낀다. 로라를 사랑하는 화자조차 로라를 이해하지는 못하지만, 그럼에도 화자가 로라를 사랑하길 그만두지 않는다는 점이 중요하다. 우리는 서로 이해하지 못해도 공존할 수 있다. 이쪽도 저쪽도 아닌 상태로 사랑할 수 있다. 이쪽저쪽으로 흔들리며 경계를 불신하는 쪽이 오히려 정답일 것이다.

재미있게도, 우리 둘은 불완전한 이해와 소통 이야기를 하면서 불완전한 방식으로 대화를 나눴다. 김초엽은 일찍이 신경성 난청 진단을 받았다. 나는 김초엽 이전에는 난청인 사람과 대화해 본 적이 없었다. 글로 이야기할 때는 몰랐는데 말을 주고받으니 소리가 공기 중에서 조금씩 소실되는 것이 보였다. 대화가 원활하고 재미있다는 점과는 별개로 소리 언어가 얼마나 휘발성이 높은지 실감이 났다. 게다가 우리 언어가 형식만이 아니라 의미 또한 불완전하다는 사실도 신경 쓰였다. 소리의 소실이 눈에 "보였다"고 썼지만 이건 '느꼈다'를 습관적으로 다르게 쓴 말이다. 이는 한국어의 일반적인 관습이다. 눈이 보이지 않는 사람이 '보였다'거나 '명시적이다'라고 써도 틀리지 않는다. 하지만 그가 그런 말을 쓰면서 언어가 자신을 배제한다고 느끼지 않기도 어려울 것이다. 언어에는 복합적인 권력이 묻어 있다. 그리고 김초엽은 그런 감각까지 잘 잡아내는 사람이었다. 나는 「데이지와 이상한 기계」가 좋았다는 이야기를 했다. "만약 세상에 이미 그렇게 많은 전환들이 존재한다면, 그것이 인간의 지극히 좁은 감각 영역을 위해 작동한다면, 왜 어떤 종류의 전환만이 불필요한 것으로 여겨질까? (……) 우리가 가진 현실의 결이 모두 다르다면, 왜 그중 어떤 현실의 결만이 우세한 것으로 여겨져야 할까?"

　인터뷰를 두 번 했더니 김초엽 인터뷰의 분량이 제일 길어졌다. 이 글도 조금 길어지고 말았다. 울산의 작업실은 예쁜 것들이 쌓인 아늑한 공간이었다. 곧 다른 도시로 이사 간다는 말에 그곳을 SF 성지로 만들어 버리라는 이야기를 했다. 또 보드게임을 하자는 이야기도.

대중을

향해

글을

쓰는

직업

작가

요즘 어떤 일을 하고 계신가요? 2021년에만 책이 네 권 나왔네요. 인터뷰나 강연도 대단히 많았던 것으로 알고 있습니다.

책을 연달아 낸 덕분에 2021년에는 출장을 엄청나게 다녔어요. 처음에는 출장 다니는 일도 재미있었어요. 작가는 출장이 많은 직업이 아니니까 사회인이 된 듯한 느낌이었거든요. 너무 많이 다녔더니 집에 있고 싶네요. 이제는 한동안 에세이 연재를 할 예정입니다. 여름이면 또 소설을 써야 하지만 반년 정도는 여유 있게 지내도 되지 않을까 싶어요.

새로 연재할 에세이는 어떤 내용인가요?

원래 여기저기 쓴 에세이를 책으로 엮으려 했는데, 저는 하나의 흐름으로 쓰는 걸 좋아해서 새로 연재를 하기로 했어요. 창작과 독서에 대한 글입니다. 지금 단계에서 구체적으로 설명하긴 어려운데요. 저는 SF를 써서 그런지 다른 장르의 소설과는 작법이 다르다고 느껴요. 논픽션 쓰듯이 써요. 자료를 많이 수집한 다음에야 쓸 이야기가 나오죠. 비인간 존재, 사물, 시스템에 대해 조사합니다. 『지구 끝의 온실』을 쓸 때는 식물을 엄청나게 조사했죠. 워낙 창작과 관련된 독서가 많으니 이 주제로 에세이를 써봐도 재밌겠더라고요. 6개월 정도 연재를 생각하고 있는데 써 봐야 알 것 같아요.

하나의 흐름을 좋아한다고 하셨는데 『지구 끝의 온실』로 첫 장편 소설을 내셨잖아요. 장편 작업과 단편 작업은 느낌이 달랐을 텐데, 어땠나요?

단편집 『우리가 빛의 속도로 갈 수 없다면』(이하 『우빛속』) 이후로 단편에는 익숙해졌어요. 장편은 처음 해 보는 일이라 어떻게 다른지 감을 잡기가 어려웠죠. 다 쓰고 나니까 좀 알겠어요. 단편은 아이디어나 세계 설정이 중심이어도 되고, 장편은 무조건 캐릭터가 확실해야 하는구나. 인물 중심으로 가야 하는 게 장편이구나. 『므레모사』는 400매 정도의 중편이니 장편 쓰는 느낌으로 썼죠. 인물 중심이라 제가 원래 쓰던 형태랑 꽤 달라요. 반응이 어떨지 모르겠네요.

작업실이 있으시잖아요. 꼭 갖춰야 하는 물건이 있나요?

저는 장비에 집착하는 편이어서 도구에 돈을 아끼지 않아요. 책상도 높이 조절 책상을 써요. 키가 작은 편이라 표준 높이의 책상을 쓰면 어깨가 진짜 아프거든요. 책상 높이를 낮추면 자세가 바르게 되고요. 의자도 얼마 전에 좋은 걸 샀는데 허리가 덜 아파요. 키보드는 리얼포스를 씁니다. 키보드를 오래 치면 손목이나 손가락이 아프잖아요. 제가 대학원생 때 실험하느라 손목이 많이 상했어요. 그래서 조금만 작업해도 아픈데, 도구로 보완하고 있죠.

작업 시간은 어떻게 되나요? 혹시 글 쓰는 시간을 확보하기 위해 신경 쓰는 점이 있을까요.

글 쓰는 시기와 안 쓰는 시기가 달라요. 다만 안 쓰는 시기에도 무조건 출근해요. 점심때 가서 새벽에 와요. 마감이 있는 시기면 글 쓰고 밥 먹고 운동하고 또 글을 쓰고요. 덜 바쁜 시기에는 다음 책 자료 수집하고 책 읽고 지내요.

초고를 쓰거나 교정을 하거나 퇴고를 하는 시기에는 중간에 운동하러 다녀오면 확실히 좋아요. 잡생각이 사라지거든요. 작가 일을 하다 보면 쓸데없는 생각이 많아져요. 괜히 인스타그램 보고 리뷰 찾아보고, 그럼 또 '이거 쓰면 안 될 것 같은데' 싶고, 복잡하고 불필요한 생각이 많이 들죠. 운동하고 나면 잡생각이 사라져서 바로 다시 작업을 할 수 있어요. 하지만 가기 귀찮아서……. 인간은 왜 운동을 해야 하는가…….

저는 전업 작가니까 시간을 확보하기 위한 노력이 많이 필요하진 않아요. 대신 집중해야 하는 시기엔 외부 일정은 안 잡죠. 강연이나 인터뷰, 이런 건 한 번만 갔다 와도 하루가 흐트러지잖아요. 저는 다음 날 일정이 있으면 전날부터 산만한 타입이거든요. 단편을 써야 하면 무조건 열흘 정도는 일정을 비우고, 장편은 더 오래 비워요. 한두 달에 끝나지 않으니까요. 『므레모사』도 한 달간 쭉 썼다가, 밀린 일을 하다가, 또 한 달 동안 쭉 고쳐서 완성했어요. 시간 확보를 위해 거절을 잘해야 했어요. 아무래도 처음에는 일을 거절하기가 쉽지 않았죠. 제가 올해 책을 많이 낸 이유도 거절을 못 해서예요. 이젠 빈 시간 확보를 잘 해보려고요.

외부 활동과 글쓰기를 병행하기가 쉽지 않았겠어요. 강연 등을 집중적으로 겪으면서 경험이 많이 쌓였을 것 같은데, 어떤가요? 재미있었던 경험이 있나요?

강연하면서 들어오는 질문에 답을 잘하면 스스로 대견한 마음이 들어서 재미있어요. 사실 질문이 유사한 경우가 많잖아요. 점점 답변이 척척 나오는 기분이에요. 독자분들 만나는 것도 재미있죠. 한 독자님께 마리모 인형을 선물 받은 적이 있어요. 편지를 넣어 주셨는데, 마리모가 행운을 선물한다는 의미라고 하더라고요. 그런데 살아 있는 마리모를 전하면 생명을 소홀히 다루는 기분이라 인형을 샀다고 하시더라고요. 너무 귀여운 거예요. 그렇게 소소한 좋은 기억들이 있어요.

마침 단편 「우리 집 코코」를 읽으면서 코코는 마리모처럼 생겼으리라 생각했어요. 귀여운 우주 식물이 인류를 통해 지구를 잠식하잖아요.

맞아요. 원래 처음 떠올린 이미지는 미국 SF 드라마 「스타트렉」에 나오는 '트리블'이었어요. 털공처럼 생긴 햄스터 같은 생물체 있잖아요. 마침 생물체 이야기를 쓰고 있었으니 트리블의 식물 버전을 쓴 거예요. 말하자면 초록색 햄스터인 거죠.

명실상부한 전업 작가가 되셨는데요. 작가라는 정체성을 형성한 시기를 꼽아본다면 언제인지요.

저는 직업으로서의 작가 정체성이 확고해요. 데뷔 이후 글로 원고료를 벌면서 조금씩 형성이 됐어요. 대중 독자를 향해 글을 쓰는 직업 작가라고 스스로를 정의해요. 전통적인 의미의 작가들이 문학의 예술성이나 사회적인 역할을 고민하셨다면, 그쪽은 아직 제게 와닿는 질문은 아니에요. 다른 데서 인터뷰를 하면 작가로서의 사회적 역할을 많이 질문하시더라고요. "2021년의 작가는 무엇이어야 하느냐?"라고요. 그때그때 생각이 달라져요. 고민해 가는 과정인 것 같아요.

작가가 되어서 좋은 점이 많아요. 창작은 만드는 사람이 주체가 되잖아요. 나의 즐거움과 일이 맞닿아 있어요. 글을 쓰는 게 나의 직업이고, 누군가 나의 글을 기다려 줘요. 되게 만족하고 있어요.

쓰기 싫을 때는 어떻게 하나요? 늘 즐거울 수는 없고, 쓰기 싫을 때

도 있을 거잖아요.

회사원도 마찬가지 아니겠어요. 처음 취직할 때는 간절하지만 막상 출근은 하기 싫죠. 작가도 데뷔는 간절하지만 마감은 하기 싫어요. 마감은 항상 하기 싫은데 끝내고 나면 만족도가 진짜 높아요. 마음에 안 드는 글을 쓰면 기분이 좋지 않지만, 80퍼센트 확률로 마음에 들어요. 글을 끝낼 때 정신적으로 충족되는 바가 커요. 그리고 결과물을 보는 사이클이 빨리 돌아오는 직업이에요. 과학 연구는 프로젝트 하나를 몇 년 동안 해도 결과가 제대로 안 나올 수도 있는데, 글은 단편은 한 달이면 쓸 수 있고 장편도 2년이면 어쨌든 완성된 결과물이 나오니까요. 저는 인내심이 부족하거든요. 잘 맞아요.

앞서 자료를 많이 모은다고 하셨는데요. 자료 정리하는 방법이 따로 있나요?

자료는 원문 자체로는 별로 가치가 없어요. 자기가 스스로 압축해야 자기 걸로 만들 수 있어요. 저는 손으로 써서 옮기거나 타이핑해서 발췌해 둬요. 구상할 때는 일반 공책도 쓰고요, 포스트잇도 많이 쓰네요. 책을 읽다가도 뭔가 떠오르면 무조건 포스트잇에 써 둬요. 소설로 이어질 것 같은 문장이 가끔 있잖아요. 포스트잇이 감당할 수 없이 많이 모이면 스크리브너나 에버노트 같은 문서 프로그램으로 옮깁니다. 무조건 디지털로 백업하는 과정을 거쳐요. 스크리브너는 프로젝트별로 관리할 때 쓰고, 에버노트는 프로젝트로 넘어가기 전 단계의 메모를 정리할 때 써요. 스크리브너가 책 단위로 관리할 때나 자료를 구조화할 때 진짜 편해요. 『사이보그가 되다』를 집필하면서 처음 본격적으로 썼는데, 구조화하는 방법을 배운 뒤로는 잘 쓰고 있어요.

자료와 메모를 쌓다가 어느 시점에 글을 쓰기 시작하시나요? 혹은 이야기 중에서 어디부터 쓰기 시작하시나요? 쓰고 싶은 문장, 결말 부분, 이야기가 시작하는 부분 등 선호하는 시작점이 있나요?

다 갖추고 나서 시작해요. 도입부, 결말부, 제가 쓰고 싶은 장면, 클라이맥스 펀치를 때릴 수 있는 강력한 대사, 다 있어야 해요. 얼개가 나온 상태, 제가 전체 흐름을 아는 상태에서 씁니다. 조각조각을 봤을 때 하나의 이야기가 되겠다 싶으면 시작해요.

그럼 글을 쓰다가 막히는 때는 주로 언제인가요? 쓰는 과정이 끝날 때까지 제일 고통스러운 때는요?

작품마다 달라요. 보통 뭉뚱그려 넘어가려 했을 때 막히죠. 인물이 구체적이지 않다든지, 세계관에 치명적인 구멍이 있는데 나중에 생각하려고 미뤘다든지. 장편이라면 전체 흐름을 생각해서라도 채워야 할 디테일이 워낙 많잖아요.

아니면 이야기는 있는데 글에 어울리는 톤을 못 찾았을 때요. 이야기가 어디서 시작하는지도 중요하잖아요. 똑같은 사건이어도 어디서 시작하는지에 따라 몰입도가 달라요. 인물의 시점을 어떻게 표현하는지, 대사나 말투를 어떻게 하는지에 따라 딱 달라붙는 느낌이 있어요. 그래서 도입부를 많이 고쳐요. 「최후의 라이오니」가 그랬어요. 처음부터 얼개가 전부 있었는데도 도입부가 아무리 해도 재미가 없는 거예요. 고칠 때마다 시작하는 위치도 비슷했어요. 주인공이 아무도 탐사한 적 없는 거주구에 처음 들어가는 장면요. 아무리 고쳐도 재미가 없더라고요. 도입부만 열 번 넘게 고치다가 가까운 친구에게 보여줬어요. 친구가 이걸 3인칭으로 쓰지 말고 1인칭 주인공 시점으로 써 보자고 했죠. 그렇게 탐사보고서 형식으로 고친 뒤로는 끝까지 쓸 수 있었어요.

퇴고할 때 신경 쓰는 점이 있나요?

글쓰기와 퇴고가 분리되어 있질 않아요. 계속 고치면서 쓰는 쪽이어서요. 거슬리는 점 없이 잘 읽히도록 신경 써요. 세계관이나 배경은 미리 설정해 두기 때문에 크게 달라지진 않아요. 검토할 때는 주로 인물을 다듬어요. 대사를 많이 고칩니다. 처음에는 행동을 이어 가기 위해 생각나는 대로 대사를 쓴다면, 두 번째, 세 번째에는 이 인물은 어떻게 말하고 행동할지를 고민하고 씁니다.

『지구 끝의 온실』은 연재 때와 바뀌었다는 말이 후기에 있었는데요. 주의해서 고친 부분이 있나요?

처음 발표한 버전은 완성도가 떨어졌어요. 같은 스토리라도 사건의 개연성이 부족하거나 퍼즐이 풀리지 않은 부분 등이 있어서 앞에서 던져 둔 요소를 다 풀어내질 못했거든요. 그런 점을 고쳤어요. 그리고 액자식 구성의 이야기잖아요. 액자 바깥에서 아영과 식물 연구원들이 하는 이야기에 주의를 기울였어요. 그들이 어떤 목적으로 과거의 이야기를 발굴하는지, 그 과정에서 어떤 사건이 일어나는지, 이런 점을 많이 다듬었어요. 파트 1을 많이 고쳤죠. 도입부가 아쉬워서 많이 수정했고요. 중반부터는 크게 달라지지 않았어요.

선공개를 하면 아무래도 독자 반응을 바로 보게 되잖아요. 좋아하시는 부분이 있고 아쉽다고 하시는 부분이 있는데, 이 소설은 연재를 했으니까 어떻게 보면 정식 출간 전에 세세하게 피드백을 받은 거죠. 그걸 보면서 고치니까 저에겐 특이한 경험이었어요. 특히 첫 장편이다 보니 확신이 없잖아요. 재미있다고 해 주시는 분들이 계셔서 '이 소설이 망하진 않겠다. 최악은 아니겠다. 읽을 만한 소설이 되겠다.' 이런 생각이 들었죠.

식물 생각을 많이 하셨을 텐데, 다른 인터뷰에서 선인장이 인상 깊었다고 하신 걸 봤어요. 자료를 보면서 '이거 진짜 재밌다.' 혹은 '대단하다.'고 느꼈던 점이 있나요?

우리는 자아에 집착하잖아요. 나는 하나의 사람이고, 내 안과 밖의 경계를 확고히하죠. 식물은 인간과 달리 개체성이 불분명해요. 인간도 물론 장내 미생물 등이 있지만, 식물은 정말로 미생물이나 곰팡이 등과 구분하기 어려울 만큼 긴밀하게 연관되어 있어요. 식물끼리 뿌리로 연결되어 네트워크를 이루기도 하고, 그냥 잘라서 심으면 새로운 개체가 되기도 하고요. 죽음의 개념도 인간과 달라요. 죽음이 인간만큼 심각한 일이 아니라고 할까요. 애초에 죽어도 다시 태어나고, 다시 태어나서 죽기도 하고요. 예전에 아버지가 꽃에 대해 하신 말씀이 있어요. 사람들은 꽃이 시들면 살리려고 애를 쓰는데, 그냥 보내 주고 다시 새로운 화분을 들이는 쪽이 식물의 생활에 맞는 방식이라고요. 식물의 삶을 보다 보면 우리의 사고방식을 다른 방향에서 보게 돼요.

마음의

장벽을

———————

넘는

순간이

즐거워요

취미가 게임이라고 하셨어요. 어떤 점을 좋아하시나요? 게임도 소설도 서사적 즐거움이 있는 매체인데요. 글쓰기와 관련된 면이 있을까요?

게임은 어릴 때부터 자연스럽게 접했어요. 제가 기억하기로 일곱 살 때 아버지가 집에 컴퓨터를 사 오셨어요. 집안 형편이 좋지도 않았는데 어떻게 그러셨는지 모르겠어요. 제가 첫째라서 컴퓨터를 독차지했죠. 컴퓨터를 종일 쓰니까 빨리 익숙해졌어요. 하이텔에도 들어가 보고요. 당시 학교에서 바둑을 배웠는데 컴퓨터에 바둑 프로그램이 있는 거예요. "나 바둑 할래!" 이러고 인터넷 바둑을 했죠. 지뢰찾기 같은 기본 게임 프로그램도 다 해보고요. 자연스럽게 고전 게임도 했어요. 마트에 가면 엄마를 졸라서 「심즈」나 「롤러코스터 타이쿤」 같은 CD 게임을 몇 개 사고 그랬죠. 유명한 게임들과 저의 어린 시절이 겹쳐 있어요. 「문명」 시리즈라든가. 제가 고등학생 때 「리그 오브 레전드」가 처음 유행하기 시작했어요. 한국에 출시되기 전이라 북미 서버에 들어가서 플레이하던 시기였죠. 이런 것들로 게임이 매우 익숙해졌어요.

내년에 '아무튼 시리즈'로 SF 게임 에세이를 낼 예정이에요. 스토리나 세계관 위주로 이야기할 거예요. 「호라이즌 제로 던」을 좋아해요. 과학을 전공하는 여성들이 울컥할 수밖에 없는 서사예요. 아니면 포스트아포칼립스를 다룬 「폴아웃」 시리즈가 세계를 그리는 방식이나 퀘스트로 설정을 풀어가는 구조 면에서 재미있었어요. 창작자의 관점으로 보게 되는 게임이죠. 세계를 어떻게 만드는지, 디테일을 어떻게 표현하는지 등을 배웠어요. 정말 정신없이 빠져서 했던 게임은 「몬스터 헌터」 시리즈나 「스타듀 밸리」 등이요.

　게임은 소설과는 표현 방법이 달라요. 그래도 영감을 받긴 해요. 예를 들어 외계 행성에 대한 글을 쓸 때 잘 안 풀려서 「스텔라리스」라는 게임을 했어요. 우주판 「문명」이라고 할까요. 이런 종류의 게임은 외계 행성만 디자인하는 사람이 따로 있대요. 구체적인 과학적 설정이 나름대로 합리적이고 개연성 있게 들어가 있어요. 행성마다 특성이 세세하게 다르고, 테라포밍 가능한 정도가 다르고, 테라포밍 방식이 달라요. 우주선 궤도도 그렇고요. 이렇게나 깊이 설정이 가능하구나 싶어요. 얼음 행성이나 가스 행성을 보면서 아이디어를 얻기도 하고요.

과학 이야기를 하니까 한국과학문학상 공모전에 당선됐을 당시 주변의 반응이 궁금하네요. 생화학 전공으로 석사과정 중에 계셨으니, 아무래도 주변에 과학자가 많았을 것 같아서요. 주변 과학자분들이 소설에 나오는 과학적 부분을 어떻게 봤을지도 궁금하고요.

과학문학상 당선 사실이 뉴스에 나서 처음부터 다들 당

선 소식을 알았어요. 교수님들 사이에서도 소문이 났죠. 별말은 안 하셨고 응원해 주셨어요. 제가 석사 때부터 연구만 할 것 같은 학생은 아니었다 보니, '자기 길 찾아가겠지.' 하신 모양이에요. 친구들도 대학원 연구실 복도에서 마주치면 "너는 왜 대학원 왔어?" 이러고 물어봤거든요. 그래서 당선 결과가 나왔을 때 아무도 이상하게 생각하지 않았어요. 이공세 쪽 지인분들이 다 책을 읽으시는 건 아니고, 그냥 재미있게 생각하고 응원해 주세요. 같이 기뻐해 주시는 게 좋더라고요.

저는 과학적인 부분은 편하게 써요. 알고도 틀리는 편이죠. 소설의 궁극적 목표는 마음을 움직이는 거라고 생각해서요. 읽는 동안의 재미가 1.5순위, 결말의 충격이나 감정적으로 마음을 뒤흔드는 점이 1순위에요. 말 안 되고 허무맹랑한 줄 알지만 그냥 써요. 「캐빈 방정식」에는 엉터리 이론 물리학이 들어가 있는데, 독자분들은 자기가 물리학을 몰라서 이해를 못 한다고 생각하세요. 그게 아닌데. 그런 경험을 여러 번 했어요. 나만 알면 되겠다 싶죠. 내가 뭘 틀리게 쓰고 뭘 맞게 쓰는지 스스로 잘 파악하면, 내적 개연성 정도는 지킬 수 있겠다.

연구에 필요한 글과 소설에 필요한 글이 충돌한 적은 없는지도 궁금해요. 학교를 계속 다니셨으니까요. 아니면 반대로 둘이 서로 도움이 되었을 수도 있고요.

학교에서 본격적으로 논문을 쓴 건 아니어서요. 논문을 제대로 쓰려면 박사과정을 해야 하는데 저는 졸업논문 정도만 썼죠. 아카데믹한 글쓰기와 소설이 충돌할 정도는 아니었어요. 오히려 도움을 많이 받았죠. 자료를 검색하는 방법이나 요약하는 방법이 어느 정도 훈련된 상태라 편했어요.

어떤 분들은 제 글의 어느 부분이 너무 논픽션처럼 읽힌다고 하세요. 소설이면 보통 인물의 시점에서 대화나 행동을 통해 이야기를 풀어야 하는데, 저는 설명이 많다는 거죠. 그런데 그게 제 취향이라 어쩔 수 없어요. 설명이 재미있잖아요. SF 장르의 팬들은 설명을 좋아하는 경우가 많지 않을까요. 「인지 공간」 같은 작품에서는 시스템을 설명할 때 제일 재미있었어요. 인지 공간에서 수업하는 장면 있잖아요. 설명할 때 정말 짜릿해요. 희열감이랄까.

설명 좋아요! (웃음) 예상 독자의 모습이 있나요?

지금은 없어요. 예전에는 나름대로 상상했는데, 다양한 독자가 존재한다는 점을 알게 되면서 없어졌어요. 전에는 성인 독자를 주로 상상했는데요. 알고 보니 청소년이나 20대 초반 독자가 정말 많더라고요. 글을 쓰면서 머릿속에 그분들을 앉혀 놓는 것은 아니지만, 제가 생각하는 독자의 모습이 변하긴 했어요.

단편집 『행성어 서점』의 뒷부분은 연작 소설이잖아요. 원래부터 연작으로 생각했는지, 나중에 이어지는 부분을 더했는지 궁금했어요.

처음부터 연작으로 구상했어요. 애초에 미술관 전시에 참여한 작품이었거든요. 이전에는 연작 형식에 도전해 본 적이 없지만 미술 전시다 보니 빨리 읽혀야 하고, 그러면서도 전체 분량이 너무 적으면 안 되니까요. 전시와 소설의 결합이라는 측면에서 짧은 소설의 연작이 가장 잘 어울리겠더라고요. 그렇게 만든 세 개의 이야기에, 처음부터 계획하진 않았지만 「우리 집 코코」가 붙었어요. 하나의 세계관을 느슨하게 공유하고 있어요.

전시는 생각보다 반응이 좋아서 놀랐어요. 저한텐 매우 흥미로운 주제의 전시였는데요. 포스트휴머니즘이라고 할 수도 있겠고, 환경에 대한 이야기기도 했어요. 인간과 자연과 기술이 어떻게 상호작용하고 영향을 미치며 살아가고 있는지 최신 담론을 담은 주제였어요. 생각보다 많은 분이 제 작품을 읽고 가시더라고요. 재밌었다고 하시고요. 아무래도 현대미술이 딱 봤을 때 이해하기 어려운 점이 있는데 소설은 직관적이잖아요. 제가 쉽게 쓰는 편이기도 하고요. 전시 주제에 대한 해설 역할을 하지 않았나 싶어요. 재미있는 협업이었어요.

「우리가 빛의 속도로 갈 수 없다면」은 연극으로도 나왔잖아요. 음악도 나왔고요. 「스펙트럼」은 영화화 소식을 들었습니다. 소감이 어떤가요?

소설이 다른 매체가 될 때 터치를 거의 안 해요. 의견을 따로 내지도 않고요. 뭘 물어보면 답을 해드리지만 제가 직접 개입하지 않는 게 낫다고 생각해요. 어떤 매체로 가든 '재미있다.' '흥미롭다.' '새롭게 나와서 좋다.' 하는 정도로 관찰자처럼 보게 돼요.

울산 사람으로서, 울산의 경험을 소설에 넣은 적이 있나요? 예를 들면 정소연 작가님은 마산 출신이고 「마산앞바다」를 쓰셨잖아요. 전혜진 작가님은 인천에 살며 인천 바다를 다뤘고요. 물론 초엽 님의 「캐빈 방정식」은 울산 관람차가 배경이지만, 이외에는 없나요?

저는 딱히 없어요. 울산은 좀 재미없는 도시 같아요. 20대는 포항에서 많이 보냈고, 포항에는 약간 애증이 있어요. 싫은데, 캠퍼스에서 걸었던 기억이나 재미있었던 기억이 많고, 거길 벗어나면 다시 싫고. 울산을 떠난 뒤에는 쓸 이야기가 나올지도 모르죠. 곧 이사를 가기도 하고요.

그간 여러 상이나 타이틀을 받으셨는데요. '올해의 작가' 같은 거

요. 솔직히 자랑스러워하는 타이틀이 있나요? 이건 진짜 기쁘다,
뿌듯하다, 싶은 거요.

인터넷서점 알라딘에 '신간알리미 등록' 기능이 있어요.
그 작가 신간이 나오면 알림을 받는 기능이에요. 제가 신간
알리미 등록 1위였어요. 엄청나게 뿌듯한 거예요. 그만큼
누가 날 기다려준다 싶어서.

**부러워하는 작가가 있나요? '나도 이렇게 쓰고 싶은데.', 혹은 '이
렇게 살고 싶은데.' 하고요.**

습작하는 동안에는 많았죠. 하지만 작가로서 롤모델은
있을 수가 없어요. 이 작가처럼 쓰고 싶다고 생각하더라도
이미 이 작가가 있으니까 똑같이 써서는 살아남을 수가 없
어요. 나만의 영역을 만들어야 하잖아요. 저는 제가 하고 싶
은 걸 갖고 있어요. 저와 다르게 쓰는 작가의 책을 재미있게
읽지만 그렇게 하고 싶다는 느낌은 잘 없어요. 배우고 싶은
점은 많죠. 좋아하는 작가도 너무 많고요.

안 써본 스타일로 써보고 싶은 욕심은 없나요?

가즈오 이시구로 생각이 나요. 쓰기 쉽지 않죠. 잘 읽히
고 재미있고, 읽을 때는 술술 읽히는데 다 읽고 나면 여운이

오래 남아요. 독특하게 대중적이죠.

대표작이라고 생각하는 작품은? 사람들이 많이 좋아해 주는 작품도 있겠지만, 스스로 생각하기에 잘 썼다고 자신하거나, 나밖에 쓸 수 없다고 생각하는 작품이요.

저는 독자가 많이 읽은 작품이 대표작이라고 생각해요. 그런 점에서 『우빛속』과 『지구 끝의 온실』이요. 하지만 스스로 생각하기에 제 스타일이 집약된 책은 『방금 떠나온 세계』예요. 단편으로서 할 수 있는 최선을 다했어요. 당분간 단편 안 써도 되겠다고 생각했을 정도로요. 설정, 세계관, 그에 어울리는 인물들이 제 취향으로 들어가 있고요. 그래서 이 책이 가장 만족스러워요. 완성도 측면에서도 그렇고요.

표지가 마음에 드는 책도 있나요?

『우빛속』의 파란색 리커버 판이 있어요. 예스24에서 나왔는데요. 파란 지구를 배경으로 캐리어 하나가 둥둥 떠다니는 그림이에요. 너무 예뻐요. 리커버 한정이라서 아쉬워요.

뿌듯했을 것 같아요. 작가로서 처음과 달라진 점이 있나요?

압박감이 덜해졌어요. 『우빛속』을 냈을 때는 제 책이 한 권뿐인 거니까. 뭔가 증명해야 한다는 초조함이 있었죠. 내가 운으로 잘된 게 아니라고 보여 줘야 한다고요. 출판계에는 워낙 한 번 반짝하고 사라지는 사람이 많고, 제가 그렇게 될 수 있잖아요. 시험대에 오른 기분이었어요. 작년에 책을 여러 권 내면서 그런 압박에서 자유로워졌어요. 물론 좋은 작품을 쓰려면 어느 정도의 스트레스는 반드시 필요해요. 하지만 증명해야겠다는 초조함이 아니라 나의 내면의 기준이 중요하다는 사실을 알게 됐어요. '나에게 중요한 글을 써야겠다.' '나한테 너무 재미있는 글을 써야겠다.' 이런 기준점을 찾아가는 일을 전보다 조금 잘하게 됐어요.

그 기준점은 어떤 형태인가요? 어떤 작가가 되고 싶나요?

자주 듣는 질문인데요. 딱히 목표가 있진 않아요. 좋은 작품을 써야겠다는 목표는 있어요. 계속 모습을 바꿔 봐야겠다고요. 지금까지는 글을 끝내기를 망설이지 않았어요. 쓰고 내놓고 약간 부족해도 다음으로 넘어가는 타입이었거든요. 글을 쓰기 전에도 그런 성격이었어요. 지금은 다른 방식으로도 해 봐야겠다고 생각해요. '하나를 끈질기게 파고들어 완성도에 집착해야 나오는 결과물을 만들어 봐야겠다.' '한 가지 스타일만 밀어붙이는 대신 완전히 다르게도 써 보는 작가가 되어야겠다.' 그 정도로 생각하고 있어요.

SF를 쓰면서 현실성이나 개연성을 더하기 위해 어떻게 하나요?

작품을 쓸 때마다 익히고 있어요. 처음에는 제가 못하는 걸 피하려고 했어요. 다들 살아온 방식에 따라 잘 보는 부분이 따로 있잖아요. 제 프레임은 과학과 기술이죠. 기술 발전과 사회 변화의 관계는 알아요. 하지만 다른 건 잘 모르거든요. 역사, 사회구조, 지리 같은 건 잘 몰랐어요. 관심 영역이 아니었으니까요. 그런데 저는 소설을 쓰고 있고, 또 SF는 세계를 만드는 작업이잖아요. 결국 다 알아야겠더라고요. 모르면 모르는 대로 구멍이 나요.

『지구 끝의 온실』을 쓰면서 세계 전체를 어떻게 다룰지 고민이 많았거든요. 이전까지는 하나의 집단, 도시, 작은 공동체에 주목하는 이야기를 주로 썼어요. 그런데 이 소설은 세계 전체로 영역이 확장된 거예요. 다른 지역으로 뻗어 나가야 하고, 이동해야 하고, 지리적인 감각이 필요했어요. 처음에는 어려웠어요. 다 알지는 못해도 아예 모르면 안 되겠더라고요. 공부해서 써야 한다고 생각한 뒤로는 어려워도 굳이 피하지 않아요. 물론 제가 당장 정치나 외교 관계가 엄청 복잡한 소설을 쓸 수는 없어요. 하지만 나의 소설에 필요한 만큼은 공부해서 모나지 않게 해보자 싶어요.

한편 작가들이 각자 모르는 부분이 있잖아요. 그걸 독자가 눈치 못 채게 하는 것도 작가의 역량이라고 생각해요. 작가가 뭘 아는지 모르는지 스스로 알고 있으면 매끈하게 넘어갈 수 있어요. 그런 점을 계속 배우는 중이에요.

예전에는 SF 작가면 마치 SF 전체를 대변하는 듯한 질문을 받곤 했다고 하잖아요. 비교적 최근에 데뷔하신 초엽 님은 어떻게 느끼는지 궁금해요.

그런 경우가 이제 줄었더라고요. 예전보다 세심하게 접근하는 분이 많아졌다는 느낌을 받았어요. 칼럼을 쓰는 분들도, '한국 SF에 아무것도 없었는데 김초엽 작가가 나타났다!' 하고 쓰지 않아요. 앞에 작가들이 계속 있었다는 걸 아시고요. 처음 데뷔했을 때는 일부러라도 다른 작가님들을 많이 호명해야겠다는 생각이 있었는데요. 지금은 SF에 입문하신 분들이 자연스럽게 다른 작품을 찾아보면서 독자층이 넓어지리라고 생각하게 됐어요.

지금은 SF 작가가 많이 늘고 한국과학소설작가연대도 생겼어요. 초엽 님도 1기 운영진으로 활동하셨죠. 작가 생활에 영향을 받은 점은 없나요? 글 쓰는 방법이나, 출판사와 이야기하는 방법 등 작가들끼리 교류하면서 이야기를 많이 했을 것 같아요.

신인 때 작가연대에 들어갔으니 아무것도 모르는 상태였어요. 이상한 출판사가 많다는 걸 배웠어요. 너무 슬퍼요. 좋은 출판사도 물론 많죠. 구분하는 방법을 배웠어요.

그리고 계약하는 방법도요. 모든 작가가 똑같은 대우를 받아야 한다고 하지 않더라도, 내가 정보를 알고 있는 상태에서 협상하면 완전히 상황이 달라지잖아요. 많이 도움을 받았어요.

2019년에서 2020년 초반까지는 작가연대에서 창작 소모임에 참여했어요. 작품을 보여주는 건 아니고 매달 '내가 이만큼 작업했다. 다음에 어떤 작업을 할 거다.' 하는 정도를 공유했죠. 그 정도만 해도 신인에게는 도움이 되더라고요. 지금처럼 작품이 많은 상태에서는 제가 딱히 뭘 하지 않아도 앞으로 나아갈 동력이 존재하잖아요. 제 책을 읽은 분들이 다음 작품을 기대하고, 출판사도 원고를 원할 것 같고. 신인에게는 동력이 마땅치 않아요. '내가 작가로 계속 살아갈 수 있을까?' 하는 질문을 매우 많이 던지는 시기예요. 하지만 동료 작가들과 계속해서 글을 쓰고 있다는 사실을 서로 확인하는 것만으로도 지속이 잘 돼요. 그게 좋았죠.

번한 질문이지만, SF를 시작한 계기가 있나요?

실리적인 이유였어요. 공모전에 제출하려고요. 학교에 SF 공모전이 있었거든요. 습작을 쓸 땐 SF만 쓰진 않았는데 제가 SF에 강점이 있더라고요. 다른 장르보다 저의 배경 지식이나 세계관을 잘 살리는 장르니까요. 처음에 쓴 작품은 SF는 아니라는 평을 받았어요. 그 뒤로 아무도 SF가 아니라고는 못할 작품을 써보려고 했는데, 공모전에서 요구하는 분량에 안 맞았어요. 그냥 날리긴 아까웠는지 심사하셨던 교수님이 작품을 투고할 수 있는 웹진을 알려주셨어요. 그래서 웹진 《크로스로드》에 투고했죠. 어떤 남자가 외딴 행성에서 자원을 캐다가 로봇과 친해지는 이야기였어요. 글쓰기 모임에서 친구들이 호평해 줘서 자신감을 얻었죠. 《크로스로드》에 게재하면서 처음으로 원고료를 받았어요. 지금 보면 그냥 습작이지만 저에게는 중요한 계기가 된 작품이에요. 계속 소설을 써도 되겠다고요.

SF를 쓸 때 영향을 받은 작가나 작품이 있나요?

한국 작가들의 책에 영향을 받았죠. 한국에서 SF를 쓰면서 생기는 어려움을 해결하기 위해 많이 참고했어요. 예를 들면 등장인물을 다국적으로 설정하면 언어를 어떻게 할지 고민하게 돼요. 영어 문화권에서 글을 쓰는 작가들은 이런 고민을 덜 하겠죠. 하지만 제 앞에서 활동하신 많은 국내 작가들이 레퍼런스를 잔뜩 쌓아 놓아서요. 언어 설정 같은 문제를 우회하거나 돌파하는 다양한 방법이 있어요. 정서적인 면에서는 김보영 작가님이나 정소연 작가님 작품에 영향을 받았어요. 데뷔 직전과 직후쯤 국내 작가들 책을 다 읽었어요. '이렇게 쓸 수 있구나, 한국 SF는 재미있네.' 이런 생각을 했어요. 덕분에 저의 취향을 알았죠. SF라고 해도 스펙트럼이 넓잖아요. 폭넓게 좋아하는 분도 있겠지만 보통 특정한 계열의 작품을 좋아하죠. 저도 그랬어요. '옥타비아 버틀러 소설은 재밌는데 이 작가는 좀 아쉽네.' 하고요. 버틀러의 『킨』은 너무 재미있었어요. 처음에는 고통스러웠는데 다시 읽으니 고통스럽지만은 않고 은근히 유머 감각이 있더라고요. 최근에는 해외 작품이 다양하게 번역 출간이 됐잖아요. 혜택을 봤죠.

맞아요. SF도 범위가 넓은데 특정 이미지만 강조되는 측면이 있죠. SF는 별로일 거라고 지레 꺼리는 분들이 계시고요. 초엽 님 소설은 그런 점에서 SF의 진입 장벽을 낮추는 역할을 하고 있잖아요. SF를 어려워하는 분들에게 하고 싶은 말이 있나요?

SF가 좀 어려운 장르는 맞죠. 진입 장벽이 높아요. 그 장벽을 아무렇지 않게 넘는 분들이 있고, '아니다.' 하고 돌아서는 분들이 있고요. 물론 장벽을 낮추는 작품도 많죠. 제 작품도 그런 스타일이고요. 어쨌든 나의 취향을 조금 내려놓으면 새로운 세계를 만나게 되는 거잖아요. 마음의 장벽 너머에 재미있는 작품이 많을 거란 말이에요. 내가 좋아하지 못하리라 생각했던 작품을 좋아하게 되는 순간이 있죠. 그런 순간이 우리의 세계를 넓혀 주고요. 저는 살면서 그런 순간이 매우 즐거웠기 때문에 독자분들에게도 권하고 싶어요.

표준과

비표준의

혼합

「순례자들은 왜 돌아오지 않는가」(이하 「순례자들」)를 보면서 저는 어슐러 K. 르 귄의 단편 「오멜라스를 떠나는 사람들」(이하 「오멜라스」) 생각을 많이 했어요. 유토피아처럼 보이는 도시 오멜라스가 있고, 그곳의 극단적인 현실을 깨달은 사람들 일부는 결국 오멜라스를 떠납니다. 「순례자들」도 도시에 남을지 떠날지 선택하죠. 관련이 있을까요?

「순례자들」은 유토피아 테마의 단편을 모은 『전쟁은 끝났어요』에 실렸던 글이에요. 단편집 기획자인 김보영 작가님께 유토피아 단편집과 디스토피아 단편집 중 어느 쪽에 속하든 상관없다고 말씀드렸더니 유토피아를 골라주셨어요. 그런데 유토피아 소설은 수가 많지 않고 명작도 드물잖아요. 플롯에 한계가 있으니까요. 유토피아 작품이라고 이야기되는 작품 대부분의 배경이 유토피아가 아니고요. 디스토피아가 내재되어 있어요. 「오멜라스」도 유토피아인 줄 알았지만 디스토피아인 세계, 결함 있는 유토피아를 짧은 글로 굉장히 강렬하게 전달하는 이야기고요. 저도 진짜 유토피아를 구체적으로 묘사하기는 불가능하겠더라고요. '유토피아와 디스토피아를 붙여서 동전의 양면처럼 써야겠다.' 하고 쓴 소설이 「순례자들」입니다.

유토피아를 떠나는 사람들이라는 모티브는 「순례자들」 이후로도 계속 사용하고 있어요. 사회운동을 하는 사람들이 만드는 작은 공동체나, 조금 옛날로 거슬러 가서 히피 문화에서 있었던 유토피아적 공동체 등에서 영감을 받았어요. 소규모 공동체에서는 일시적으로 유토피아가 성립하는 것처럼 보이잖아요. 바깥이 아무리 혼란스럽고 고통스럽더라도 이 작은 공동체에서는 서로 자유롭고 평등한 사회가 가능해 보여요. 하지만 유토피아는 모두 한시적이란 말이에요. 결국 균열이 일어나서 무너져요. 「순례자들」이 저에게는 『지구 끝의 온실』로 이어져 있어요. 다른 작품에서도 한시적인 환대를 제공하는 짧은 공동체를 많이 염두에 두고 있어요. 「오멜라스」는 이와 반대로 한 명을 착취하는 오래된 디스토피아죠. 그래도 당연히 겹쳐 읽어 주시리라 생각해요.

N. K. 제미신의 「남아서 싸우는 사람들」도 보셨나요? 대놓고 「오멜라스」를 비판하는 단편이잖아요. 「오멜라스」가 아름답고 강렬하긴 하지만 한계가 뚜렷하고, 「남아서 싸우는 사람들」은 그보다 정교하고 복잡한 이야기를 하죠. 그래서 「순례자들」을 비롯해 세 편을 같이 읽으면 좋겠다고 생각했거든요. 똑같이 유토피아와 디스토피아 이야기인데 각자 도시를 그리는 방법이 다르니까요. 떠난다, 남는다, 싸운다는 차이도 재미있고요.

실제로 「오멜라스」를 읽으면서 그런 생각이 들었어요. 오멜라스를 떠나는 사람들이 매우 숭고하게 나오잖아요. 하지만 우리는 떠날 수가 없어요. 현실의 사람들은 떠나서 갈

곳이 없단 말이에요. 어디로 가든 나는 불합리한 구조에 연루되어 있고, 구조를 떠나서 생존할 수 없고, 구조의 부품이라는 게 우리의 현실이에요. 그렇다면 우리는 떠나는 사람들이 아니라 남아야 하는 사람들인데, 남는 사람들은 무엇을 할 수 있을까 생각했어요.

「순례자들」은 선별 낙태 이야기이기도 합니다. 태아를 유전적으로 살펴볼 수 있게 되면서 선별적인 임신중단이 이루어지죠. 릴리는 유전자 조작과 교육으로 태아를 교정하여 이들이 버려지지 않도록 합니다. 동시에 릴리는 유전병을 지닌 사람으로서 사람이 태어날 자격을 고민하는 인물이죠. 현실에서는 장애와 임신중단권을 둘러싸고 복잡한 논의가 있어요. 소설에서는 정답을 제시하지 않으려 한다는 느낌을 받았습니다. 초엽 님의 다른 글에서도 그렇고요.

소설가의 장점이면서 비겁한 부분이 제가 답을 내릴 필요가 없다는 거죠. 저는 그래서 소설이 좋아요. 논픽션에서는 제가 어떤 생각인지 잠정적으로라도 결론을 지으려 해요. 반면 소설에서는 결론을 비우려고 하고요. 「순례자들」 중간에 나오는 릴리의 고민은 김원영 변호사님의 『실격당한 자들을 위한 변론』에 나오는 이야기와 관련 있어요. 잘못된 삶이라며 소송을 하는 사람들 이야기가 나오거든요. '내가 장애를 갖고 태어났는데, 산전 검사에서 제대로 진단하지 않고 나를 그대로 태어나게 한 의사가 문제이므로 손해를 배상하라.' 하고요. 여기서 착상을 얻었어요. 많은 부모가 아이가 장애인이면 아예 태어나지 않는 쪽이 좋다고 생각해요. 그런데 손상 자체보다 손상을 가진 사람이 불행하게 살도록 하는 사회가 문제라면요? 현실에서는 사회를 직접 바꾸기가 어렵지만, SF는 개인이 사회를 바꾸는 게 어느 정도 가능하잖아요. 그런 사고실험을 해 본 거죠.

한편으로는 분리주의 유토피아 이야기예요. 「순례자들」의 마을은 외부와 분리된 공간을 만들어서 내부에서는 서로를 차별하지 않는다는 규칙을 유지하죠. 현실에서도 소수자의 운동 방식을 보면 분리주의 이야기를 많이 해요. 예를 들면 '성차별이 있으니까 여성 공동체를 따로 만들자.' 하는 식으로 흘러가기도 하고요. 실제로 어떤 순간에는 정말 분리 말고는 답이 없나 싶을 때도 있어요. 너무 답답하니까요. 하지만 분리주의 유토피아를 만들더라도 바깥이 변하지 않은 채라면 과연 유지될 수 있을까 싶고요. 그런 생각이 「순례자들」에 반영됐어요.

저는 이번에 SF 강의를 하면서 장애 이론을 많이 참고했거든요. 선별 낙태에 관해 장애 당사자들이 어떻게 생각하는지 읽을 기회가 있었는데, 그게 인상적이었어요.

정말 복잡해요. 저는 페미니스트 정체성을 먼저 형성했

기 때문에 임신중단권이 보장되어야 한다는 입장이 확고했거든요. '태어나지도 않은 존재를 위해서 여성이 희생당하면 안 된다.' 정도가 제 입장이었어요. 그런데 장애학을 접하면서 정확한 답을 내리지 못하는 방향으로 변하고 있어요. 적어도 장애를 이유로 임신중단을 하는 건 부당하다는 생각이 들죠. 그럼에도 임신중단권은 존중받아야 하고요. 여러 권리가 충돌하는 지점이 분명 있고, 하나의 원리로 모든 경우를 포괄할 수는 없잖아요. 임신중단도 그런 문제라고 생각해요. 뭐라고 답을 못 내리겠어요. 이런 복잡하고 날카로운 지점을 사람들이 언급하지 않는다는 생각을 종종 해요. 어렵잖아요. 내가 임신중단권을 주장해야 하는데 이렇게 복잡한 이야기를 하면 트집 잡히리라 느낄 수도 있고요. 우리가 앞으로 나아가는 과정에서 말하지 않는 문제들이 분명히 있어요. 소설을 쓰다 보니 자꾸 눈에 밟히더라고요.

한번 문제를 알고 나면 그에 관해 이야기하지 않기가 힘들죠. 장애를 치료하는 일이 무조건 좋은지에 대해서도 논란이 있잖아요. 김원영 변호사님과 함께 쓴 『사이보그가 되다』에서도 이를 다루죠. 게다가 장애라고 해도 어떤 종류의, 어느 정도의, 어떤 환경에서의 장애인지에 따라 견해가 달라질 텐데요. 초엽 님도 장애 당사자로서 경험과 견해가 있으실 텐데, 혹시 생각지도 못했던 다른 입장을 만난 적이 있나요?

단편 「로라」가 트랜스에이블을 보고 쓴 글이에요. 흔히 '비정상'이나 '장애'라고 하는 몸으로 변하고 싶어 하는 사람 이야기죠. 로라는 세 번째 팔을 달고 싶어 해요. 전에 어떤 사람들이 "트랜스젠더가 가능하다면 트랜스장애인도 가능하겠네?" 하는 걸 보고 썼어요. '트랜스장애인 실제로 있는데.' 하는 생각이 들더라고요. 국내에 잘 소개되지 않았지만 트랜스에이블 사례가 있어요. 장애 당사자들과 충돌하는 경우도 있고요. 정체성을 횡단하고 가로지르는 것에 관해 제게 생각을 물어본다면 솔직히 잘 모르겠다고 할 거에요. 하지만 소설로는 써볼 수 있을 것 같았어요. 트랜스에이블 이야기라고 알아차린 분이 많지는 않았어요. 그냥 가상의 이야기라고 생각하시더라고요.

아는 만큼 보인다는 말이 맞는 것 같아요. 또 신경 쓰이는 부분이 있어요. 초엽 님 소설에는 보통 두 가지 몸이 등장하는데요. 다수의 독자에 가까운, 말하자면 표준적인 몸이 있고 표준적이지 않은 몸이 있어요. 「로라」에서 화자인 진은 표준적인 몸이고 로라는 비표준적인 몸이잖아요. 물론 시대나 배경에 따라 표준이 달라질 수도 있지만요. 그런데 소설에서 표준-비표준 조합은 많지만 비표준-비표준의 만남은 많지 않네요.

그나마 『원통 안의 소녀』가 두 인물 다 비표준적이죠. 원통 안에서 살아야 하는 지유와, 시설에 갇혀 있는 노아요.

저도 독자들도 표준 쪽에 더 이입하는 것 같아요. 소외되고 차별받는 경험을 하면서도, 차별하는 사람의 관점이 내면화돼요. 그러니까 표준이 표준인 거겠죠. 이걸 이용하려고 했어요. 이입 가능한 상태에서 비표준을 마주하도록.

　한편으로는 굳이 이해를 시키지 않는 작품을 쓰고 싶기도 해요. 『므레모사』는 이해에 도달하지 않고 이야기가 끝나요. 약간 비틀었죠. 또 어떤 인물이든 표준적인 면과 비표준적인 면이 혼합되어 있다고 생각하고요. 설령 모두가 여자나 논바이너리인 커뮤니티에서도 누구는 고학력이고 누구는 자본을 가졌겠죠. 그런 점을 대조하는 방식을 많이 쓰거든요. 그러다 보니 어떤 점에서는 표준이 눈에 띄고 어떤 점에서는 비표준이 눈에 띄는 구조가 되네요.

SF를 읽으며 가능한 경험이, 비표준의 타자를 만나거나 기존의 상식이 뒤집히는 일이잖아요. 예를 들면 피터 와츠의 소설 『블라인드 사이트』를 보면 다중인격장애를 겪는 인물이 나와요. 그런데 이건 작중 미래 사회에서는 장애가 아니에요. 미래 의학이 보기에 인간의 뇌는 인격 10개 정도를 담을 수 있을 만큼 용량이 크니까, 여러 인격이 존재하는 것은 치료 대상이 아니라고 풀어 가더라고요. SF는 그렇게 우리가 익숙했던 전제를 뒤집는 일이 가능하죠. 초엽 님의 단편 「마리의 춤」도 시지각 이상과 새로운 기술이 만났을 때 우리의 생각이 어떻게 달라지는지에 대한 이야기잖아요.

의도적인 건 아닌데 그런 이야기가 자주 떠오르긴 해요. 단편집 『방금 떠나온 세계』에 실린 단편들은 '감각을 하나씩 뒤집어보자, 비틀어보자.' 생각하면서 썼어요. 감각 하나를 골라 비슷하지만 다른 감각이나 대조되는 감각으로 바꿨어요. 「인지 공간」에서는 인간이 인지하는 영역이 두개골 안에 갇히지 않고 밖으로 확장되면 어떨까 했어요. 「마리의 춤」은 우리 뇌가 추상미술을 어떻게 해석하는지에 대한 책을 읽고 시작했거든요. 인간의 시각 회로가 단일하게 존재하질 않더라고요. 물체를 볼 때 무엇인지 인지하는 회로와 어디에 있는지 인지하는 회로가 달라요. 그리고 우리는 세상을 그대로 보지 못하고, 뇌에서 재해석한 결과를 시각 정보로 받아들여요. 이런 걸 하나씩 비틀어 보면서 이야기가 시작되는 거죠. 「캐빈 방정식」은 시간 감각을 바꿨고요. 어떤 사회적인 메시지 전달을 목적으로 하지는 않아요. 제가 항상 갖고 있던 생각이 소설에 반영되는 거죠. 전체 방향은 분명 작가가 컨트롤하지만, 이 방향대로만 읽히길 바라진 않아요. 인터뷰를 하면서 제 소설의 의미를 확정 지으려 하면 제동이 걸려요. 제 의도를 글로 쓰거나 말로 풀어낼 수는 있지만 '이것만 있진 않은데……' 하는 생각이 끼어들어서요.

인간도

기계도

아닌

트랜스에이블이나 사이보그 관련해서, 초엽 님 소설에 우리 신체가 변이하는 이야기가 계속 나와요. 저는 「#cyborg_positive」에 나온 '아이보그' 이야기도 재미있었어요. 주인공은 시각 장애가 있지만 이를 의안인 아이보그를 써서 보완하죠. 의안 동영상을 온라인에 올리면 사람들은 아름답다고 감탄하고요. 그런데 아이보그는 아름답기는 하지만 당사자에겐 너무 비싸고 불편한 기계입니다. 아무리 적응해도 몸에 맞질 않아 진물이 나오죠. 아름다움에 관해서는 어떻게 생각하시나요?

기존의 미를 탈피해서 새로운 아름다움을 찾아간다고 할 때, 마음에 걸리는 점이 많아요. 우열을 가리지 않는 아름다움이 존재할까요? 「#cyborg_positive」는 '바디 포지티브' 운동을 소재로 의뢰받아 쓴 글이에요. 모든 몸은 아름답다고 말하죠. 그런데 우리가 아무리 아름다움의 위계를 지운다고 해도, 아름다움의 반대편에는 추함이 있어요. 테드 창의 「외모지상주의에 관한 소고: 다큐멘터리」에는 미적인 판단 자체를 불가능하게 만드는 장치가 나와요. 차라리 그게 나은가, 인간의 본능을 고려했을 때 이게 가능할까 싶으면서도 아름다움의 위계에 대한 생각으로 다시 돌아와요. 어려워요.

보통 소설에 사이보그가 나오면 사이보그의 인간성 논란이 종종 나오죠. 『지구 끝의 온실』에서 사이보그가 된 레이첼은 자기 몸에서 인체로 구성된 부분을 계속해서 잘라 내잖아요. 점점 100퍼센트 기계가 되고, 그래서 오랫동안 살아남아요. 인체 부분은 고장과 고통의 원인일 뿐이고요. 그런데 레이첼이 인간인지 아닌지는 별다른 서술이 없어요. 옛날부터 SF를 읽어 온 사람에게는 신선한 방식이죠. 인간성 문제를 의도적으로 없앤 걸까, 단지 핵심이 아니라서 생략된 걸까 궁금했어요.

예전에는 로봇이나 인공지능이 얼마나 인간에 가까운지 많이 다뤘잖아요. 그게 별로 마음에 안 들었거든요. 레이첼은 스스로 인간인지 아닌지 중요하게 여기지 않을 거예요. 처음에는 인간이었고, 점차 기계가 되어갔고, 그 과정에서 여러 난관이 있었겠지만 결국 고립되어 있었죠. '너 인간이 아니야.'라고 말할 다른 사람이 없잖아요. 레이첼은 스스로의 정체성에 대해 혼란스러워하지 않아요. 오히려 레이첼의 수술을 집도하는 지수가 레이첼을 동등한 존재로 존중하지 않죠. 결국 자신의 인간 여부는 자신을 대하는 주위 사람들의 태도의 문제라고 생각해요.

여러모로 '사이보그'답게 순수성이 없는, 혼종으로 넘어간 이야기네요. 『지구 끝의 온실』에서는 인간만이 아니라 식물도 자연적 면모와 인공적 면모가 섞여 있잖아요. 공기 정화의 핵심을 맡은 식물 '모스바나'는 레이첼이 인공적으로 개량한 종입니다. 실제로 우리 세계에서 많은 식물이 자연적으로 생육할 뿐만 아니라 인간

의 손을 통해 발전해 오기도 했고요.

사이보그와 관련해 혼종성 이야기를 하잖아요. 우리는 순수한 인간이 아니라 '잡종', 사이보그라고요. 동물도 인간도 완전히 자연적이지 않고 인공적이지도 않은데. 『지구 끝의 온실』을 에코페미니즘으로 읽는 분들이 많이 계셨어요. 저는 아니라고 생각하거든요. 자연이 인간을 구하는 이야기가 아니라, '인간이 개조한 자연'이 인간을 구하는 이야기잖아요. 자연주의도 인간중심주의도 아니에요.

한편 레이첼과 지수를 통해 반복되는 주제가 있어요. 서로 이해할 수 있느냐, 소통할 수 있냐는 문제요. 등장인물이 굉장히 불편하게 소통하는 이야기가 많아요. 『지구 끝의 온실』에서는 뚜렷하게 드러나진 않지만, 「숨그림자」는 딱 그런 내용이죠. 한쪽은 우리처럼 소리로 말하는데 한쪽은 냄새라는 화학적 입자로 의사소통을 하잖아요. 둘은 어설픈 번역기밖에 쓸 수가 없죠. 게다가 「스펙트럼」은 색채 언어를 쓰고, 「행성어 서점」은 번역기를 쓰지 못하게 하는 서점이 나옵니다. 방문자는 이해하지 못하는 언어에 둘러싸이게 돼요. 전부 어떤 언어가 발화되고 번역되고 수용되는 이야기가 되네요. 「마리의 춤」도 비슷하고요. 이거야말로 소설로나 표현할 수 있는 미묘한 이야기라고 생각해요. 이해가 불가능하진 않지만 완전히 이해되지도 않잖아요.

저는 소설을 쓸 때 무조건 확실하지 않은 부분을 많이 넣으려고 해요. 소설은 정답을 만드는 게 아니라고 생각해서요. 소통 불가능에 관한 이야기이기도 하고, 언어 권력에 관한 이야기이기도 해요. 어릴 때부터 영어를 배우면서 그 생각을 했어요. 영어를 배우면 한국어에 비해 정말 비교할 수도 없이 많은 정보를 봐요. SF 작가로서는 더욱 그래요. 한국에서도 SF를 계속 쓰고 자료를 만드신 분도 많지만, 어쨌든 내가 영어를 못하면 참고 자료를 구할 수도 없고 현재 트렌드를 따라잡기도 힘들잖아요. 제가 느끼기에 2018년까지만 해도 국내에 SF 관련 정보가 엄청 부족했거든요. 인터넷이 그렇게 넓은 공간인데도 한국어로 검색하면 정보가 없는데 영어로 검색하는 순간 쓸 만한 정보가 쏟아지는, 이런 차이들. 그리고 차이를 좁힐 수 있는, 번역기 등의 도구가 열어 주는 가능성. 그 가능성이 얼마나 풍부하면서도 불완전한지 생각해요. 외국어에만 해당하는 문제는 아니에요. 저는 수어를 못하지만 한국어에 수어가 고유한 공용어로 채택되어 있거든요. 공식적으로 구어와 수어를 같이 제공해야 해요. 그런데 대부분 수어를 고유한 언어로 여기지 않고 통역을 제공하지 않아요. 이런 권력이 있죠. 생각하다 보면 항상 언어 권력에 도달합니다.

「숨그림자」를 읽는 사람들은 단회보다는 조안에게 이입할 수밖에 없어요. 단회가 쓰는 냄새 언어를 알지 못하니까, 소리 언어를 쓰는 조안에게 이입해요. 조안을 따라가면, 당연하게 여겨지는 쪽에 있던 내가 갑자기 마이너리티가 되는 경험을 해요. 그 막막함을 전달하고 싶었어요. 「행성어 서점」도 비슷한 이야기네요. 내가 에티오피아나 태국처럼 다른 언어와 글자를 쓰는 나라에 가면 서점이 진짜 특이하게 느껴지거든요. 한자라면 잘은 몰라도 글자인 줄 알아보잖아요. 정말 전혀 알아보지 못하는 언어로 된 책들에 둘러싸였을 때 느끼는 이국적인 감각이 있어요. 하지만 이국적이라는 느낌이 과연 무결한가? 그런 경험이 「행성어 서점」으로 이어졌어요.

보는 사람이 어떤 위치냐에 따라 감각이 달라지죠. 내가 여행자고 신분이 확실하다면 외국에 놀러 왔다는 느낌이니까 낯선 언어에 둘러싸여도 즐거운 경험이 돼요. 만약 조난을 했거나 이민자로 들어섰다면 막막함을 느끼겠고요. 「행성어 서점」과 「숨그림자」는 그런 점에서 차이가 확실하게 드러나네요.

내가 그 언어를 배울 필요가 없을 때 느끼는 감각은 즐거움이리라는 생각이 들거든요. 내가 영어가 당장 필요하고 영어를 배워야 하는 처지라면 이해할 수 없는 영문 책들이 쌓인 서점에 갔을 때 과연 똑같은 감정을 느낄까요. 오히려 좌절감이 들지 않을까 싶어요.

상호

침투하는

관계

우리가 현실에서 불편하게 소통하는 점은 어쩔 수 없지만, 소설에서는 이상적인 소통이나 완전한 이해를 보여줄 수도 있잖아요. 하지만 초엽 님은 그렇게 하지 않고요. 「데이지와 이상한 기계」는 서사가 거의 없는 짧은 글인데 의사소통에 대한 초엽 님의 생각이 집약되어 있다고 느꼈어요. 거기선 일단 말하라고 하죠. 온전히 전달되리라 보장하지는 않고요. 소통이나 이해는 어차피 완전할 수 없다고 생각하기 때문인가요? 관련한 경험이 있나요?

언어 권력에 대해 생각하면서 저 자신도 많이 돌아보게 됐어요. 어떤 사람은 소통에 끼어들기 위해 정말 노력해야 하는데 어떤 사람에겐 소통이 너무 쉽죠. 불균형이 보여요. 보통 여성적 언어라고 이야기되는 방식, 즉 상대방의 의중을 읽고 돌려 말하는 방식은 약자의 위치에 있을 때 나오는 화법이잖아요, 태생적인 게 아니라요. 가족 관계 안에서도 중심에 있는 사람과 변두리에 있는 사람의 말하기 차이가 있어요. 게다가 제가 난청이 생긴 이후로 농인과 수어 문화에 대해서도 많이 생각하게 됐어요. 구어와 수어는 동등한 언어인데 실제로는 권력 차이가 있죠. 단순히 사용하는 언어의 차이뿐만 아니라 언어를 얼마나 유창하게 구사하느냐는 차이도 있고요.

또 기억에 남는 게, 작가들이 창작의 고통을 호소하잖아요. 사실 창작의 고통은 다른 노동의 고통에 비해 대단하지 않은데 작가들이 말을 잘해서 과대평가됐을 수 있다는 거예요. 이렇게 꼬집는 한 작가의 칼럼을 읽었는데 정말 와 닿더라고요. 권력의 문제에서 제가 늘 변두리에 있지는 않 아요. 왔다갔다 하죠. 어디에서는 중심에 위치해서 매우 둔 감하고, 어떨 때는 변두리에서 중심을 바라보고요. 그런 경 험을 통과하면서 다음 방향을 생각하게 됐죠. '우리 세상에 는 유토피아도 없고 완전한 해결책도 없지만 그럼에도 불균 형을 드러내고 해결책을 찾아가야 한다, 계속 어긋나게 만 들어야 한다.' 이런 문제의식을 작품으로 이어가고 있는 것 같네요.

한편 이해에 있어서는 「나의 우주 영웅에 관하여」와 「관내분실」 도 생각나요. 둘 다 이미 떠난 사람에 대해 일방적으로 이해하는 이야기잖아요. 상호 이해가 아니라요.

『우빛속』에서 발전한 점도 있어요. 「나의 우주 영웅에 관하여」와 「관내분실」은 화자의 역할이 뚜렷하지 않거든 요. 관찰자고 목격자예요. 앞사람의 실패를 목격하고 다음 세대로 등장하는, 실패를 실패로 끝나지 않게 만드는 역할 을 하는 인물들이에요. 말씀하신 대로 일방적인 이해일 수 있죠. 한쪽만 변하는 이야기예요. 재경 이모나 엄마나 떠난 사람들이니까요.

다음 작품들에선 탈피하려고 했어요. 「마리의 춤」에서 는 둘 다 조금씩 변해요. 「로라」는 여전히 일방적인 이해를 시도하지만 이해하기를 실패하는 내용이고요. 이해라는 주제를 여러 방법으로 변주해 보고 있어요.

「숨그림자」의 숨그림자 사람들은 화학적 입자를 통해서 이야기하잖아요. 전공과 관련이 있나요? 이거 누가 물어봤을 것 같은데.

저는 학부에서 화학을 전공하고 대학원에서 생화학을 했어요. 그래서 화학을 SF로 어떻게 옮길까 하는 생각이 있었죠. 화학이 스케일이 애매해요. 소설에는 독자가 이입할 만한 인격체가 필요하잖아요. 비인간이더라도 독자가 읽을 수 있는 마음과 생각을 가진 존재가 있어야 해요. 그러니 이런 요소를 등장시킬 규모여야 하고요. 생물학은 쉬워요. 이미 생물 규모를 다루는 학문이니까요. 물리학은 규모가 엄청나게 커서, 물리학을 소설에 접목하면 천문학적 스케일의 사건을 일으킬 수도 있죠. 반대로 양자 규모는 그대로 접목하기 어려우니까 시간 왜곡 등의 장치로 많이 쓰죠. 화학은 아무래도 애매해요. 화학적인 규모에서도 흥미로운 사건이 일어나지만, 인간이나 인격체에 영향을 미치려면 어쨌든 그와 상호작용해야 하잖아요. 인간에게 엄청나게 영향을 미치는 가상의 물질을 등장시킨다든지, 인간의 정신을 바꾸는 분자를 이용해요. 그 외엔 화학을 접목하기가 힘들죠. 그래서 "화학 SF 참 쓰기 어렵다, 유기화학을 써보자."라고 메모를 해뒀어요. 원래는 냄새로 소통을 하는 외계 생물들에게 인류학자 주인공이 찾아가는 이야기를 만들었어요. 너무 어디서 본 듯한 이야기라서 미뤄뒀다가 나중에 「숨그림자」로 썼죠.

처음에는 분자들의 변형에 따라 냄새가 어떻게 달라지고 그 의미가 어떻게 달라지는지 구체적으로 써보려다가, 읽는 분들 관점에서 재미가 있을지 모르겠더라고요. 그래서 처음 생각했던 것만큼 화학적인 작품은 아니게 됐어요. 화학물질이 인간에게 영향을 끼치는 이야기 말고 다른 레퍼토리를 써보고 싶었어요. 물질 자체에 의미가 있는 이야기로요. 언젠가 더 복잡하게 써볼 수 있을 것 같은데.

불편한 소통이 혹시 과학과 관련은 없나요? 과학은 계속 세부 학문의 전문성을 발달시키는 방향으로 발전해 왔고, 그래서 전문가라도 분야가 다르면 못 알아들을 이야기를 많이 하잖아요.

저는 SF의 디테일한 묘사는 장르적 유희에 가깝고, 그게 없어도 이야기가 진행되는 경우가 대부분이라고 생각해요. 반드시 디테일이 있어야만 진행되는 이야기는 정말 잘하는 사람만 가능하고, 대부분은 그 정도의 디테일은 필요가 없거든요. 어떤 작품에는 일부러 디테일한 설명을 많이 넣어요. 「캐빈 방정식」은 비록 가짜라도 이론물리학을 자세히 넣었고, 『지구 끝의 온실』은 식물에 대한 이야기를 많이 넣었어요. 그런데 그다지 관심이 없으시더라고요…… 그렇구나, 나만 좋구나.

저는 구체적 설명이 나오는 부분이 좋았어요.『지구 끝의 온실』에 나오는 식물 연구는 매우 희망차잖아요. 다른 이의 연구에 힘입어 또 다른 사람이 연구를 발전시키는 면도 좋고요. 그런 희망찬 협업이 어떻게 이루어지는지 구체적으로 나오니까 희망이 현실적으로 보였어요. 그건 디테일이 빠지면 근거 없이 낙관적인 이야기가 되잖아요. 아니면 연구자들이 학회 간다고 신나서 준비하는 장면도 좋았어요. 너무 가고 싶어 하고 막 좋아하잖아요. '진짜 저렇겠구나.' 싶더라고요.

저는 특히 과학 연구자들이 협력하는 장면이 좋아요. 현대 과학은 데이터 교류가 굉장히 활발하고 거대 연구에서는 정말 수백 명 이상의 과학자가 데이터를 공유해서 하나의 프로젝트를 완성하기도 해요. 연구라는 게 이렇게 다양한 협력자들에 의해 진행된다는 점을 보여 주고 싶었어요. 과학이 아닌 분야에서는 정말 불가능해 보이는 유토피아적인 프로젝트가 과학에서는 아주 일시적으로나마 가능해요. 사람들의 연구가 어떻게 이어지고 나의 연구가 어떻게 중요한 매개가 되는지, 그런 과정을 보여주는 게 저에게는 중요하고 재미있어요.

소설을 읽으시는 분들의 반응을 많이 말씀하셨는데, 초엽 님을 다

론 비평이나 논문을 본 적이 있나요?

비평은 보이면 읽어요. 특히 제가 참고한 자료들을 짚으시면 더 재미있어요. 저는 기존의 틀을 쓰는 문학 비평보다는 포스트휴머니즘 관점으로 읽는 경우가 흥미롭더라고요. 제 작품 비평이 아니더라도 잘 읽어요. SF 비평 재미있지 않나요? 포스트휴머니즘 학자들이 SF를 많이 다루세요. 「사이보그 선언」을 쓴 도나 해러웨이나 로지 브라이도티 등이요. 하지만 취미로 읽기엔 책이 좀 어렵긴 해요. 예전에 브라이도티의 『변신』이라는 책을 읽었는데 이해를 못 했어요……. 막 들뢰즈 가져오고.

저는 캐서린 헤일즈의 『나의 어머니는 컴퓨터였다』가 어려웠어요. 프로그래밍 언어 이야기 나오고…….

이해하기 힘들죠. 그래도 『변신』도 한번 읽어 보세요. 왜냐하면 저는 읽었으니까!

앞에서 불완전한 소통 이야기를 했는데요. 주인공이 이방인이 되는 경험을 하는 경우도 꽤 나와요. 단편 「시몬을 떠나며」는 주인공이 '시몬'이라는 곳을 방문했다가 떠나는 이야기잖아요. 결국 지구로 돌아간다는 점에서 여행자, 외부인이죠. 하지만 주인공은 귀갓길에 만난 시몬인을 잘 이해해요. 시몬을 한번 경험해 봤으니까

요. 시몬에 가 보기 전과 다른 사람이 됐으니까요. 「늪지의 소년」 의 소년도 늪지에서 먹고 마시면서, 늪지 생명체와 분자를 교환하 며 변모하죠. 돌이킬 수 없는 변화라는 점이 좋아요. 그런 점이 SF 읽기와 닮았다고 느꼈어요. 우리는 SF를 읽으며 이방인이 되고, 낯선 세계를 경험하고, 과거와 다른 시야를 갖게 되죠.

세계를 보여 줄 때 중요한 설정이죠. 약간씩이라면 누구 에게나 이방인이 되는 경험이 있잖아요. 어떤 공동체에 녹 아들지 못하거나, 벽을 느끼거나, 이런 경험이 조금씩은 있 기 마련이죠. 매우 보편적인 정서예요. 그리고 그로 인해 변 화하고요.

여행자나 이방인을 맞이한 기존의 세계도 약간씩은 변 하죠. 「숨그림자」에 그런 생각이 들어갔어요. 조안이라는 이방인은 개인의 삶에서 엄청난 변화를 겪지만, 그로 인해 숨그림자 세계도 변하거든요. 상호작용을 통해 상호적으로 변하는 세계, 처음과 끝이 조금씩 달라져 있는 모습을 좋아 해요. 짧은 소설에서는 한쪽만 변하는 경우가 많아요. 분량 이 짧으니까 현실적으로 어려운 거죠. 하지만 분량이 길어 질수록 양쪽 다 변하는 이야기가 많아져요. 짧은 여행이라 도 그곳에 들어갔던 그대로 빠져나오는 게 아니라, 침투적 인 만남을 겪기 때문에 자신에게 영향이 남아요. 모든 여행 이 침투적이진 않지만요. 그런 변화를 소설의 스케일에 따 라 잡아내는 거고요.

그리고 아마 많은 분이 말씀하셨겠지만, 「시몬을 떠나며」는 코로나 팬데믹으로 마스크를 일상적으로 쓰는 데 익숙해진 우리 일상과 닮았어요. 시몬인은 늘 가면처럼 보이는 존재가 얼굴에 붙어 있어서 표정을 알아보기 힘들잖아요. 우리도 마스크를 쓰면서 사람들의 표정을 읽기 어렵게 됐죠.

「시몬을 떠나며」는 제가 기억하기로 2019년에 썼어요. 이렇게 마스크를 쓰게 되리라고는 예상하지 못했죠. 뮤지션 선우정아 님을 중심 주제로 만든 잡지 《어피스오브 Vol.1》에 실은 글이에요. 그분의 음악과 가면이라는 주제를 섞어서 짧은 소설을 써달라고 청탁을 받았어요. 선우정아 님 음악을 들으면 기이하면서도 마음을 흔드는 무언가가 있어요. 처음에는 낯설지만, 굉장히 깊은 곳으로 들어오는 느낌이 있어요. 이를 가면이란 소재와 어떻게 섞을까 고민한 결과죠. 그런데 갑자기 우리가 마스크를 쓰게 되어서 많은 분이 지금 시대의 이야기라고 생각해 주셨어요.

「시몬을 떠나며」와 달리 원래 있던 자리로 돌아가지 않고 새로운 자리에 머무는 사람들도 있어요. 「행성어 서점」과 「마리의 춤」이요. 「행성어 서점」은 낯선 언어에 둘러싸이는 경험, 이방인 또는 여행자가 되는 경험을 기꺼워하는 사람들이 있다고 전제하잖아요. 그런 수요가 있어야 서점이 유지되니까요. 손님들은 대개 그대로 떠나고 말지만 드물게 행성어를 배워 그곳에 진입하는 사람이 있고요. 「마리의 춤」에서는 마리가 대중에게 시지각 이상을 퍼뜨리는데, 이에 당하고도 이상을 치료하지 않으려 하는 사람들이 나와요. 대다수에게는 장애일 상태가 이들에게는 새로운 세상인 거죠. 그렇게 커뮤니티에 유입되는 사람들이 존재해요. 공동체에 변화가 생기고요. 많은 독자가 이를 신선하게 여기지 않았을까요.

「마리의 춤」은 사회 자체가 바뀔 가능성이 보이죠. 저의 작품은 대부분의 경우 비표준적인 인물이 한 명 정도로 고독하게 존재해요. 반면 「마리의 춤」은 비표준들이 조직화되어 있어요. 극단적인 변화를 일으킬 만큼요. 조직이 되면 어쨌든 사회를 뒤집을 여지가 생기거든요. 홀로 존재하면 상대적으로 의존하는 이야기가 되고요. 그 한 명이 굉장히 저항하는 인물일 수도 있지만 혼자서 세상을 크게 바꾸긴 힘들잖아요. 조직은 아무리 마이너리티라도 변화를 이끌어내기가 수월해지고요. 마리는 조직에서 앞장서는 급진적인 인물이고, 활동가죠. 반면 주인공인 무용 강사는 대중의 입장을 나타내는 인물이라고 할 수 있겠네요. 나쁜 사람은 아니지만 호의적이지도 않아요.

『므레모사』는 여행자가 공동체에 흡수되는 이야기입니다. 유안은 처음부터 원래 자리로 돌아갈 생각이 없었잖아요. 므레모사 사람들, 그 귀환자 공동체도 유안을 받아들이면서 바뀐 점이 있을까요?

므레모사의 귀환자들이 유안을 받아들였을 것 같진 않아요. 흥미로워서 살려 두긴 했겠지만요. 유안도 일방적인 상상으로 귀환자들의 삶을 판단했고요. 므레모사에 남는 것도 합리적인 결정이 아니라 일종의 광기로 인한 결정이었죠. 유안은 빌런이라기보다는 사회적 피해자이고, 피해에서 파생되는 잘못된 판단을 내렸고, 그게 귀환자들과 어느 정도 맞닿아 있긴 해요. 그래도 그 선택은 여전히 유안이 자기 마음대로 상상한 결과죠. 『므레모사』는 열린 결말이지만 저는 유안이 행복하리라 생각하지 않아요.

「양면의 조개껍데기」도 재미있었어요. 퀴어한 관계 이야기면서 자기와 화해하는 이야기이고, 그게 심해와 연결되잖아요. 샐리는 심해를 무서워하지만, 라임(샐리)과 다른 인격인 레몬은 심해처럼 모든 시선이 차단되는 공간을 편안해하죠. 「나의 우주 영웅에 관하여」에서 심해로 떠난 재경 이모 생각을 했어요.

처음에는 바다 이야기가 전혀 없었고, 레몬, 라임(샐리), 그리고 제3의 인물이 폴리아모리면서 트랜스젠더 특징이 있는 관계로 연애하는 이야기를 구상했어요. 그것만으로는 작품이 재미가 없더라고요. 그러다 넷플릭스에서 다큐멘터리 「나의 문어 선생님」을 보고 감명받아서 다이버 이야기를 더했어요. 인적 없는 바다에서 다이버 한 명만 고요하게 헤엄치며 생물을 관찰하는 이미지요. 바다 깊은 곳이 무섭고 아득하지만, 누군가에겐 안정적인 장소이리라고 느꼈어요. 누구에게나 혼자만의 영역이나 고독이 필요한 순간이 있잖아요. 그리고 심해에 간 사람은 땅으로 돌아와야 하죠. 인간은 심해에 살지 못하니까요. 우주의 고독에 비해 심해의 고독은 잠깐 동굴로 숨어드는 느낌에 가깝지 않을까요. 재경 이모와의 관련성은 생각해 보지 않았어요. 하지만 심해에 대한 이미지가 반영되었을 테니 이어지긴 해요. 보통 실제로 경험한 세계보다 간접 경험으로 접한 세계의 범위가 훨씬 넓잖아요. 저는 심해에는 가볼 생각도 없지만, 심해를 알고 있죠.

「양면의 조개껍데기」에 '외계 바다'라는 단어가 나와서 신기했어요. 샐리가 나고 자란 지구는 매우 고루한 동네죠. 반대로 루피너스는 훨씬 세련되고 편견 없는 사회를 이루고 있고요. 샐리는 루피너스에 살고 있으면서도 루피너스의 바다를 외계 바다라고 불러요. 샐리가 여전히 지구 중심적으로 생각하기 때문인지, 아니면 루피너스에도 소속감을 느끼지 못했기 때문인지 궁금했어요.

지구도 루피너스도 자기 집이 아니기 때문 아닐까요. 샐리는 어디에도 속하지 못한 이방인이잖아요. 어떤 형태로든 소속감을 느낀다면 그게 더 이상할 거예요.

한편 「감정의 물성」은 눈에 보이지 않지만 실체가 있는 것들에 대

한 이야기죠. 이런 구체화, 가시화는 SF가 곧잘 해내는 일이라고 생각합니다. 독자로서 배명훈 작가님의 「안녕, 인공존재!」 생각도 났고요. 아니면 「관내분실」처럼 영혼과 기억을 물질로 환원하는 이야기와도 연결되는 듯해요.

저 「안녕, 인공존재!」 엄청나게 좋아해요. 대학생 때 대중문화 수업에서 교수님이 「안녕, 인공존재!」를 읽고 리뷰하는 과제를 내셨어요. 너무 좋고 너무 매력적인 거예요. 부재가 존재를 증명하는 이야기에 대해 긴 감상문을 냈더니 A 학점을 받긴 했는데, 교수님은 별로 공감이 안 된다고 하셨던 기억이 있어요. 저는 결말까지 너무 좋았어요. "그럼 그 외로운 인공존재를 우주로 내보내도 될까요?"라고 묻는 대사도 정말 좋았고요. 아무튼 저는 좋아하지만 「감정의 물성」에 직접 영향을 받았는지는 모르겠어요. 하지만 자연스럽게 떠오를 만해요. 보이지 않는 존재에 물성을 부여한다는 감각은 확실히 느꼈죠. 추상적인 무언가를 한데 뭉치는 느낌. 저는 그걸 좋아해서 화학과에 진학했어요. 인간의 감정이나 사고, 학습 등이 뉴런의 화학작용으로 일어나잖아요. 물질적이에요. 그런 점에서 「안녕, 인공존재!」는 매우 유물론적인 작품이란 말이에요. 그 가치관이 닮았어요. 이 인터뷰집 독자라면 교차하는 지점을 발견하지 않을까요.

사랑은

어떻게

발생하고

유지되는지

소설에 여성 퀴어 커플이 꽤 있어요. 그만큼 여성 인물이 많고요. 인물을 만들 때 성별을 어떻게 설정하는지, 어떨 때 퀴어 커플을 쓰는지 궁금합니다.

저는 퀴어라고 크게 의식하지 않고 있어요. 현대 배경이 아니잖아요. 2022년의 지구상에서는 퀴어 인물이 세계와의 갈등을 안 겪을 수가 없겠지만, 저는 미래로 많이 간 이야기를 쓰다 보니 의식하지 않아도 되겠다 싶더라고요. 이에 관해 미국 드라마 「오렌지 이즈 더 뉴 블랙」이 인상적이었어요. 여자 교도소 이야기인데 감옥 안에서 당연하게 여성끼리 연애를 해요. 저도 그렇게 쓰는 거죠. 미래에서까지 퀴어를 차별하는 이야기를 그릴 필요가 있을까. 물론 저는 차별을 자주 다루지만, 어떤 차별을 어떻게 다룰지는 제가 선택하기 나름이죠. 퀴어에 관해서는 퀴어가 자연스럽게 존재하는 미래를 그리고 싶어요.

여성 인물이 많은 이유는 그게 제 도전 과제였기 때문이에요. 한동안 여성 인물만으로 이야기를 끌어 나갈 수 있을지 시험을 해봤어요. 여성 인물이 많은 작품을 보고 싶다는 아쉬움을 스스로 해결하는 일이기도 했고요. 자연스럽게 여성과 여성 로맨스가 많아졌죠. 『므레모사』는 지금까지 챌린지를 나름 잘했으니 이번에는 다르게 해 보자고 쓴 소설이에요. 여성 인물로만 이야기를 끌어 나갈 수 있으니, 이제 남성 인물을 등장시켜도 되겠다 싶었어요. 뚜렷한 가치관 때문이라기보다는 제가 작가로서 풀고 싶은 문제였던 거죠.

여성을 주인공으로 삼으면서 쓰게 된 이야기, 혹은 쓸 수 없는 이야기가 있었나요?

저는 폭력적인 이야기를 안 좋아하거든요. 그래서 쓸 수 없다기보단 쓸 생각이 없는 쪽에 가까워요. 나중에 필요에 의해 쓸지도 모르겠는데, 만약 주인공이 여성인데 폭력적이나 잔인한 상황에 부닥치면 고민이 많아질 거예요. 현재 미디어나 창작물에서 여성의 고통을 노골적으로 재현하는 모습은 포르노그래피라는 혐의를 피할 수 없다고 생각하거든요. 흥미 본위로 소비해 온 역사가 있어요. 솔직히 아무리 현실의 고통을 재현하는 문학적인 의미가 있다고 해도, 분명 작가나 독자 중 그걸 즐긴 사람이 없지 않아요. 독자의 성별에 따라 경험도 다를 테고요. 작가가 다 통제할 수도 없어요. 그래서 어려워요.

'그'와 '그녀'의 문제에 대해서는 어떻게 생각하세요? '그'가 기본형인데 남성형으로, '그녀'가 여성형으로 쓰인다는 점이요.

『우빛속』을 쓸 때는 '그녀'를 많이 썼어요. 모든 단어를 성별중립적으로 쓰진 않거든요. 그런데 '그녀' 같은 경우는 워낙 빈도가 높기도 하고, '그'가 기본형이라는 점도 신경 쓰여서요. '그'로 통일해도 되겠다는 생각에 지금은 시도해 보고 있어요. 단편에서는 혼동이 적은데 장편에서는 혼동이 있나 봐요. 『지구 끝의 온실』의 지수가 남자인 줄 알았다든지, 인물 성별이 계속 헷갈렸다든지. 초반에 여성이라는 힌트를 주는 편인데 아무래도 소설을 읽다 보면 놓치기 쉽잖아요. 그렇다고 '그녀'를 다시 쓰지는 않고, 독자가 혼동하지 않게끔 단서를 확실하게 넣어보려고요. 기본형 인물이 대개 남성으로 받아들여지는 건 문제가 있다고 생각해요.

로맨스 이야기를 했는데, 소통과 이해라는 주제에 더해 사랑이 종종 등장해요. 「로라」에서도 너를 이해할 수 없지만 사랑한다는 말이 나오잖아요. 이렇게 불가해를 감내하거나, 그럼에도 다가가도록 하는 힘이 사랑인가 싶어요. 사랑에 대해 어떻게 생각하시나요?

실용적인 이유가 있어요. 저는 단편이 많잖아요. 짧은 분량에서 강렬한 감정을 이끌어내는 관계가 좀 한정적이에요. 어떤 사람이 타인을 이해하게 만드는 원동력은 몇 안 된다고 생각하거든요. 가족이거나 오랜 친구거나 연인이거나. 사랑은 정말 강력한 원동력이긴 하죠. 우리가 삶에서 경험하는 관계와 감정 중 강도가 상당히 높잖아요. 다른 관계는 흥미롭긴 하지만 단편에 쓰기에는 무리가 있어요. 특별히 낭만적인 감정은 없어요. 개인적으로는 낭만적 사랑이 발생

할 가능성이 높다고 생각하질 않고요. 제 작품 중 가장 낭만적인 관계는 「순례자들」에 있고, 반대편 끝에는 『므레모사』가 있는데요. 제가 생각하는 현실적인 사랑의 모습은 이 둘 사이에 있지 않을까요. 어쩌면 아주 드물게 정말 이해에 도달하는 관계가 없진 않을 거예요.

사랑하는 방법을 배운 경험이 있나요? 연애에 국한하지 않더라도요.

나이 든 분들의 연애를 보면서요. 우리 사회가 사랑을 젊은 연령대의 전유물로 다룰 때가 많고, 특히 미디어에서 그러잖아요. 젊은 시절에만 발생했다가 사라지는 감정으로요. 노년의 사랑도 매력적이라고 생각하거든요. 또 반려동물과 인간의 관계도요. 저는 반려동물이 없는 상태지만 제가 SF에 자주 가져오는 중요한 관계이기도 해요. 인간과 비인간 사이에 존재하는, 매우 일방적인데도 절절한 관계요. 이런 감정이 어떻게 생겨나고 유지되는지에 관심이 있어요.

본인이 현재 어떤 애정을 품은 대상이 있나요? 아끼는 물건이나 좋아하는 이야기 등이요.

저는 열렬하게 좋아했다가 빨리 식어요. 하나에 빠지면 계속 파고들다가 확 떠나요. '옛날에 그거 좋아했지.' 정도로 남고요. 글을 쓰면서도 그래요. 다 쓴 뒤에는 마음이 떠나요. 지금은 글도 다 정리된 상태라 몰입하는 대상은 없네요. 지금 생각하는 건 이사 갈 집에 달 조명을 사는 일이요. 새벽 5시에 조명 구경하고, 주문하고, 그랬어요. 참고로 한국 사람들이 엄청나게 좋아하는 조명 브랜드가 있어서 모든 인테리어 사진에 똑같은 브랜드의 조명이 있어요. 비싸더라고요. 그런 세계가 있다는 걸 알았죠.

소속감이나 연대감을 느끼는 곳이 있나요?

소속이 필요한 타입은 아닌데, 장르 작가들과 이야기하는 일이 좋아요. 작가들 아니면 말하기 어려운 이야기가 많죠. 작품 쓸 때의 고민이라든지. 어디에 쓸 수도 없으니까요. 동료 작가들과 이야기할 때가 재미있어요. 그 외에는 혼자 있는 쪽이 좋아요. 나에 대해 어떠한 피드백도 없는 상태를 편안하고 행복하다고 느껴요. 책을 여러 권 내고 SNS도 하니까 평가에 너무 노출이 돼요. '이거 아니다, 좀 고립되어야겠다.' 했어요. 정말 SNS를 한 번도 안 하고 사람들과 이야기도 안 하면서 보내는 날이 있는데 그럴 때 충족감이 크더라고요.

개인적으로 추모하는 죽음이 있나요? 「관내분실」 등 작품에 죽은 사람 이야기가 나오는데, 죽음에 대한 생각이 어떻게 반영되었는

지 궁금해요.

무연고자의 죽음에 관한 기사가 기억에 남았어요. 정말 아무와도 연결되어 있지 않은 분들도 있지만, 지자체 규칙 등 때문에 아무도 장례를 맡지 못하는 경우가 있어요. 이웃 관계와 같이 아는 사람은 안 되고 반드시 혈연관계만 장례를 맡을 수 있다든지. 저는 죽음을 주위 사람들의 추모와 기억으로만 생각했거든요. 그런데 그게 아니라 사회적으로 어떤 의미가 되는지 생각을 많이 하게 됐어요.

저는 죽음을 경험하는 순간보다는 죽음 이후의 이야기를 자주 썼어요. 남겨진 사람들이 상실을 어떻게 해석하는지에 대해서요. 죽음 이후에는 아무것도 없다고 생각하거든요. 언젠가 다시 만날 거라고 위로하는 말을 건넬 수는 있지만 믿진 않아요. 그러다 보니 남은 사람들을 더 많이 생각해요.

본인이 맞이하고 싶은 죽음의 형태가 있나요? 막연하게라도 희망 사항이 있는지, 아니면 죽기 전에 준비하고 싶은 일은요?

준비할 시간이 있으면 정말 좋겠어요. 글도 쓰고 생각도 많이 하겠죠. 준비되지 않은 죽음이 워낙 많으니 지금이라도 대비해야 하나 싶기도 해요. 저작권 등이 있으니 제가 죽어도 남는 문제가 있잖아요.

비인간 이야기를 하셨는데, 인간 외에 자주 생각하는 생물종이 있나요? 그들과 인간의 관계는 어떤가요?

곰팡이요. 곰팡이 책을 읽었는데 정말 재미있더라고요. 다른 작품에 곰팡이 이야기를 쓸 것 같아요. 식물 생각을 했다가 곰팡이로 갔다가, 미생물을 보고 그러네요. 인간과의 관계를 생각할 때는 아무래도 인간과 교감할 수 있는지를 살피죠. 꼭 인간처럼은 아니더라도 나름대로 외부 환경에 반응하거나 세계와 상호작용하는 생물이요. 곰팡이도 그런 생물이긴 하죠. 인간 기준으로 생각할 수는 없지만요. 저는 동물에 대해서도 인격적으로 해석하는 게 조심스러워요. 그런 확장이 어디까지 갈지 의문이 있고요. 저는 대학에서 생물을 직접 다뤘는데요. 대장균 키워서 단백질 만드는 등의 일을 했어요. 그래서 생물 하면 대장균, 효모, 선충, 이런 것들이 먼저 떠오르거든요.

팬데믹으로 변한 점이 있나요? 팬데믹 상황이 되면서 사람들이 지구 규모의 끝을 한층 심각하게 받아들이고 있잖아요. 그리고 "상태를 되돌릴 시간이 지났다, 어떻게 천천히 끝을 맞이할 것인지만 남았다."라는 이야기도 많이 하고요. 멸망의 형태에 대해 생각하시는 바가 있나요?

멸망은 불평등하게 올 거예요. 멸망을 피할 수 없다는

말을 누가 할 수 있을지 궁금해요. 예전부터 하던 생각인데, 당장 먹고살기가 힘들고 하루를 살아남기 위해 자신의 모든 체력과 정신력을 바쳐야 하는 사람이 멸망 이야기를 할 수 있을까요? 어떻게 보면 한가한 사람 이야기 아닐까. 관찰자 입장에서 말하기보다 실제적인 불평등을 조금이라도 해결하고자 노력하는 쪽이 나아요. 기후 위기는 결국 불평등과 부정의 문제잖아요. 지금 당장 물에 잠기고 있는 나라는 가난한 곳들이거든요. 당장의 피해를 막기 위해 뭔가 해야 한다는 쪽으로 향해야 맞는 것 같아요.

저의 소설과는 다르죠. 어떻게 끝을 맞이할 것인가에 대한 이야기, 소설에서는 쓸 수 있죠. 소설에서는 피할 수 없는 멸망과 이를 받아들이는 사람들에 대해 쓸 생각이 충분히 있지만 현실에서 그런 태도를 가지면 좀 무책임하지 않을까요. 저는 당장 물에 잠기지 않는 나라에서 글을 쓰고, 당장 먹고살 돈이 있는 사람이니까요. 제가 그런 말을 하면 안 된다고 생각해요.

김초엽의 소장품들. 아끼는 키보드와
다이어리, 여행 기념품으로 마련한
부엉이와 해마, 좋아하는 영화
「월-E」의 주인공 로봇 월-E와
이브 피규어를 소개해 주었다.

듀나

:인터넷 공간의
토끼 작가

인터넷 공간의 토끼 작가

고백하자면 나는 듀나를 (속으로) 고대토끼라고 부르고 있다. 인터넷이 존재하기 전 먼 옛날부터 살아온, 과거사에 통달한 토끼라는 뜻이다. 하필이면 토끼인 이유는 듀나가 10년이 넘도록 토끼를 프로필 사진으로 쓰고 있기 때문이다. 개인 SNS만이 아니라 영화제 심사위원 등 공식 프로필 사진도 그렇다. 장르에 관한 에세이 『장르 세계를 떠도는 듀나의 탐사기』는 아예 표지에 토끼가 뛰어다닌다.

한국에 인터넷이 상용화된 때는 1990년대 말에서 2000년대 초반이다. 그 전에 살아 있던 사람들은 PC통신을 썼다. 천리안, 하이텔, 나우누리 등이 제공하는 온라인 공간에서 동호회를 만들고 게시판 활동을 했다. 고대인들의 기록에 따르면 SF 동호회에서는 독서 모임을 하고, 번역 소모임을 통해 책을 번역하고, SF를 창작하고 공유하며 교류했다고 한다. 듀나는 하이텔 과학소설동호회에 단편을 게재하며 활동을 시작했다. 1994년에 앤솔러지 『사이버펑크』에 작품을 수록하고, 1997년에 이영수라는 이름으로 단편집 『나비전쟁』을 출간했으며, 영화잡지 《씨네21》에 칼럼을 연재하며 영화평론가로 이름을 알렸다. 1999년에 오픈한 듀나의 홈페이지 'DJUNA의 영화낙서판'의 게시

판, 줄여서 '듀게'에는 영화 좋아하는 사람들이 와글거렸다. 이곳은 지
금도 영화 리뷰나 정보가 업데이트되고 있다. 이렇듯 듀나는 SF 작가로
나 영화평론가로나 활동 기간이 길고 글이 많은 사람이다. 특유의 말투
로 유명하기도 하다. 침착하면서 살짝 불퉁한 존댓말이랄까. 덕분에 한
때 '듀나체'가 밈이 되기도 했다. 글을 쓰는 이상 아무리 신상정보를 비
공개로 유지하더라도 글버릇을 비롯한 개인적인 부분은 드러나기 마
련이다. 그리고 신상정보가 없는 만큼 글을 통해 엿보이는 듀나는 일종
의 아이콘으로 느껴지기도 한다. 어쩌면 이런 형태야말로 이상적인 작
가와 독자 관계일지도 모른다. 작가를 개인적으로 접해 봤자 "뻘쭘하
고, 어쩔 줄 모르거나 지루하거나 실망거나 피곤할"*지도 모르니까.

　소설가로서 듀나는 SF를 많이 읽을수록 감탄하게 되는 작가다.
작가들이 좋아하는 작가라는 말이 칭찬인지 아닌지 나는 잘 모르지만,
듀나 소설을 좋아하는 SF 작가들이 여럿 생각나긴 한다. 예를 들면 십
여 년 전 곽재식 작가를 인터뷰할 때의 일이다. 내 질문이 무엇이었는지
정확히 기억나지 않지만 아마 좋아하는 작가를 물었던 모양이다. 덕분
에 듀나가 얼마나 대단한 작가인지 진심 어린 열변을 들었다. 세계를 만
드는 솜씨뿐만 아니라 결말을 지을 때 독자가 기대했던 문제해결을 제
시하는 대신 아예 다른 방향으로 틀어버리는 점이 감탄스럽다는 내용
이었다. 나는 어느 날 『면세구역』을 다시 읽으며 깨달음을 얻었다. 아
니, 원래 이렇게 재미있었나? 『아르카디아에도 나는 있었다』는 산뜻할

---

* 『젊은 작가의 책』(문학동네, 2016) 중 "고인이 되었거나 살아 있는 작
가들 가운데 누구라도 만날 수 있다면, 누구를 만나고 싶습니까? 만나
면 무엇을 알고 싶습니까?"라는 질문에 대한 정지돈의 답에서.

정도로 스르륵 흘러가는 SF다.(하지만 입문자에게는 『아직은 신이 아니야』를 추천한다.) 『제저벨』을 읽었을 때는 전 세계 사람이 이걸 봐야 한다고 생각했다. 아마 대부분의 사람이 설정을 이해하는 단계부터 어려워하겠지만, SF 독자 일부는 더 달라고 열광할 만한 소설이었다.

　소설 외적인 측면의 듀나에 대해서는, 홍지로 번역가와 만났을 때 한 대화가 기억난다. 이때는 내가 이야기를 꺼냈다. 트위터에서 보는 듀나는 귀엽다고. 이 말에 홍지로는 그게 무슨 소리냐며 펄쩍 뛰었다. 적어도 목소리는 뛰었다. 작가이자 평론가인 듀나만 봐온 사람이라면, 혹은 듀나 게시판 경험자라면 충분히 할 만한 반응이었다. 하지만 똑같은 텍스트라도 다른 글은 트위터와 중요한 차이가 있다. "아니, 그야 시니컬하고 투덜대기로는 매한가지지만, 트위터에서는 듀나 님 프로필 사진이 토끼란 말이에요. 쪼끄맣고 보송보송한 연갈색 드워프 토끼요. 토끼가 오물오물하면서 말을 한다고요!"

　참고로 설득은 실패했다. 프로필 사진의 힘이 강력하다는 사실을 전달할 수가 없었다. 듀나는 온라인 활동과 작품만 알려졌다는 이유로 '얼굴 없는 작가'라는 호칭을 얻었는데, 내가 보기엔 얼굴이 토끼인 작가다. 나는 작가가 실물이 어떻게 생겼는지, 학교는 어딜 나왔는지, 결혼을 했는지 등 사회적으로 어떤 사람인지는 별 관심이 없다. 그보다는 무슨 글을 쓰는지, 무엇을 좋아하는지, 무슨 생각을 하는지에 관심이 있다. 원래 독자가 보는 작가는 글로 구성된 사람 아닌가. 글이 좋으면 됐지, 글자를 입력하는 게 사람 손이든 토끼 발이든 무슨 상관이람. 게다가 토끼 쪽도 진실성이 있다. 온라인상의 모습이 진짜가 아니라는 생각은 잘못된 편견이다. 컴퓨터 밖에 실재하는 사람과, 언어적 표식으로 재현된 사람 사이에는 우열이 없다. 어떤 사람과 같이 밥을 먹는 것과 그의 일기장을 읽는 것 중에서 어느 쪽이 '진짜' 상대방을 보는 일인지 판가름하기는 어렵다. 정보의 종류가 다르기 때문이다. 온라인에서 혹은 글에서 얻는 정보는 비교적 찬찬히 소화해야 하는 종류다. 쌓일수록 내밀하고 촘촘해지는 것이다.

나아가 SF 작가가 인간이 아니라고 상상하면 신이 난다. 듀나가 신체 변이, 기억 왜곡, 맹폭한 진화를 곧잘 다루는 작가라는 점을 생각하면 더더욱 그렇다. 예를 들어 듀나의 『제저벨』에서는 테디베어 모습의 사람이 함장 역할을 한다. 비유적 표현이 아니다. 바이러스 군체로 인해 신체가 우리 같은 모습에서 굉장히 먼 형태로 진화했기 때문이다. SF 세계에서는 그런 일이 일어난다. 물론 듀나의 경우 본체가 네트워크 너머에 실존하실 테니 이미지에 너무 집착하면 안 된다고……, 아무리 토끼이더라도……, 안 된다고 자제하고 있지만……. 하지만 토끼 아바타를 가진 전뇌공간의 인격체라니, 여러 사람이 이를 두고 호감 섞인 농담을 했다. 우리한테는 인간이 아닌 작가도 있다고.

시니컬하고 투덜대는 사람이라고 했지만, 연락을 주고받을 때의 듀나는 사회적 요식 없이 사람을 그저 사람으로 대하기 때문에 편안한 사람이었다. 생각해 보면 듀나는 대체로 누구에게든 특별히 상냥하지도 퉁명스럽지도 않다. 질문을 하면 답이 돌아온다. 때로는 직접 질문하지 않아도 답이 돌아온다. 나는 "이런 SF 추천해 주세요." 할 때 큰 도움을 받았다. 게다가 거의 항상 적당한 무관심의 톤을 유지하기에 기름기가 없다. 듀나와 메일을 주고받는 동안 인사말을 고민할 필요가 없어서 좋았다. 워낙 본론만 간단히 쓰는 사람이기 때문이다. 이걸 모르고 처음 메일 답장을 받았을 때, 그러니까 옛날에 원고 청탁을 했을 때는 답장이 너무 짧아서 당황했다. 이번에 인터뷰를 청하기 위해 메일을 구구절절 써서 보냈을 때도 역시나 5분 만에 두 줄짜리 답장이 왔다. 이번에는 정답을 맞힌 기분이라 약간 신났다. 거봐, 그렇대도.

인터뷰는 텔레그램 채팅으로 하고, 인터뷰 촬영은 서울 망원역 근방의 꽃집 '어라운드 유 가드닝'에서 했다. 듀나 본인 대신 토끼 인형 '듀나벨'과 함께한 덕분에 아주 흐뭇한 시간을 보냈다. 사진을 보니 내가 정말 진심으로 활짝 웃고 있었다. 모르는 사람이 보면 인형을 작가님이라고 모시며 사진을 찍는 이상한 사람이었겠지만⋯⋯. 아무 질문 없이 덕담만 해주신 꽃집 사장님께 감사할 뿐이다.

인터넷

공간의

토끼

작가

아주 많은 인터뷰에서 첫 질문으로 뽑았을 질문인데요. 듀나라는 이름에 대해 묻고 싶어요. 듀나(Djuna)는 미국의 작가 주나 반스의 이름에서 따온 하이텔 시절 아이디죠. 별 의미는 없었다고 밝히셨고요. 한동안 작가명에 듀나와 이영수라는 이름을 모두 쓰시다가 일정 시점 이후로는 쭉 듀나로 활동하고 계신데요. 듀나로 굳어진 이유가 있나요? 그리고 주나 반스에 대해 어떻게 생각하고 계신지도 궁금합니다.

제 의도는 아니고요. 그냥 잡지와 출판사 편집자들이 그렇게 쓰기 시작했어요. 전 '다들 왜 그러지?' 하고 생각했는데 그냥 포기해 버렸어요. 깊이 고민하고 싶지 않아서. 처음부터 필명을 쓸 생각이었다면 다른 걸 썼겠죠.

주나 반스는 늘 재미있다고 생각하는 사람이에요. 전기도 많이 샀고 책도 많이 샀고요. 그런데 읽기 힘든 문체를 쓰는 작가라, 소설보다 전기를 더 많이 읽죠. 요새는 영어 원서 자체를 잘 안 읽어요. 새라 워터스의 『게스트』가 마지막이었던 것 같아요. 번역으로 나오는 책도 따라잡기 힘들어서요. 보통 1년에 100권 정도는 채워 읽는데, 올해는 만화책, 그림책 다 합쳐야 100권이 가능해요. 엄청나게 집중이 안 되는 해였지요.

만화책이나 그림책은 어떤 걸 좋아하세요?

전 이수지 작가 팬이지요. 이지은 작가 작품도 진짜 좋고. 언제나 바버러 쿠니를 좋아했고. 에밀리 그래빗이 그린 털 달린 동물들도 좋고요. 지금은 돌레르 부부가 쓴 그림책을 읽고 있어요. 조금 옛날 작품들이긴 한데. 만화책은 잘 모르겠어요. 그렇게까지 자주 보지는 않습니다.

털 달린 동물 하니 토끼 프로필 사진이 생각나는데요. 오랫동안 토끼 사진을 얼굴 사진 대신으로 쓰고 계십니다.

그냥 귀여워서 쓴 거죠. 귀여운 게 많으면 좋잖아요. 초기에는 돌고래 사진을 잠시 썼는데 토끼의 힘이 세네요. 토끼는 귀엽지만 최근 직접 본 적이 없어요. 고양이랑은 같이 살아서 어떤 동물인지 아는데 토끼에 대해서는 아는 게 없네요.

한국과학소설작가연대 대표로 취임하실 때는 토끼 인형이 참석을 대신했는데요. 귀신 들린 인형으로 유명한 '애나벨'에서 이름을 따와 '듀나벨'이라는 이름이 붙었습니다. 듀나벨에게 일을 시켜야겠다고 하신 것도 기억이 나요. 듀나벨이 애나벨처럼 살아 움직인다면 무슨 일을 시키고 싶나요?

원고요. 당연한 걸.

듀나 님 프로필 이미지를 따서 만든 굿즈가 몇 있습니다. 갖고 계신 가요? 저는 서울독립영화제에서 만들었던 영화 「메기」 관련 배지가 너무 귀여웠어요. 영화제 측에서 듀나 님의 트윗과 고양이 사진을 이용해서 굿즈로 만들었잖아요. 고양이도 귀엽지만 SNS를 이용한 센스가 재미있었습니다.

「메기」 배지는 허구예요. 그러니까 제가 썼을 법한 가짜 트윗이에요. 전 표를 못 구해서 나중에 시사회에서 봤어요. 배지는 갖고 있어요. 트위터의 토끼 프로필 사진으로 만든 배지도 퀴어문화축제에서 파는 걸 하나 샀는데 지금도 집 어딘가에 있을걸요. 귀엽죠.

집에 고양이가 두 마리 있다고 하셨죠. 고양이 이야기를 하거나 사진을 올리고 싶은 마음이 든 적은 없으셨나요?

그건 제 사생활의 영역이라 저와 연결된 계정엔 올릴 생각이 없어요.

빈자리를

남겨두는

글쓰기

근황을 여쭤보고 싶은데요. 요즘은 어떤 일을 하고 계신가요?

영화 관련해서는 영화 잡지 《씨네21》 연말 결산 관련 작업을 했어요. 구픽 출판사에서 나올 옛날 영화 관련 책도 준비하고 있고요. 그리고 곧 미스터리 단편집이 나올 예정입니다. SF, 판타지가 섞이지 않은 책이에요. 언젠가 하고 싶었던 일이죠. 저는 기질적으로 미스터리 작가니까요. 그리고 SF로는 픽스업* 단편집 하나를 내야 해요. 전에 쓴 「왕의 넋」이라는 단편의 연장선이에요. 초자연현상이 일반 과학인 세계의 과학부 직원들이 사건을 해결하는 이야기입니다. 추리 시트콤과 비슷하지 않을까요. 그 외에 써야 하는 단편들이 더 있어요. 번역될 단편집 교정도 봐야 하고요.

글을 쓸 때 작업 시간이나 작업 공간은 어떤가요? 컴퓨터보다 태블릿을 주로 쓰시는 것 같은데 잘 활용하는 앱이 있나요?

전 프로는 못 되는 것 같아요. 정해진 작업 시간도 없고, 그냥 침대나 소파에서 뒹굴면서 아이패드나 아이폰으로 쓰거든요. 제 워드프로세서 앱은 바이워드예요. 그냥 텍스트 기능만 있어요. 하여간 생산성이 별로 안 높아요. 얼마 전에 「작은새와 돼지씨」란 다큐멘터리를 봤어요. 24시간 슈퍼를 하다가 아파트 경비를 하는 감독 아버지와 어머니가 나와

---

* fix-up. 별개의 단편을 묶어 하나의 이야기로 연결한 소설.

요. 그분들이 시도 쓰고 그림도 그리는데 저보다 훨씬 프로 페셔널해요. 전 그런 성실함을 끝까지 못 따라갈 것 같아요.

계속 글을 쓸 수 있는 요건은 뭘까요?

마감인 것 같아요. 요샌 자발적으로 쓴 글이 거의 없어요.

글을 쓰면서 제일 고통스러울 때는 언제인가요?

이야기가 막힐 때. 대부분 그렇죠. 몇십 페이지 정도 잘 나가다가 덜컥. 막힌 자리에서 몇 달 동안 멈춘 채 있을 수도 있고요. 지금이 그렇거든요. 미스터리인데 심지어 막힌 지 너무 오래되어서 누가 범인인지도 까먹었어요. 진상을 다시 만들어야 해요.

저는 배경을 다 만들어 두고 쓰지 않아요. 일단 디테일을 쌓기 시작하면 의도했던 것과 다른 구조가 만들어지거든요. 그러다 시작할 때는 상상도 못했던 해결책이 나오기도 하고. 그럴 때는 재미있지요. 단편의 경우에는 결말을 생각하고 쓰는 경우가 많은데 그래도 계획대로는 안 가지요. 같은 결말로 가더라도 과정이 달라질 수도 있고. 일단 던져 놓고 생각하다 보면 자잘한 골목들이 보이거든요.

그럼 퇴고할 때는 어떻게 하세요?

문장 고치고 사실 확인하는 일 이상은 안 하는 것 같아
요. 그 뒤로는 편집자와의 협업이고. 편집자와 어떻게 하는
지는 편집자에 따라 다른 것 같아요. 예를 들어 저는 제 문
체에서 어느 정도 어색함은 남겨야 한다고 생각하거든요.
그게 저의 중요한 일부니까. 그래서 적정선에서 합의를 봐야
해요. 이야기의 경우도 완전히 설명이 되어서는 안 된다고
생각하는데 여기에 대해서도 설득이 필요해요.

**작중에서 설명하지 않는 빈 공간을 많이 쓰시죠. 사건의 진상을 규
명할 때도 '왜?' 부분은 노골적으로 비워 두시잖아요. 와이더닛*
의 반대 방향으로 가시더라고요.**

등장인물의 충동적인 행동이 꼭 논리적으로 설명될 필
요도 없고, 모든 사람들의 동기를 알아야 할 필요도 없고.
어느 정도는 미스터리로 남겨 둬야죠. 우리가 사는 세상이
그러니까. 모든 걸 다 알 수는 없잖아요. 모든 걸 다 설명하
면 캔버스의 모든 대상을 똑같이 정교하게 그린 그림 같아
서 가짜 같아져요. 느슨할 필요가 있지요. 많은 미스터리 소

---

* 미스터리에서 범인을 맞히는 후더닛(whodunit, 누가 했는가?), 범행
과정에 초점을 맞추는 하우더닛(howdunit, 어떻게 했는가?), 범행 동기
를 밝히는 와이더닛(whydunit, 왜 했는가?) 중 마지막 경우.

설에서 범행 동기는 그렇게 안 중요해요. 예를 들어 엘러리 퀸의 『이집트 십자가 미스터리』에서 '왜'는 별로 의미가 없어요. 나중에 탐정이 '범인은 미치광이야!'라고 설명하는데 그건 정말 있으나 마나 한 설명이잖아요.

글 쓰는 작업을 여러 가지 하시잖아요. 기간을 생각하면 한꺼번에 여러 글을 쓰고 계실 텐데 병행하는 요령이 있나요? '이 생활도 오래 해보니까 이 정도는 알겠다!'라든가.

마감까지 미루다 막판에 저를 괴롭히기? 그냥 마감이 생기면 쓴다고밖엔.

특별한 취미생활이 있나요? 그런 활동이 글에 반영되는지도 궁금한데요.

영화, 공연, 전시회, 책…… 가끔 레고. 전 일단 일 때문에 뭐든 꾸역꾸역 머릿속에 넣어야 해요. 아이디어가 생기면 관련된 자료를 찾기 시작하지요. 브레인스토밍 과정에서는 최대한 다양한 재료를 허용하려고 해요. 얼마 전에 쓴 단편 「화성의 칼」의 경우, 웰즈의 『우주 전쟁』의 역사 속에서 동북아는 어떤 일을 겪었을까를 상상하다 쓴 이야기인데요. 일단 이렇게 낯선 재료 둘이 합쳐지면 그 빈 자리를 채우기 위해 무엇이든 최대한 끌어와야 하거든요. 이 경우는 시대물이니 어쩔 수 없이 간접 경험에서 재료를 찾을 수밖에 없었고요. 결국 최근 접한 책, 공연의 조각들이 딸려 나오지요. 「화성의 칼」을 쓸 무렵 「관부연락선」이란 연극을 봤는데 그 때문에 캐릭터 하나의 설정이 「관부연락선」의 윤심덕과 비슷해진 것 같아요. 하지만 독립운동 결사 관련 자료 같은 건 직접 찾아야죠. 찾는다고 다 쓰는 건 아니지만. 글쓰기는 아무렇게나 쌓은 잡동사니에서 쓸모 있는 걸 찾는 작업에 가깝지 않을까요.

작품에 종종 배경음악이 있어요. 『평형추』에는 영화 「피서지에서 생긴 일」의 주제곡이 자꾸 등장하죠. 글 쓸 때 음악을 많이 들으시나요?

그건 거의 클리셰가 된 엘리베이터 음악이지요. 엘리베이터나 쇼핑몰 등에서 흘러나오는 유의 음악요. 농담이었어요. 단지 『평형추』 사람들은 미래 사람들이라 그걸 모르죠.

배경음악을 넣으면 아무래도 구체적인 심상을 넣는 데 도움이 돼요. 일종의 영화음악인 셈이죠. 저는 침묵 속에서 뭔가를 하는 일이 없어요. 저에게 「너네 아빠 어딨니?」는 구체적인 음악이 정해져 있는 이야기예요. 스트라빈스키의 「풀치넬라」 서곡으로 시작해서 역시 같은 작곡가가 쓴 「현을 위한 협주곡 D장조」의 아리오소 악장으로 끝나는 좀비물인 거죠.

작품을 보면 구어체인 경우와 아닌 경우가 있는데요. 기준이 있나요?

어떻게 쓰면 편한지에 따라 다르죠. 전 논픽션도 구어체로 쓰는 경향이 있어서 편안함의 폭이 넓어요. 「구부전」의 경우는 주인공의 행동이 좀 이상해 보일 필요가 있었는데, 구어체로 쓰면 그 위장된 일상성 때문에 이상함이 두드러질 것 같았어요. 전 어렸을 때 조지프 콘래드의 소설을 많이 읽었고 『암흑의 핵심』과 『로드 짐』의 화자 찰리 말로의 말투에 영향을 많이 받았어요. 그래서 극중 캐릭터가 1인칭으로 길게 이야기를 푸는 걸 좋아해요. 구어체와 문어체가 구별되는 한국어로 번역된 말로의 말투에는 원작에선 없던 또 다른 뉘앙스가 생기죠. 그런데 제 구어체는 자연스럽지가 않아요! 다들 책처럼 말하지요. 구어체보다 서간체에 가까울지도 모르겠어요. 제 말투이고 그 틀 안에서 제가 편하니까 그 스타일을 보존하는 거죠.

「대리전」이나 『평형추』는 원래 단편이던 소설을 중장편으로 만들며 길이를 고쳤잖아요. 어떤 점이 달라졌나요? 그리고 어떤 이유로 길게 바꿔야겠다고 생각하셨나요?

새 캐릭터와 디테일이 들어갔지요. 『평형추』는 본래 영화를 위한 아이디어였기에 영화 재료가 되는 여분의 디테일을 넣어 줄 필요가 있었어요. 정작 쓰는 동안에는 예산이나 제작 방법에 신경을 안 써서 결국 할리우드 블록버스터에나 나올 법한 장면들이 들어가고 말았죠. 단편에서는 흐름상 뺐던 감상적인 고백 장면이 있었는데 장편에는 꼭 넣어야 했고요. 그것만으로 길이를 고칠 이유가 됐죠. 장편이 되려면 새 재료들을 넣어야 해요. 같은 이야기를 길게 끌 수는 없지요. 저는 장편 쓰는 걸 별로 안 좋아해요. 앞으로도 될 수 있는 한 피하는 방향으로 가겠지요.

그럼 장편 말고 픽스업 소설을 낼 때는 어떤가요? 픽스업은 흩어져 있던 단편을 묶는 일이잖아요. 묶으면서 손보는 부분이 많나요? 예를 들면 『제저벨』은 링커 우주 세계관의 이야기를 묶은 책이죠. 그리고 링커 우주에 관한 책은 더 나올 예정이 없는지도 궁금합니다. 단편집 『브로콜리 평원의 혈투』에 실렸던 「브로콜리 평원의 혈투」와 「안개 바다」도 링커 우주 이야기인데 『제저벨』에 같이 묶이지 않아서 아쉬워요.

당연히 손을 보죠. 『제저벨』에 실린 「레벤튼」은 연재 당시 원고와 지금이 많이 달라요. 쫓고 쫓기는 액션이 있었는데 다 지웠죠. 그건 대화 위주의 실내극 스타일이 어울리는 이야기였어요. 링커 우주 작품집은 하나 더 낼 거예요. 이미 중편을 하나 썼어요.

번역 원고를 보는 중이라고 하셨는데, 번역 과정을 지켜보는 건 어떠세요? 국내 출간 과정과 많이 다른가요.

지금 보는 건 미국의 카야 프레스에서 나올 영문판 단편집이에요. 「구부전」, 「브로콜리 평원의 혈투」, 「제저벨」 등등이 들어가요. 『평형추』는 후년에나 볼 수 있겠죠. 번역 과정은, 더 느리고……. 모르겠어요. 다른 출판사 경험도 좀 해봐야죠.

지금까지 나온 글 중 좋아하는 글이 있나요? 혹은 본인이 대표작이라고 생각하는 글이 있는지 궁금합니다. '잘 썼다.' '많이 팔렸다.' 이런 게 아니더라도 '내 글답다.' 싶은 게 있을 수 있잖아요. 혹시 좋아하는 표지가 있는지도 궁금한데요.

「구부전」은 괜찮게 쓴 거 같아요. 가장 저 같달까. 가장 자연스럽게 흘러나왔어요. 다른 날에는 또 다른 걸 고를지도 모르죠. 오늘은 「구부전」이에요. 그리고 전 『용의 이』가 예쁜 책 같아요. 삽화도 좋아해요. 적당히 심술궂고.

직업 만족도는 어떠세요? 작가라서 좋았던 점이 있다면?

직업 만족도는 그냥 그래요. 조금 더 자기 주도적이면 좋을 텐데. 작가라서 좋은 점은 한국식 사회생활을 안 해도 된다는 것?

사회생활이라 하니, 예전에 SF 작가들은 선후배를 따지지 않더라는 말이 있었는데요. 정세랑 작가님이 단편집 『멀티버스』 후기에서 언급한 것을 배지훈 작가님이 트위터에서 다시 언급하셨네요. 어떻게 생각하세요?

제가 그 원인이라면 자랑스러울 거예요.

듀나 님은 과거 SF 작가끼리의 연결 없이 혼자 글을 쓰셨다는 취지의 얘기를 하신 적이 있죠. 지금은 변화를 체감하시나요? 한국과학소설작가연대의 경험은 어떤가요?

일단 한국 SF의 계보가 쌓였어요. 그리고 독자들이 한국 SF 문학이 어떤 것인지 틀을 갖게 됐어요. 이 둘을 무시하고 동떨어져 작업하기는 어렵죠. 무시한다고 해도 무시하는 행동 자체가 그 영향 아래에 있으니 이전과 같은 작업은 불가능하고요. 연대는, 뒤와 옆에 누가 있어서 안심된다는 느낌? 얼마 전에 에이전트가 생겼는데 역시 비슷한 느낌이에요.

『아직은 신이 아니야』 후기에 트위터 사람들을 향한 감사의 말을 쓰셨는데요. 듀나 님이 운영하는 홈페이지 'DJUNA의 영화낙서

판'에 대해서는 어떤 마음을 품고 계신지도 궁금합니다. 홈페이지가 생긴 때가 1999년인데, 이곳 게시판이 일종의 커뮤니티 역할을 했잖아요. 여전히 여기에 영화 리뷰를 꼬박꼬박 올리는 것도 대단하시고요. 그건 마감도 없지 않나요?

듀나 게시판 사람들 상당수가 지금 트위터에 있지요. 둘이 분리된 세계는 아닌 것 같아요. 둘 다 따라갈 수 있을 정도로는 보고 있어요. 홈페이지에 쓰는 리뷰는 제 정체성과 관련된 것이라 중단할 수는 없어요. 제가 게으른 폐인이 되는 걸 막아 주기도 하고. 계속 가야죠.

한국어라는

언어의

연못에서

SF로서 현실성을 갖추기 위한 디테일을 어떻게 준비하세요?

일단 전 장르 아이디어로 시작하는데 그게 꼭 과학적이어야 할 이유는 없어요. 필요한 경우 자문을 구하거나 책을 읽는데 그것들을 모두 있는 그대로 반영할 필요도 또 없지요. 거의 모든 곳에 적당한 '얼렁뚱땅'이 있어요. 자문은, 만약 영화판이나 생물학 소재 이야기를 쓰는데 트위터 친구 중에 영화감독이나 생물학 전공자가 있다면 그쪽에 물어봐야죠. 근데 제가 하드 SF를 쓰는 건 아니니까요. 실제 세계와 얼마나 닮았느냐보다 내적 논리가 더 중요해요. 현실성 때문에 깊이 고민한 적은 없는 것 같아요.

인물을 만들 때는 어떻게 하시나요? 이름은 어떻게 정하시는지도요. 예를 들면 『민트의 세계』에서 민트는 왜 민트인지, 민트의 본명인 류수현은 어디서 나왔는지.

전 인물을 만드는 데엔 큰 관심이 없어요. 이야기를 끌어가는 도구로서 기능하면 만족해요. 그러는 동안 여분의 개성이나 매력이 생길 수도 있는데 일부러 고민하면서 그런 작업을 할 필요는 없지요.

민트는 철저하게 공허한 이름이에요. 친구가 자기 이름을 이용해 아이디를 지었는데 그걸 훔친 거잖아요. 민트는 자기 것이 없는 아이지요. 심지어 고정된 얼굴도 없는 캐릭터예요. 단지 그릇처럼 비어서 다른 사람들의 의지와 욕망을 담죠. 그걸 의미했어요. 류수현은 드라마 「시카고 타자기」에서 임수정이 연기했던 배역 이름이에요. 15년 넘게 임수정 캐릭터 이름을 쓰는 게임 비슷한 걸 하고 있어요. 저는 「시카고 타자기」를 진짜로 싫어하는데 심지어 제 단편 「대본 밖에서」는 그 드라마의 안티 팬픽 비슷한 거예요. 남자 주인공이 너무 꼴 보기 싫어서 비슷한 인물을 만들어 고문해 죽였어요.

그랬죠⋯⋯. 작품의 무대가 되는 배경은 어떻게 만드시나요? 구체적인 도시가 나오기도 하잖아요. 부천이 무대였던 「대리전」에는 '동네 SF'라는 이름이 붙었죠. 『민트의 세계』에는 일산이 등장하고요.

배경이 의미가 없다면 굳이 상상할 필요가 없지요. 반대로 「대리전」의 경우는 부천이라는 공간이 아주 중요하니까 거기에 맞추어 이야기를 짜야죠. 일단 동선이 달라지니까요. 그건 굉장히 중요해요. 부천은 원래 아는 곳이라 일부러 탐사하지 않아도 되어서 골랐어요. 『민트의 세계』에서의 일산도 어느 정도 아는 곳이고, 고립된 작은 도시여서 이야기에 맞았어요. 중학생 아이들은 굳이 그 작은 곳에서 나갈 필요가 없거든요. 글을 쓸 무렵엔 한번 가볼까 했는데 시간이 안 맞아서 그냥 인터넷 지도를 보고 썼어요. 그래서 조금 디테일이 안 맞는 부분이 있는데, 소설의 일산이 실제 일산과 같아야 할 이유는 없으니까요.

한국에서 오래 SF를 쓰시면서 한국의, 한국다운 SF를 쓴다고 의식했던 적이 있나요? 등장인물 이름도 초기부터 한국식 이름이 많았고요.

한국인 이름을 쓰는 게 그렇게 이상한가요? 외국인을 주인공으로 하는 게 더 이상하지 않나. 1990년대에도 꽤 많았던 것 같아요. 1990년대에 나온 한국 SF 단편집 『창작기계』나 『사이버펑크』를 보면 주인공 상당수가 한국인이에요. 영화화된 박성환 작가님의 단편 「레디메이드 보살」도 있고. 무엇보다 복거일 선생이 있잖아요. 한국 배경의 SF는 가물가물하긴 한데 그래도 꽤 있지 않았을까요. 저는 한국 SF에 대해서는 거의 고민이 없었는데, 한국어로 SF를 쓰는 것에 대한 고민은 늘 있지요. 이 이야기 안에서 내가 쓰는 언어는 어떻게 존재하는가. 이건 영어권 작가들은 전혀 또는 거의 하지 않는 고민이지요. 그 사람들에겐 영어권이 세상의 중심이니까.

언어 이야기를 하시니 「불가사리를 위하여」에 언어 이야기가 언급된 게 기억나네요. 화자가 사건을 서술하면서, 이건 자신이 원래 쓰던 언어가 아니라고 하잖아요. 화자의 시대로 왔던 '시간인'들, 시간여행자들의 언어를 배워서 쓰는 거라고요. 덕분에 옛날 사람인 화자가 독자인 우리가 아는 언어로 글을 쓰고 있다는 점이 설명이 됩니다. 「구부전」에도 비슷한 언급이 있고요.

결국 우린 언어의 연못에 살고 있으니까요. 한국어 사용자는 한국어로만 이루어진 연못에서 사니까. 영어권도 연못이지요. 조금 더 클 뿐.

지역과 문화를 벗어날 수 없기에 생기는 문제네요. 한국에서 글을 쓰는 일에 대해 더 묻고 싶은데요. 국내 이슈에 영향받은 점이 있나요?

제가 쓴 모든 것들이 직간접적으로 이 나라의 환경에서 영향을 받지 않았을까요. 아무리 무국적적으로 보이더라도요. 하지만 구체적인 이슈라……. 지금은 생각이 안 나는군요. 「셰익스피어의 숲」에는 저번 보궐선거에 대한 불평이 나오죠. 하지만 그건 소설의 재료는 아니니까요. 이슈를 일부러 가져와 소설에 넣지는 않아요.

SF를 써서 좋은 점이 있나요? 혹은 SF를 읽는 이유는요? 듀나 님은 1990년대부터 SF를 쓰셨는데 혹시 변화를 느끼는 점이 있으실까요.

전 그냥 선택의 여지가 없어서 이 장르 글을 썼어요. 세계를 만들어야 이야기가 나와요. 지금 제가 사는 세계만으로는 부족해요. 제 경험을 쓰는 것도 재미가 없고. SF를 읽는 건 어린 시절부터 습관이었어요. 거기에 무슨 이유가 있었겠어요. 그냥 좋아서 읽었죠. 1970~1980년대 대한민국은 별 매력이 없는 곳이었고 탈출구가 필요했어요.

지금은 아무래도 한국어 SF를 더 많이 볼 수밖에 없는 환경이 됐어요. 단지 리뷰를 쓰지는 않지요. SF 소설도 늘었지만 다른 매체에서도 이 장르에 속한 작품들이 늘어났어요. 장르 자체가 일상화된 것 같아요. 암중모색하던 1990년대와는 분명 다르죠. 텔레비전에서는 타임슬립 같은 게 인기에요. 이야기를 만들기 위한 도구로 장르를 쓰는 거죠. 아직 장르 자체에 대한 고민은 얕아 보여요. 문학 이야기로 가자면 충분한 다양성을 확보했느냐는 질문을 던질 수 있는데, 전 아직 웹소설 같은 걸 많이 읽지 않아서 시야가 제한되어 있어요. 제가 할 수 있는 말은 딱 이 정도인 것 같습니다. 확실한 건 더 이상 SF 장르가 소수의 마니아만을 위한 게토라는 평계는 댈 수 없단 거예요. 국내 SF는 늘 베스트셀러 리스트에 있습니다. 세상이 달라진 거죠.

SF가 어렵다고 하는 사람들에게 하고 싶은 말이 있나요?

글쎄요. 전 장르 로맨스가 어려워요. 각자 어려운 영역이 있지요. 제가 뭐랄 수 있는 건 아닌 것 같아요. 지금은 그렇게까지 억지로 관심을 끌어와야 할 때도 아닌 것 같고.

인간이어야

할

필요는

없어요

영화 이야기를 하고 싶은데요. 앞서 홈페이지 이야기도 나왔지만 듀나 님은 1990년대부터 현재까지 영화 리뷰를 활발하게 쓰셨 잖아요. 영화 평론가로서 쓴 글이나 책도 풍성하고요. 소설 창작 과도 관련이 있지 않을까 싶어요. 듀나 님의 단편을 보며 어떤 것 들은 정말 영화와 닮았다는 생각을 했습니다. 글을 쓸 때 떠올리 는 모습과 영화가 연관이 있나요?

전 영화적으로 여겨지는 액션 장면을 종종 써요. 하지 만 보기와는 달리 그렇게까지 영화로 쉽게 옮겨지지 않아 요. 훌륭한 액션 장면이 있는 시나리오를 읽어 보면 그 장면 은 대부분 읽는 재미가 없어요. 그건 읽는 재미를 위해 쓰인 게 아니니까요. 앞으로 만들어질 액션의 설계도죠. 하지만 소설에서는 설계도를 써선 안 돼요. 그리고 제 경우는 시각 정보를 의도적으로 감추거나 시각 정보만으로는 해독되지 않는 액션을 쓰는 경우가 많아서 실제로 많이 달라요. 여전 히 영화의 영향을 많이 받았겠지만 최종 결과물은 '문학적' 이죠. 문장이 최선의 도구라는 의미에서.

좋아하는 영화의 유형이 있나요? 이건 너무 큰 질문이니까 '결말 을 짓는 방법이 마음에 드는 영화'로 한정할게요. 어떤 마무리를 좋아하시나요?

더 큰 모험 앞에 주인공을 세우면서 끝내는 걸 좋아해

요. 그게 최고의 해피엔딩 같아요. 그냥 모험의 기회 자체가 선물인 거죠. 제 글 중에서는 『제저벨』과 「죽은 고래에서 온 사람들」이 그렇죠. 사실은 「구부전」도 약간.

단편 「여우골」은 실제로 영화화도 되었잖아요. 어떠셨나요?

일단 원작과 많이 달랐잖아요. 주어진 조건 안에서 성공하기 어려운 프로젝트였던 거 같아요. 「여우골」은 1980년대식 신체 손상 호러 영화에 최적화된 이야기였어요. 19금 난도질을 해야 먹혔을 텐데. 물론 감독은 텍스트를 자기식으로 이용할 권리가 있습니다. 단지 조건이 좀 안 좋았던 거 같아요.

확실히 「여우골」과 「구부전」은 피와 살이 튀는 호러인데요. 이런 이야기를 좋아하시나요?

「구부전」은 조선 시대 버전 해머 호러*라고 생각하며 썼던 거 같아요. 하지만 호러에 집착하지는 않았어요. 전 그보다는 코미디를 쓰려 했어요. 최대한 깜찍발랄하길 바랐어요.

『제저벨』은 재료 상당수를 40년대 RKO 영화, 특히 발

---

* 1950~1960년대에 전성기를 맞았던, 미국 해머 스튜디오의 저예산 호러 영화들. '해머 스타일'로 불리는 독특한 스타일로 유명하다.

루튼 호러 영화*에서 가져왔어요. 예를 들어 고양이 닮은 항해사는 영화 「캣 피플」을 연상시키죠. 레벤튼섬은 죽음의 섬이고. 보리스 칼로프** 닮은 캐릭터는 실제로 루튼 영화의 보리스 칼로프 캐릭터와 닮은 구석이 있고요. 이야기를 오마주하는 대신 토막 난 재료들을 갖고 요리하는 거죠. 그런 식으로 작업을 가끔 해요. 『아르카디아에도 나는 있었다』는 레드벨벳 뮤직비디오와 예능 재료들로 만들어졌죠. 후반에 거인이 비행접시를 쫓는 장면이 나오는데 그와 비슷한 장면이 레드벨벳의 「루키」 뮤직비디오에 나올걸요.

다른 시리즈, 예를 들면 『아직은 신이 아니야』와 『민트의 세계』에는 어떤 재료가 들어갔나요? 이 둘은 인류 전체가 초능력자로 변화한다는 '배터리 우주' 세계의 이야기잖아요.

그 세계는 마블 영화들이 뜨기 시작했을 무렵 나왔죠. 전통적인 슈퍼히어로 설정을 180도 뒤집은 세계를 만들고 싶었어요. 슈퍼맨 이야기를 기준으로 삼았어요. 슈퍼맨은 초능력을 가진 소수가 파괴로 이어지는 변화로부터 세상을

---

* 러시아계 소설가이자 각본가, 제작자인 발 루튼(Val Lewton, 본명은 블라디미르 레벤튼)이 만든 영화들. 1940년대에 미국 RKO 픽처스에서 제작된 저예산 호러 영화들이 유명하다.
** 영국의 배우. 본명은 윌리엄 헨리 프랫(William Henry Pratt). 영화 「프랑켄슈타인」(1931)에서 맡은 '프랑켄슈타인 박사의 괴물' 이미지가 대표적이다.

지키는 이야기죠. 그래서 전 거울상 세계를 만들었어요. 초
능력은 거의 모두가 갖고 있고 세상은 어쩔 수 없이 변하는
거죠. 그렇게 해서 어떤 이야기가 나오나 봤어요.

**듀나 님 소설에는 '배터리 우주' 말고도 다양한 세계관이 나오는
데요. 우주에서 온 바이러스 군집이 생물을 다종다양하게 변형시
키는 '링커 우주', 초자연적인 법칙이 자연법칙처럼 작용하는 '프
로스페로 생태계', 혹은 '거미줄 우주' 등이 있습니다. 글을 쓸 때
어떤 이야기가 어떤 우주의 이야기인지 어떻게 아시나요?**

우주에 대해서는 별 신경을 안 써요. 그냥 매번 새 우
주를 만들 수는 없으니까 가끔 이전 우주를 재활용할 뿐이
죠. 심지어 얼마 전에 쓴 '링커 우주' 중편은 1990년대에 쓰
다 만 이야기였는데, 링커 유니버스에 옮겨보니까 더 수월하
게 풀려서 그냥 그렇게 작업을 했어요. '프로스페로' 이야기
는 내년에 단편집이 나와요. 네 번째 단편을 쓰고 있는데 너
무 어른들의 사정이라 몇 달째 막혔어요. 어른들은 재미없
어요. 불륜, 연애, 그딴 거.

**앞서 신체 손상 호러 말씀을 하셨는데요. 듀나 님 글에는 신체 변
이라는 주제가 자주 등장합니다. 사이보그, 가상 세계의 아바타,
외계 생물이나 바이러스와의 접촉으로 변이하는 신체 등, 현재 표
준으로 삼는 인간의 몸에서 굉장히 멀어지곤 하는데요. 이 주제는**

어떤 점이 매력적인가요?

전 사람 몸이 늘 이상하고 어색하다고 생각하기 때문에 변화를 상상하는 게 자연스러워요. 그건 정신도 마찬가지고. 다양성이 좋은 거죠.

'인간성'을 두고 인간과 비인간이 뒤집히기도 하는데요. 예를 들면 『평형추』에서는 실제 인간인 김재인보다 AI로 만들어진 생령 김재인이 더 다감하게 반응하죠. 『아르카디아에도 나는 있었다』에선 인간이 아닌데 매우 인간적으로 느끼고 반응하는 이들이 나옵니다. 작중에서는 '톨스토이'라고 부르죠.

『평형추』의 생령은 철저하게 인간성을 연기한 것이라 생각해요. 톨스토이들은 그냥 자기 자신인 거고. 다양한 스펙트럼 안에서 보수적으로 존재하는 이들인 거죠. 그 세계에선 그런 존재들이 꼭 인간이어야 할 이유는 없고요.

말씀하신 '자기 자신'이라는 점이 재미있습니다. 『제저벨』에는 서로 다른 신체 구조에 다른 방식으로 사는 존재가 여럿 등장하죠. 화자는 이들의 사고방식과 생활 방식을 묘사하지만 가치 평가는 하지 않습니다. 이들은 그저 다를 뿐이에요. 반대로 「브로콜리 평원의 혈투」에서는 주인공이 뚜렷하게 혐오적이고 차별적이고요.

　『제저벨』세계에서는 우리가 당연시하는 정상의 기준점이 별로 의미가 없으니까요. 하지만 거기에도 정신이상자로 취급되는 '베들레헴'에 대한 혐오는 있지요. 목요일 대륙의 밀덕*들은 여성스러움을 혐오하고요. 언급하신「브로콜리 평원의 혈투」의 캐릭터는 그냥 얄팍한 악당이에요. 주인공 자격이 있는 사람이 따로 있지요. 결백한 존재만을 주인공으로 만들 생각은 없어요. 그렇다고 자기랑 다르다고 생각 없이 혐오하는 시시한 무리를 주인공으로 삼을 수는 없지요. 그런 사람들을 중요하게 다룰 필요가 있을까요.「대리전」에서 계급의식에서 벗어나지 못하고 자기가 그렇다는 걸 눈치채지 못하는 인물을 주인공으로 쓴 적 있어요. 제가 잘 굴릴 수 있는 그럴싸한 설정이었고 섬뜩한 분위기를 넣기에 좋은 도구라 그렇게 했지요. 하지만 그 사람은 주인공 위치에 어울리는 다른 면도 갖고 있었어요. 오로지 악당이기만 한 사람들을 굳이 이해하며 주인공 자리를 주고 싶지는 않아요.

한편 실험동물이나 가축 이야기도 나오는데요.『아직은 신이 아니야』와『민트의 세계』에는 돼지나 박쥐가 있고,「가말록의 탈출」에는 공놀이를 하라고 길러진 생물이 나옵니다.「우리 당근이는 잘못한 게 없어요」와「우리 미나리 좀 챙겨 주세요」에서는 사람들이

---

*　'밀리터리 오타쿠'의 줄임말.『제저벨』에서 이들은 목요일 대륙에 모여 과거의 전쟁을 어설프게 재현하는 전쟁을 계속해서 반복한다.

유전자 조작으로 공룡을 만들죠. 후기에서 동물원 이야기를 하셨고요. 이런 억압을 많이 생각하시나요?

억압을 비판한다기보다는, 공감의 대상을 넓히려는 장르적 노력이라고 생각해요. SF가 가장 잘할 수 있지요. 주제를 의식적으로 생각하지는 않아요. 소재를 다루는 방식은 제 세계관을 자연스럽게 반영하지만 그걸 의도하진 않아요.

호랑이도 나오던데, 의미가 있나요?

아, 『민트의 세계』에 나오는 부분 말이죠. 그건 윌리엄 드 모건의 소설 인용이지요. 「디북」*의 그 문장은 시인 T. S. 엘리엇의 「게론티온(Gerontion)」 인용이에요. 엘리엇은 제가 자주 인용하고 조각들을 써먹는 시인이지요. 어쩌다 보니 자주 언급하고 있더라고요. 호랑이 인용이 겹친 건 그냥 우연이었어요.

기억 왜곡 이야기도 종종 등장합니다. 화자의 정신이 온전하지 못함이 드러나는, 자기가 자신임을 확신하기 어려운, 자신이라는 연속성을 놓치는 이야기들이 있어요. 「디북」도 그랬죠. 그런데 듀나님의 주인공들은 현재의 자신이 '진짜'인지 아닌지 고민하지 않고

---

* 디북(dybbuk)은 '달라붙다'라는 히브리어 동사에서 파생된 이름으로, 유대 신화에서 사람에게 달라붙는 일종의 악령을 말한다.

그냥 다음 행동을 취해요. 이를 고민하던 예전 SF 소설들과 다르게요.

그건 그냥 현실이잖아요. 우린 흐린 기억 속에서 살고 그 부정확한 정보가 우리를 만들어요. 우리 장르는 그 현실의 경험을 보다 명확하게 할 수 있죠. 테세우스의 배는 그냥 존재하는 거고, 우리는 각자의 방식으로 그 배를 보고 분류하는 거예요. 존재의 일관성은 생각만큼 안 중요한 것 같아요. 자신이 '진짜'인지 아닌지는 이미 20세기 작가들이 한 고민인데 제가 또 할 필요는 없잖아요. 고민한다고 새 답이 나오는 질문도 아닌 거 같고요. 이미 주인공들은 그런 상태로 존재하는데 자기가 진짜인지가 중요할까요. 가진 정보가 사실과 일치하느냐는 여전히 중요하겠지만요.

초기 작품 중 「스핑크스 아래서」나 「A, B, C, D, E & F」에서도 분명 가짜였던 것에 제멋대로 생명력이 생기죠. 이렇게 진짜와 가짜의 구분을 소용없이 만드는 일을 초기부터 하셨구나 싶고요. 이런 혼란과 관련된 경험을 하신 적이 있나요?

「스핑크스 아래서」는 실화 기반 이야기예요. 옛날 IMDb 사이트에 「인디안 페티시 컬트」라는 제목의 가짜 영화가 등재되어 있었어요. 최민식 같은 한국 배우들이 출연했다고 나와 있었는데 존재하지 않는 영화였죠. 꽤 오래 버텄어요. 아마 나중에 지적이 들어갔겠죠. 누가 봐도 가짜니까. 그때는 웃고 넘겼는데. 가짜 뉴스가 판치는 지금을 경고하는 전주곡이었던 것 같아요.

그런 가짜 정보를 걸러 내는 건 관리자의 역할이잖아요. 『아르카디아에도 나는 있었다』에는 전능한 관리자가 있죠. 「두 번째 유모」의 '어머니'들도 상당히 전능하고요. 등장인물들은 '진짜' 여부에 혼란스러워하지 않는 것만큼 전능한 관리자를 쉽게 용인합니다.

그 관리자들을 믿지는 않아요. 「두 번째 유모」에서는 심지어 같은 편이라고 생각하지도 않아요. 그 존재와 적대하는 것이 현명한 일이 아니기 때문에 현실적으로 구는 거죠. 그 존재들도 관습적인 캐릭터고요. AI를 묘사하는 관습. 쓰고 나니 좀 그리스 신들에 가까워 보이긴 해요.

기억 왜곡, 자아의 연속성, 마인드 업로딩 등을 다룬 작품 중 좋아하는 게 있나요?

프레드릭 폴의 「세상 밑 터널」? 단편이에요. 옛날 옛적에 공부한다고 읽었는데 결말에서 '내가 제대로 이해한 게 맞아?'라고 생각했던 게 기억나요. 이에 대해 인터파크에 연재한 '듀나의 장르소설 읽는 밤'에 리뷰를 쓴 적 있어요.

**본인이 가상공간의 존재라면 무엇을 하실 건가요? 시간과 용량이
충분하다면?**

가상 세계 바깥에 뭐가 있는지 확인해야죠. 그리고 그
세계가 가상현실이라는 정보를 공유해야죠. 이미 그게 당
연한 정보라면⋯⋯ 그래도 최대한 현실인 차원에서 의미 있
는 일을 해야 하지 않을까요. 만약 모두가 가상현실에 살고,
다들 그 사실을 알고, 그 안에서 역사가 진행된다면 그 역사
에 충실해야죠. 바깥에 다른 세계가 있고 우리가 가상현실
안에서 기만당하는 것이라면 최대한 진실을 알고 지식 안에
서 의미 있는 세계를 만들어야죠.

**가상현실로 가고 싶다는 생각은 안 해 보셨나요? SF 역사에는 비
현실로 도피하는 이야기도 있잖아요. 현실을 회피하려는 욕망이
뚜렷해서 좋아하기는 어렵지만, 도취적이기는 하고요.**

자주 하지요. 현실은 고통스러우니까요. 하지만 그 세계
를 현실 세계의 사람들과 공유하면 그 즉시 고통스러워져
요. 대부분 고통의 원인은 사람이니까요. 인터넷에서 우리
가 하는 경험이 그 증거잖아요.

멋진

모험을

하는

소녀

청소년 소설도 많이 쓰셨어요. 앞서 언급한 『민트의 세계』 등은 창비 청소년문고로 출간되었습니다. 이외에도 청소년이 주인공인 소설이 여럿 있고요. 청소년은 어린이가 아니고 성인과도 다르잖아요. 성급하거나 결벽적이기도 하고, 에너지가 넘치기도 하고 쉽게 다치기도 하고요. 청소년을 그릴 때 주의하는 점이 있나요? 청소년 인물의 어디에 주안점을 두시나요?

제 경우 청소년 주인공을 쓰는 가장 큰 이유는 청소년 소설을 의뢰받았기 때문이에요. 의뢰가 아니었던 경우는 「토끼굴」과 『용의 이』 중 몇 편 정도예요. 『용의 이』는 처음부터 계림문고 동화책처럼 만들고 싶었던 책이었어요. 현실의 청소년 독자를 향해 쓰진 않았지만요.

전 청소년일 때도 청소년기엔 관심이 없었어요. 제발 이 시기가 끝나기만 바랐죠. 지금도 현실 세계의 현실적인 청소년 이야기를 쓸 생각은 없어요. 제가 무슨 이야기를 쓸 수 있을까요. 전 지금의 청소년 문화 환경에서는 못 살아남았을 거 같아요. 제가 만들어 쓰는 청소년 주인공들은 대부분 장르적이에요. 「셰익스피어의 숲」에서도 이야기했는데, 이 경우 제 표준은 메리 레녹스예요. 프랜시스 호지슨 버넷이 쓴 『비밀의 화원』의 주인공이요. 저보다 똑똑하고 야무진 아이가 현실 세계가 허용하지 않는 멋진 모험을 하길 바라는 거죠. 주인공이 청소년이면 그 모험이 더 멋있어지잖아요. 어른들은 다들 경험에 조금씩 지쳐 있기 마련이니까.

제가 청소년 캐릭터를 쓴다면 그 이유도 있는 거 같아요. 실제로 인물의 나이가 어릴수록 글을 쓸 때 제가 조금 더 즐거워하는 것 같고요. 다행히도 전 현실 세계의 청소년을 다루지 않아요. 지금의 청소년은 낯설고 제 청소년 시절은 까맣게 잊어버렸고. 하지만 이 장르에서는 저만의 청소년 세계를 만들어낼 수 있어요. 그러니 SF는 제가 청소년물을 쓸 수 있는 유일한 영역이에요.

그래도 초창기엔 캐릭터 나이를 저보다 높게 잡았었어요. 노인들도 나왔었고. 그런데 요새는 모르겠어요. 한국에서 어른이 된다는 건 결혼하고 직장을 갖고 아이를 낳아 키우는 건데 전 그중 어느 것도 안 했고 할 생각도 없고 그 방향과 관련된 어떤 욕망도 없죠. 이 상황에서 어떻게 '어른'을 그릴 수 있을까요.

청소년을 그리기 위해 참고하는 게 있나요?

거의 전적으로 문학적 레퍼런스에 의지하는 것 같아요. 원래 영화나 드라마의 청소년은 그렇게까지 사실적이 아니에요. 늘 하는 말이지만 한국 드라마가 지금 청소년 문화의 여성혐오 환경을 제대로 그리고 있을까요. 그걸 정직하게 그리지 않는다면 그건 그냥 판타지 세계예요.

저는 그 부분을 그리면 과부하가 걸릴 거예요. 그 정도로 그 세계에 가까워지고 싶지는 않아요. 아무리 일이라지만 전 제 작업이 고통스럽지는 않았으면 좋겠어요. 어느 정도 재미는 있어야지요. 전 피학 취향은 없어서요. 즐거운 이야기를 쓰고 싶어요. 『민트의 세계』의 민트는 신나는 주인공이었어요. 힘에 굶주린 아이가 정말 자기 권력을 멋대로 휘두르니까. 물론 그런 캐릭터는 필연적으로 얄팍할 수밖에 없지요. 그래서 주변에 덜 즐거운 사람들을 배치해야 해요.

소년보다 소녀 주인공이 훨씬 많은데요. 듀나 님은 미디어에 나오는 소녀들을 다루는 『소녀들』이라는 책에 글을 싣기도 하셨죠. '소녀'에 대해서도 말씀해 주시겠어요?

전 남자아이들을 잘 못 써요. 저만 그런 것도 아닐 거예요. 남자아이들이 보편적인 표준이라는 생각은 늘 이상해요. 사실 정반대가 맞을 수도 있거든요. 여자아이들은 남자아이들의 언어나 사고를 가져다 써도 자연스럽지만 남자아이들은 아니에요. 「아퀼라의 그림자」 시리즈 속편 두 편은 주인공이 남자아이인데 진짜 쓰기 힘들었고, 지금 봐도 말투 같은 게 너무 이상해서 어떻게 하나 싶어요. 「사춘기여, 안녕」은 부자간이어야 먹히는 이야기라 남자아이로 썼어요. 그런데 그 세계는 우리가 익숙한 남성 문화가 없는 곳이에요. 남성 문화를 이루는 남자아이가 주인공 단 한 명이니 당연히 외톨이고요. 그러니까 큰 고민 없이 써도 '그런가 보다.' 하고 넘길 수 있지요. 인물을 외톨이로 만들면 작업이

상대적으로 수월해져요. 심지어 「캘리번」에서는 주인공 남자애를 클래식 음악을 하는 미국인으로 만들었죠. 그게 통했나? 아닌 것 같아요. 손을 좀 봐야죠. 여자애들을 쓸 때는 별 생각을 안 해요. 여자 캐릭터를 못 쓰겠다고 하는 사람들 상당수는 현실적인 남자 캐릭터를 쓰지 않을 거예요.

사실 제가 쓰는 이야기 상당수는 주인공의 성별이 별로 안 중요하잖아요. 얼마 전에 전자책 플랫폼 '밀리의 서재'에 SF 추리 단편을 발표했는데요. 전 주인공이 당연히 여자라고 생각하고 썼는데 다시 읽어보니 분명한 성별 지정이 없었어요. 밀리의 서재 트위터 담당자 중 한 명 정도는 남자라고 생각했을 수도 있겠어요. '포와로 닮은 탐정'이라고 소개하더라고요. 주인공 스스로도 닮은 구석이 있다고 말하긴 해요. 난민이고 탐정이니까.

게이 남자 캐릭터는 꽤 쓰는 편인데 『평형추』의 경우는 아무래도 조지프 콘래드의 세계가 배경이다 보니 찰리 말로를 의식하지 않을 수가 없지요. 말로는 게이가 아니지만요. 윌리엄 서머싯 몸의 소설에 나오는 호기심 많은 화자들 생각도 했고요. 하여간 『평형추』의 화자는 영문학 전통을 흉내 내려는 시도였어요. 찰리 말로나 몸의 화자들을 흉내 내지만, 진지해서는 안 되지요. 21세기 아시아 작가는 그 진지함을 의심할 의무가 있으니까요.

등장인물의 성별이나 성적 지향을 정하는 기준이 있나요? 퀴어가

종종 나오지만 비정상으로 다뤄지진 않습니다. 외모 묘사도 잘 없고요.

여자들이 너무 적지 않도록 노력하긴 하지요. 사실 그렇게 신경 쓰지 않아요. 중요한 다른 것들이 있어요. 지구 멸망이라거나, 애들을 구출해야 한다거나, 숨은 우주의 비밀이 드러난다거나. 그런 이야기를 하려고 이 장르 글을 쓰니까요.

『제저벨』의 의사는 이성애자여야 했죠. 프레드 아스테어*의 이야기여야 했으니까요. 「태평양 횡단 특급」의 주인공 둘도 이성애자인데, 카드나 체스의 퀸/킹과 같은 대칭성을 넣고 싶었어요. 「첼로」의 경우는 여자 로봇과 여자 인간의 동성애처럼 보이는 관계를 그렸는데 그건 주인공의 갈등을 조금 배배 꼬고 싶어서였지요. 여자 로봇과 남자 인간의 경우라면 남자가 파트너에 대해 그렇게 깊이 고민할까요. 그 반대도 아닐 것 같았어요.

전 연애나 섹스 이야기를 잘 안 쓰죠. 그래서 사실 성적 지향이 그렇게 부각되지 않아요. 제 이야기는 연애 이야기 쓰기 싫어하는 티가 팍팍 나지요. 연애 이야기 좋아하는 사람이라면 몇십 페이지를 쓸 부분에서 저는 '아무개는 사랑에 빠졌다.' 해버리니까. 외모 묘사도 잘 안 해요. 그런 걸로

---

* 춤으로 유명한 미국의 배우이자 무용가. 배우 진저 로저스와 자주 콤비를 이뤘다.

캐릭터를 만드는 건 좀 이상해서요. 고대 외계 문명의 수수께끼를 풀고 지구 멸망에서 탈출하는 액션에서 외모가 그렇게 중요한가요. 로맨스라면 모르겠는데, 제 주인공들은 연애도 잘 안 하니까.

여성 인물이나 남성 인물, 다른 성별의 인물을 다룰 때 과거와 달라진 점이 있나요?

지금은 여자들 비중이 좀 높아진 거 같아요. 아무래도 세상이 수상하다 보니. 굳이 남자일 필요가 없는 캐릭터를 남자로 만들 필요가 있나 그런 생각도 들고, 그런 캐릭터가 정직한지도 모르겠고.

남자 악당을 묘사하는 일은요? 모든 남자가 나쁘게 나오진 않지만, 한심하거나 추하거나 유해한 남자 인물이 나옵니다. 『평형추』의 강우는 한심한 인물이죠. 「정원사」의 교수는 더욱 그렇고요. 그리고 『아직은 신이 아니야』와 『민트의 세계』에서의 재벌 노인, 「사춘기여, 안녕」의 아버지, 「수련의 아이들」의 수련의 남편, 「두 번째 유모」의 '아버지들' 등은 추하거나 폭력적이죠.

『평형추』의 최강우 이야기를 한다면, 전 그 사람이 한심하다기보다는 그냥 고만고만하고 평범하다고 생각했어요. 심지어 놀려 먹을 생각도 별로 없었어요. 단지 사람들이 당연하게 여기는 남자 주인공의 퀄리티를 주지 않았을 뿐이죠.

남자 악역이 많다면 제 이야기에서 주인공이 맞서 싸우는 세상이 어쩔 수 없이 남성 중심적이어서 그럴 거예요. 예를 들어 전 한국 드라마, 특히 일일극에서 여자 악당들이 나오는 걸 보면 '과연 드라마 바깥의 한국 사회도 저 여자들에게 같은 권력을 허용할까?'라는 생각이 먼저 들거든요. SF의 배경인 미래는 다를 수도 있는데 아무래도 전 현실 세계에서 겪는 분노와 혐오의 영향을 많이 받으니까요. 하지만 「두 번째 유모」의 '아버지'들은 남자가 아니에요. '어머니'들이 여자가 아닌 것처럼. 사람들이 멋대로 성을 부여한 거죠. 그건 그냥 자연스러운 이름이라고 생각해요. 그 이야기는 영화 「사냥꾼의 밤」에서 영향을 받았어요. 폭력적인 남자 어른, 아이들을 보호하려는 여자 어른, 그리고 아이들. (배우 릴리언 기시가 아이들을 보호하려는 할머니로 나와요.) 그런 점에서 「수련의 아이들」, 「브로콜리 평원의 혈투」, 「두 번째 유모」는 모두 같은 이야기예요. 쓰고 나서야 알았어요.

셋 다 아이들을 보호하는 이야기네요. 「두 번째 유모」는 퀴어 이야기로 많이 읽으시더라고요.

아, 그 유모들 관계. 그렇게 읽히리라는 건 쓰면서도 알았는데 깊이 생각하지는 않았어요. 그냥 단서만 뿌려 주면 독자들이 알아서 채울 거라 생각했어요. 어차피 제가 이야기를 써도 독자들 상상은 따라잡지 못할 테니까. 독자가 더 전문가잖아요.

소설에 3인칭 대명사 '그녀'를 쓸 것인지에 관한 논의가 있죠. 원래 한국어에 없던 단어라는 점도 있지만, 기본형인 '그'를 남성형으로 쓰게 된다는 문제가 있으니까요. 어떻게 생각하시나요?

'그녀'와 '그'는 안 쓴지 좀 됐어요. 안 써도 되는지 궁금해서 시도를 해 봤는데 되더라고요. 더 구어체에 가까워져요. 그리고 주어를 생략하기 시작했어요. 없어도 되더라고요. '그녀'가 완전히 무의미하다고 생각하지는 않아요. 예를 들어 제가 만든 우주인 사절, 장군, 경찰이 여자라는 걸 최대한 빨리 밝힐 때는 도움이 되지요. 여자, 남자, 중성의 대명사가 모두 있다면 골라서 쓸 텐데 언어란 어쩔 수 없이 지저분한 터라. 그래도 한동안 이 시도를 유지할 것 같아요.

아까 소설에 연애가 없다는 이야기를 했는데, 사랑에 대한 분석은 좀 있어요. 감정에 흔들리는 인간을 관찰하죠. 「메리 고 라운드」가 그렇습니다. 「첼로」도 결국 한 발 떨어진 화자를 통해 나오는 이야기인 만큼 꽤 관조적이잖아요.

둘 다 동기나 행동은 비이성적일지 몰라도 과정의 묘사

와 해석은 이성적이죠. 그러니까 제 버전의 프랑스 심리 연
애 소설이에요. 뱅자맹 콩스탕의 『아돌프』 같은. 아무래도
세계문학전집의 영향을 받아서요.

낯설고

새로운

존재가

되어야죠

**듀나 님이 생각하시는 사랑에 대해서도 듣고 싶어요. 작품에 들어
가는 애정을 포함해서요.**

전 연애 감정이 그렇게까지 재미있지 않아요. 당연히 그
에 대해 자주 쓰지 않고 깊이 생각하지도 않습니다. 전 제
감정에도 별로 관심이 없어서요. 제 경험도 마찬가지고. 자
서전이나 회고록 작가들을 보면 언제나 놀라요. 그런 걸 다
기억하고 있다니. 그런 사람들이 자기 인생의 주인공으로
사는 거겠죠. 작품에 대해서는, 아무래도 몇몇 캐릭터에 대
해서는 보호자 입장에서 생각하게 되는 거 같아요. 하지만
다들 저보다 야무진 애들이니 알아서 잘 살겠죠. 「구부전」
주인공은 지금도 어디서 사기 치며 잘 살고 있을 거 같아요.

그리고 물건에 대한 애착이 좀 있는 거 같아요. 물건들
에 캐릭터와 스토리를 부여하는 버릇이 있지요. 그래도 책
과 음반에 대한 애착은 디지털 시대 이후 조금 줄었어요. 일
단 새 책이 전자책으로 많이 들어오니까. 요새 가장 많이 사
는 종이책은 그림책이죠. 그건 아직 전자책으로 대체 불가
능하니까요. 그리고 피규어가 꽤 있어요. 「스타워즈」 피규
어는 서랍 세 개를 채우는 거 같아요. 레고는 더 많고. 관절
있는 장난감들을 좋아해요. 이야기를 만들 수 있어서 그런
거 같아요. 레고도 완성된 건 스타워즈가 가장 많죠. 이젠
공간이 없어서 절제하려고요. 집에 있는 스톰트루퍼로 꽤
큰 군대가 나와요.

그럼 「스타워즈」냐 「스타트렉」이냐 물으면 「스타워즈」 쪽인가요?

「스타워즈」나 「스타트렉」은 사실 선택의 여지가 없어서 보기 시작했어요. 1970, 1980년대만 해도 접할 수 있는 SF가 적었으니까요. 하지만 둘 다 제 문화 환경의 일부가 됐죠. 지금처럼 좋아서 덕후가 된 사람들과는 길이 좀 달랐지요. 이들 세계의 많은 걸 좋아하는데 둘 다 '최애'는 아니에요. 그렇게 편애하는 스타일이 아니라서요. 특히 요새는 쏟아져 나오는 게 너무 많으니까.

좋아하는 배우는 어떤가요? 아주 예전에도 여성 배우 소개나 여성 SF 작가 소개 등을 온라인에 연재하셨죠.

좋아하는 배우도 역시 너무 많고요. 배우 소개는 여성만 하지는 않았어요. 여성 작가 소개는 했지요. 중요하다고 생각했으니까. 1990년대에 당시 SF 커뮤니티였던 하이텔 과학소설동호회에 들어가서 맨 처음 한 일이 그거였던 거 같아요. SF가 사람들이 생각하는 것보다 넓은 영역이라는 걸 보여 주고 싶었어요. 그 글은 안 보이는 곳에 잘 숨어 있어야 할 텐데. 그때는 거기 들어간 지 얼마 안 되어서 무슨 분위기인지도 잘 몰랐어요. 이제는 기억도 잘 안 나네요. 많이 싸우기도 했고, 많이 쓰기도 했고. 그때는 정말 재미로 썼어요. 그러다 점점 덜 가게 되었고요. 그 시기의 아쉬움이 희미하게 기억나요. 잘은 안 나지만요.

소속감이나 연대감을 느낀 적이 있으신가요?

없지는 않죠. 지금 트위터의 몇몇 사람들과 느끼는 연대감과 비슷하겠지요. 기억하려면 시간이 걸릴 거 같아요. 저에 대한 기억은 진짜로 별로 없거든요.

개인적으로 추모하는 죽음이 있나요? 주변인이든, 모르는 사람이든, 가상인물이든.

블랙 위도의 죽음은 무의미하고 너무 빨랐죠. 지금도 화가 나요. 전 마블 팬도 아닌데. 캐리 피셔도 너무 빨리 세상을 떴고요. 에가 너무 오타쿠스럽네요. 좀 됐지만 조애나 러스도. 건강 때문에 말년 활동이 별로 없었죠. 말년까지 활기 넘쳤던 르 귄 선생과 다르게.

저는 설리와 구하라 생각을 간혹 해요. 좀 불가해한 일 같아요.

아, 저도요. 너무나 노골적으로 사악한 폭력 앞에서……. 아니, 정말 이해가 안 돼요. 그런 폭력은 사회가 막았어야 했어요. 종종 조폭들의 세상을 살고 있다는 생각을 해요. 당연한 옳고 그름이 옳고 그름으로 여겨지지 않는 세상이지요. 너무 이상해요. 그런 가치관을 가진 사람들이 이렇게 많다니요. 사람들에 대한 기대가 점점 낮아져 가요. 우린 이미 디스토피아에 살고 있는 거 같아요.

그런 죽음에 대한 이야기를 쓰고 싶은 적은 없으셨나요? SF는 현실과 거리가 있고 현실과 다른 이야기가 가능하니까, SF에서 이야기할 것도 있지 않을까 했거든요.

제가 쓰기엔 너무 고통스러운 이야기예요. 그건 사실주의 작가들이 가장 잘 다룰 거예요. 지금 이곳의 구체적인 환경과 연결되어 있으니까요. 부당한 희생자를 제 이야기 안에 녹여내는 방법은 아직 익히지 못했어요. 싫어하는 사람을 시시한 악당으로 만들어 죽이는 건 좀 하지만요.

듀나 님 자신에 대해서는, 어떤 형태로 죽음을 맞이하고 싶은지 바라는 바가 있나요?

그냥 픽 하고 사라졌으면 좋겠다는 생각을 해요. 죽음 뒤에는 고통도 공포도 없겠지만 거기까지 가는 과정이 길어질까 봐 걱정이죠. 오래 살까 두렵기도 하고. 죽기 전에는 저작권 같은 걸 정리해야 하지 않을까요. 공공재로 만들고 죽어야 할 거 같아요. 제 유통기한이 얼마나 남았을까요. 모르겠어요. 전 저에 대한 기대가 안 커서.

저는 전에 『아직은 신이 아니야』를 아서 C. 클라크의 『유년기의 끝』 대신 추천하고 싶다는 이야기를 한 적이 있는데요. 둘 다 지금의 인류가 사라지는 이야기잖아요. 생은 계속되지만 익숙한 세계는 사라지죠.

『아직은 신이 아니야』 마지막 챕터를 쓸 때는 『유년기의 끝』을 의식했어요. 점점 주제가 겹쳐서요. 결말에서는 오마주로 그걸 밝히는 게 맞다고 생각했어요. 마지막에 아나 쿠에르보를 최후의 지구인으로 설정하고 방송하는 장면이 나오는데, 『유년기의 끝』에 나오는 인물 잰 로드릭스에서 따온 거예요. 이름과 경력은 배우 아나 토렌트를 모델로 했는데 그건 다른 이야기고요. 다만 의도하지 않은 점도 있어요. 『유년기의 끝』에는 초월적 존재인 '오버마인드'로 도약하지 못하는 '오버로드'라는 존재가 나오고, 『아직은 신이 아니야』에는 초능력에서 벗어난 돼지들이 나오죠. 둘의 유사점은 제가 계산해 넣은 게 아니에요.

하여간 사람들과 세상은 바뀌어야 한다고 생각해요. 그게 우리의 직관과 어긋나는 생각일 수 있는데 그래도 우린 낯선 것들을 받아들이고, 낯설고 새로운 존재가 되어야 한다고 생각해요. 언제까지 '톨스토이'로만 존재할 순 없죠.

앞서 언급한 『제저벨』의 '톨스토이' 말이죠? 인간적이고 구시대적인 감성을 간직한 존재들이죠. 그런데 이들의 이름은 왜 하필 톨

스토이인가요?

'다양한 사람들이 나오는 대하 장편 소설' 하면 가장 먼저 떠오르는 사람이라서요. 인간이라는 동물을 이해하기 위한 교과서로 『안나 카레니나』는 썩 괜찮지요. 하지만 우리가 그 세계에 영원히 갇힐 수는 없잖아요. 다른 뭐가 되어야죠. 『안나 카레니나』가 간 길을 반복해 갈 필요는 없죠. 이건 소설가가 할 이야기는 아닌 것 같지만. 대부분의 소설가는 인간이 근본이 바뀌지 않는 동물이라고 치고 작업을 하니까요. 전 아니고.

SF에 익숙해진 덕분에 현실에서도 멀리, 넓게 보게 되는 점이 있어요. 그런 점에서 혹시 마음이 가는, 자주 생각하게 되는 생물종이 있나요?

전 공룡에 대해 늘 생각해요. 같이 사는 고양이들도. 하나는 고등어 무늬의 코리안 숏헤어, 다른 하나는 아메리칸 숏헤어에요. 공룡과 고양이 둘 다 저에겐 주어진 환경이라서요. 늘 공룡 장난감이 하나 이상 굴러다니는 방에 살면서 공룡을 잊기는 어려워요. 고양이들의 앞날도 늘 생각하지요. 한 마리는 열 살이 넘었거든요.

고양이와 함께 살면서 배운 점이나 변한 점이 있나요?

다른 종의 사고방식과 행동에 대해 더 많이 생각하게 됐죠. 세상은 더 혼란스럽고 덜 정상적으로 됐어요. 말이 통할 것 같으면서 안 통하고, 늘 이해 안 되는 행동을 하는 동물과 살게 되면 그렇게 되지요. 온전한 이해의 기대를 접게 돼요. 그런데도 그럭저럭 우리 집에서 두 종이 공존하며 살고 있으니까, 그건 좋은 일이죠.

최근의 팬데믹으로 변한 점이 있나요?

우울해졌어요. 저 자신은 그렇게 바뀐 게 없는데, 주변 사람들이 좋지 않은 방향으로 바뀌는 걸 보게 되니까요. 역병이 지금 사람들의 정신을 뒤흔드는 것 같아요. 『팬데믹: 여섯 개의 세계』에 실린 「죽은 고래에서 온 사람들」에서는 역병이 안겨준 두려움과 압박감을 그리려 했던 것 같아요. 앞을 모르는 느낌, 딱 그 순간에서 끝나야 하는 이야기였어요. 그 뒤는 살거나 죽거나 둘 중 하나겠죠. 주인공이 억지로 끌어올리는 낙천주의가 더 중요하다고 생각했어요. 아주 운이 좋으면 우주로 나갈 수도 있고 거기서 재미있는 이야기가 나올 수도 있는데, 그 이야기는 거기서 끝이고 그게 맞죠.

세상이 너무 끔찍하지만 그렇다고 포기할 수는 없지 않겠어요? 다른 길이 떠오르지 않아요. 종말론 소설처럼 멸망이 그렇게 짧고 쉬울 리가 없죠. 우린 고통 속에서 오래오래 살 거예요. 제가 마스크에 이렇게 익숙해질 거라곤 상상도 못 했어요. 전 지금 이 상황을 80년 전 제2차 세계대전을 겪던 사람들과도 비교하고 있는데, 과연 그 전쟁보다 빨리 끝날 수 있을까요. 억지로 만든 낙천주의는 늘 병적일 수밖에 없는 것 같아요. 억지로 끄집어낸 것이니까요.

고양이들을 어떻게 배웅하고 싶나요? 평균 수명을 생각하면 높은 확률로 그렇게 될 테니까요.

최대한 꽉 찬 삶을 주어야죠. 그리고 지금부터 운을 빌어야죠. 아무리 잘 보살펴도 어느 정도는 운이니까. 고통이나 불안 없는 삶을 살길 바라야죠. 이를 위해 하는 거라면, 수의사 방문? 여기에 대해서는 현실적인 답변밖엔 없어요. 고양이에 대해서는 단순할 수밖에 없죠.

최근 스트레스성 쇼핑으로 산
페라리 레고.

쓰고 있는 비누가 작아지면 그 다음 비누에
붙여 트위터에 기록으로 남긴다.
몇 년 전 해를 넘기며 살아남았던
파란 비누를 기억하는 이들이 많다.

팬데믹이 시작되고 언젠가부터
일회용 마스크를 다 쓰고 난 후
끈을 모으고 있다. 어느새 꽤나 커졌다.

배명훈

:세계에도
개성이 있다

배명훈과 인터뷰한 때는 매우 추운 겨울날이었다. 원래는 한양도
성 성벽을 배경으로 야외촬영을 하고 인터뷰를 할 예정이었다. 『고고심
령학자』에 성벽이 나오기도 하고, 자연광에서 촬영하면 아무래도 사
진이 잘 나오니까. 그런데 예보를 보니 그날은 영하 11도일 예정이었다.
춥고 바람 부는 가운데 산 위에 있으면 어찌 될지 생각해 보시라는 배
명훈의 현명한 발언 덕분에 우리는 실내에 틀어박혀 있기로 했다. 이번
에는 서울 효창공원역 근처 카페 겸 바 '노츠'에서 인터뷰를 진행했다.
작가가 가면 음료를 10퍼센트 할인해 준다는 좋은 곳이다.

오랜만에 보는 배명훈은 전보다 더 마르고 선량하고 점잖은 사람
으로 보였다. 물론 선량하고 점잖은 분이고 인터뷰집을 준비하는 중에
도 책의 방향에 관해 사려 깊은 조언을 주셨다. 자기가 하고 싶은 바를
꼭 붙들고 있으라는 내용이었다. 그 말에서 새삼, 이분도 참 모서리가
단단하고 분명한 사람이었지 싶었다.

어떻게 알았냐면, 예전에 배명훈에게 단편 원고를 청탁했다가 게
재를 거절당한 적이 있기 때문이다. 원고를 받은 후 수정 제안을 했는
데 그랬더니 그 단편은 수정을 요청하는 곳에는 싣지 않으려 했다는 답

변이 왔다. '수정하지 않겠다.'가 아니라 바로 '게재하지 않겠다.'라니, 솔직히 내심 조금 울었다. 그리고 그런 기준이 명확하다는 점이 신기했다. 아무래도 나는 한평생 흐물흐물하고 무른 사람으로 살아왔기 때문이다. 무려 잘 모르는 선배한테까지 "아, 걔가 좀 애매모호하지."라는 말을 들은 바 있다. 학교를 졸업한 후의 진로에 관한 이야기였는데, 말을 전해 들었을 때는 심드렁하게 넘겼으나 지나고 보니 나는 진짜로 애매모호한 일을 하는 사람이 되어 있었다. 저도 이렇게 될 줄은 몰랐는데 대체 어떻게 그리 간단히 꿰뚫어 본 거죠, 선배……. 아무튼 그때 배명훈에게 보냈던 청탁은 죄송할 정도로 원고료도 적고 여러모로 좋은 기회는 아니었기 때문에 나는 거절 사유가 무엇이든 할 말이 없었다. 그런데 비난 없는 연락을 주고받았더니 오히려 일이 담백하고 산뜻하게 끝나 버렸다. 바른 자세로 앉은 사람을 보면 흐느적거리는 자세로 있다가도 슬그머니 허리를 펴게 되는 그런 느낌이랄까.

『눈먼 자들의 국가』에 실린 글에서도 비슷한 느낌이 난다. 세월호에 관해 작가들의 글을 모은 논픽션인데, 배명훈은 그중 자기 자리를 지키는 사람, 질문에 대답하는 사람 이야기를 썼다. 그의 소설에도 자기가 해야 할 일을 알아서 찾아내는 사람들이 우르르 나온다. 어쩜 그렇게 똑똑하고 유능한지, 이들은 누가 말해 주지 않아도 척척 자기가 있어야 할 자리로 간다. 예를 들어 『첫숨』의 주인공은 의뢰인을 만나 보지 않고도 자신에게 누가 어떤 일을 맡겼는지 알아차린다. 이사한 집에서 우연히 아래층에 사는 여자를 보고 나서 자신의 이사가 우연이 아니라는 사실을 눈치채기 때문이다. 『고고심령학자』의 학자들은 자기 연구 주제를 알아서 찾고, 필요한 자료도 알아서 찾는다. 『빙글빙글 우주군』의 구성원들이 일을 처리하는 방식도 그렇다. 정말이지 다들 반듯한 자세로 꿋꿋이 제자리를 찾아 앉는 사람들이다.

작가로서 배명훈은 자신이 무엇을 쓰는지 정확히 아는 사람이다. 자신은 SF 작가이고, 국제정치학으로 소설을 쓰다 보니 SF 작가가 되었다고. 이건 옛날부터 반복해서 나오던 대답이다. 국내에 국제정치학을 공부한 사람은 많이 있겠지만, 나는 학문 이름 자체를 배명훈에게 처음 들었다. 국제정치학으로 SF를 쓴다는 이야기도 당연히 처음 들었다. 그리고 아직까지 국제정치학 전공자도, 이걸로 SF를 쓴다는 사람도 한 명밖에 못 봤다. 그런데 15년쯤 지나고 나니 국제정치학과 SF 이야기가 익숙해졌다. '그런가 보다, 되나 보다.' 싶어지는 것이다. 배명훈은 외교학과에서 국제정치학을 공부하고 대학원에서 석사과정으로 제1차 세계대전을 연구했다. 그리고 2005년에 단편 「스마트 D」가 제2회 한국과학기술창작문예 공모전에 당선되면서 데뷔했다. 2009년에 나온 첫 소설집 『타워』는 동화 「잭과 콩나무」 속 요술 콩나무처럼 하늘로 우뚝 선, '빈스토크'라는 아주 거대한 고층 건물을 배경으로 삼은 연작 단편집이다. 거주지의 독특한 특성과 사람들의 생활상이 잘 맞물린 소설이다. 예를 들어 빈스토크 출신들은 흔히 저소공포증을 겪는다. 평생 높은 곳에서만 살다 보니 지면에 너무 가까워지면 가슴이 벌렁거린다는 것이다. 아니면 『타워』 중 「엘리베이터 기동 연습」에는 화물 운송 시 수직 이동을 담당하는 '수직주의자'들과 수평 이동을 담당하는 '수평주의자'들 간의 알력이 나온다. 하지만 이야기의 백미는 전쟁 등 비상 상황에 어떻게 수직, 수평 이동을 활용해 인력과 자원을 배치하면 좋을지 묘사하는 부분이다. 개인을 넘어서 체제를 조직적으로 그리고 물리적으로 파악하는 시선이 드러나는 소설이다. 한편 배명훈 소설은 SF 만이 아니라 문단 문학으로도 통한다. 예를 들면 「안녕, 인공존재!」는 2010년 문학동네 젊은작가상을 수상했다. 덕분에 배명훈에게는 문단과 장르를 오가는 작가라는 표현이 붙었다. 사실이긴 하지만 내용물은 별로 없는 표현이다. 어쩌면 국제정치학 소설이 무엇인지 문단에서도 장르에서도 잘 모르기 때문이 아닐까?

국제정치학은 나도 잘 모르겠지만 배명훈 소설의 키워드는 뽑을 수 있다. 바로 '세계'다. 전쟁, 외교, 도시, 조직과 세력 다툼, 사람들이 무언가를 기억하고 이해하는 방법 등의 주제는 모두 세계로 집합한다. 여기서 세계는 객관적 실체가 아니라 우리가 우리의 눈높이에 맞춰 해석하고 짜맞춘 세상이다. 그러니까 "세계에도 개성이 있다."* 나는 특히 눈에 보이지 않는 거대한 움직임이 우리가 알아볼 수 있는 형태로 구현되는 과정을 좋아한다. 예를 들어 『타워』에 실린 「동원 박사 세 사람—개를 포함한 경우」는 빈스토크의 권력망에 관한 이야기다. 연구자들은 실험을 통해 빈스토크의 권력이 어떤 모양으로 작용하고 있는지 지도를 그리고자 한다. 바로 추적 장치를 붙인 비싼 양주를 이용해서. 그런 술은 직접 마시기보다 높은 사람에게 선물로 보내곤 하기 때문이다. 양주의 움직임을 추적하면 권력이 어떤 방향으로 흐르는지, 누가 최고 권력자인지 알 수 있다. 혹은 아주 세밀한 단위의 분석 방법도 나온다. 언어의 음소 변화를 추적하는 방법이다. 사람들의 말에는 그 집단의 권력 작용과 가치관이 반영되기 때문이다.

본문에는 싣지 않았지만 이번에 인터뷰를 하면서 국제정치학 기

---

* 배명훈, 「세계 분석을 기다리며」, 《문학과사회》, 27(1), 457p.

초 개념 요약 정리를 들었다. 질문하면 답이 바로 나오니까 신이 나서 계속 다음 질문을 던졌다. "전통적인 거대이론이 세 개가 있다고 했는데 그럼 구성주의 말고 나머지는 이름이 뭐예요?" "다른 이론은 전쟁이 일어나는 이유를 뭐라고 설명하나요?" "제1차 세계대전과 국제정치학은 무슨 관련이 있어요?" 덤으로 이때다 싶어 고민 상담도 했다. "제가 강의를 하고 있는데, 이번에는 SF가 세계를 다루는 방법을 이야기하려고 해요. 어떻게 설명해야 이해하기가 쉬울까요? 예시를 인용해도 될까요?" 여러모로 아주 유익한 시간이었다. 참고로 지금 나는 은근슬쩍 강의 홍보를 하는 중이다. 애매모호한 사람이지만 SF 이야기는 잘 합니다. 혹시 대담, 강연, 북토크 자리가 있으면 저를 불러 주세요.

작가들은

계속

다음으로

가거든요

한동안 바쁘셨다고 들었습니다. 2021년에 일이 많으셨어요. 『타
워』의 개정판과 번역판, 『안녕, 인공존재!』의 개정판, 에세이 『SF
작가입니다』와 소설 『빙글빙글 우주군』을 내셨죠. 'SF 2021: 판
타지 오디세이' 전시와 관련 단편집에 참여하시고, 예술의전당에
서 하는 렉처 콘서트 '소소살롱'에 소리꾼 이자람 님과 출연하셨
습니다. 특히 화성에 관한 연구를 하셨다는 점이 인상적이에요.
한국 외교부 의뢰로 '인간이 정착한 이후 화성에서 펼쳐질 행성
규모의 거버넌스 시스템에 관한 연구'를 하셨다고요. SF 작가로
서 어떤 경험이었는지 궁금해요.

외교부의 전략기획관실 국장님이 화성에 관심을 가지
고 계셨어요. '미래에 화성에 사람이 살게 되면 그곳의 거버
넌스는 어떻게 될까?' 하고요. 이를 연구할 만한 사람이 많
진 않잖아요. 국제정치학을 공부하고, 과학책을 들여다보
고, SF적인 상상을 해야 하니까요. 그렇게 의뢰를 받아서
2020년에 파일럿 연구를 했죠. 다행히 파일럿 연구가 잘 통
과되어서 2021년에 본격적으로 연구를 했어요.
　국제정치학으로 SF를 다루는 건 제게 자연스러운 일이
에요. 특히 요즘의 국제정치학은 SF와 많이 맞닿아 있어요.
국제정치학의 첨단에서 다루는 주제가 미래국가론이나 우
주 진출이거든요. SF적인 이야기를 진지하게 해요. 제가 본
책 하나가 『4차 산업혁명과 신흥 군사안보』인데 제일 많이
다루는 주제가 '킬러 로봇'이에요. 인공지능이 탑재된 자율

무기 체계를 다루는 국제 규범이 필요하다는 이야기를 해요. 이런 것들이 현실화될 가능성이 보이는 만큼 기존에는 SF로서 다루던 주제를 진지하게 논의하는 거죠.

저는 예전에 단편 「스윙 바이」에 서술을 자동으로 하는 기계에 관해 썼는데요. 그때만 해도 자동 서술은 상상으로만 가능한 일이었는데 이제 실현될 가능성이 보이죠. 화성의 거버넌스 연구도 마찬가지였어요. 우리가 한 100년 후에 정말로 화성에 살게 되면 고민거리가 많이 생길 거예요. 하지만 누가 미리 고민을 시작해 두면 그것만으로도 상황이 크게 달라지잖아요. 기초가 이미 마련된 셈이니까요. 이를 염두에 두고 연구보고서를 썼어요. 재미있었습니다.

화성 연구를 하면서 특히 재미있었던 점이 있나요?

연구를 위해 『펠로폰네소스 전쟁사』를 열심히 읽었는데, 여기 나오는 과거의 체제를 미래의 화성에 적용하는 과정이 재미있었어요. 현재의 국제정치 체제는 국가 중심주의라는 형태로 몇백 년 동안 고정되어 왔어요. 국가 중심주의는 17세기 유럽에서 만들어진 이후 전 세계로 강요되었죠. 전 세계가 국가 중심주의 체제를 이루고 있으니 우리에겐 어쩔 수 없이 이 체제가 보편적이에요. 하지만 화성에는 아직 국가 중심주의 체제가 없잖아요. 행성 단위의 체제를 고민할 수 있어요. 인류는 화성으로 한 번에 이주하지 못하고 점진적으로 조금씩 가게 될 거잖아요. 사람이 처음부터 가득한 상태가 아니에요. 지구에서는 처음부터 사람이 가득했으니, 우리는 다들 자기네 동네에서 세계로 확장되는 방식으로 발전했어요. 하지만 화성에서는 행성 전체를 살핀 다음에 동네가 만들어지는 식으로 발전할 수가 있어요. 그러니 화성은 행성 단위로 관리가 가능해요. 지구에서는 그게 안 되잖아요. 기후변화처럼 국가 간 협업이 필요한 문제는 관리의 사각지대가 됐어요. 개별 국가만 있을 뿐 행성 단위의 관할이 없으니까요.

그럼 화성에 관해서는 국가가 없는 미래의 체제를 상상해야 해요. 이를 위해서는 우리가 국가가 만들어지기 전에는 어떤 체제로 지냈는지 과거의 체제를 볼 필요가 있어요. 예를 들면 고대 그리스 도시 국가 시절에 작은 나라들이 서로 전쟁하던 때요. 이를 기록한 책이 『펠로폰네소스 전쟁사』입니다. 국제정치학 수업에서 많이들 쓰는 책이에요.

사실 장편 『첫숨』에도 비슷한 시각이 들어가 있어요. 개별 국가가 아니라 행성 단위로 접근하는 방식이요. 『첫숨』의 배경이 되는 스페이스 콜로니 '첫숨'은 국가 같은 개별 주체로 나뉘어 있지 않죠. 무슨 일이 있으면 기지 전체가, 공간 전체가 움직이는 느낌이 있어요.

생각해 보지 못한 점이네요. 지금은 무슨 일 하고 계세요?

지금은 경장편을 쓰고 있어요. (이 책이 곧 나올 책입니다.) 화성 근처에 있는 스페이스 콜로니가 배경이고요. 『첫숨』과 달리 규모가 인구 20만 명 정도로 작아졌어요. 『타워』의 배경이 되었던 빈스토크 타워나 『첫숨』의 첫숨은 50만 명 규모였으니 차이가 있죠. 한국은 인구가 100만 명쯤 되어야 큰 도시로 보는데, 유럽 기준으로는 20~30만 명만 돼도 미술관, 좋은 식당, 백화점 등이 있어요. 한국은 지방분권이 일찍 자리를 못 잡았다는 점, 소득 격차가 크다는 점이 차이가 있을 거예요. 그래도 옛날 도시 기준으로 20만 명이면 큰 도시죠.

국제정치학으로 석사과정을 마치셨잖아요. 명훈 님 작품을 보면 국제정치학을 공부한 경험이 세계를 보는 관점을 형성했다는 느낌이 나요. 잘은 몰라도 '이런 내용을 다루는 학문이겠구나.' 싶고요. 에세이 『SF 작가입니다』에서도 국제정치학을 공부해서 SF 작가가 되었다는 내용을 쓰셨죠.

네, 제가 SF를 쓰는 이유는 국제정치학 소설을 쓰면 SF가 되기 때문이에요. 세계를 어떻게 이해하느냐 하는 국제정치학의 질문을 풀어 가는 것이 제 목적이고요. 소설에서는 현실에서보다 질문을 자유롭게 던지게 되죠. 현실은 국가 중심 체제가 견고한 상태지만 소설은 현실과 다르니까요.

그러고 보면 명훈 님의 대학원생 시절이 보이는 듯한 단편이 있어
요. 단편 「355 서가」는 국제정치학을 공부하는 대학원생이 도서
관 귀신이 되는 이야기잖아요. 논문에 쓸 참고 도서를 빌리지 못해
한이 쌓여서요. 어떤 책이 어디에 필요한지 매우 구체적으로 나오
고요. 직접 논문을 써 본 사람의 경험담이라고 느꼈는데, 어떤가
요? 그 책들은 실제로 존재하는 책인가요?

논문 쓰면서 썼을 거예요. 잘 기억은 안 나지만 실제 있
는 책으로 썼겠죠. 가상의 책도 끼어 있을 테고요. 제가 대
학원 다니는 동안 데뷔를 해서 그렇습니다.

**소설 쓰기와 학술적 글쓰기의 차이를 많이 느끼셨을 것 같아요.
두 글쓰기는 어떻게 다른가요?**

차이점은 많겠죠. 소설에서는 규명되지 않았거나 근거
가 부족한 부분이라도 그냥 쓰면 되잖아요. 소설이 끼어들
만한 여백이에요. 그런데 학술 연구에서는 최대한 추측을
해야 해요. 관련된 근거, 자료, 논문을 찾아내서 빈 곳에 징
검다리를 놓은 뒤에 주장해야 해요.

둘을 같이 하면 도움이 돼요. 글을 탄탄하게 하는 방식
이 서로 달라서요. 연구 논문에서 글을 탄탄하게 하려면 문
장력이 아니라 근거가 필요하잖아요. 소설에서는 논리적으
로 말이 되면서 문장이 좋고 감정의 흐름이 자연스러워야

하고요. 그런데 둘이 크게 멀지 않아요. 보고서가 문장이 좋으면 글이 좋아요. 소설도 마찬가지로 근거에 도움을 받아요. 김초엽 작가님이 이를 잘하고 계신다고 생각하는데, 공부를 하면 문제를 찾는 능력이 생겨요. 질문을 던지는 연습을 하게 되죠. 김초엽 작가님도 『사이보그가 되다』를 쓰면서 형성된 문제의식이 소설에 반영됐고요. 자료를 많이 찾아볼수록 몇 단계 깊이 들어간 질문을 하게 되잖아요. 연구를 하면 그런 질문으로 소설을 쓰게 돼요.

과학 연구와 SF 소설의 관계는 어떤가요? 전에 계간 《문학동네》에서 천문학자 심채경 박사님과 대담하신 걸 봤거든요. SF가 과학적으로 정확한지 논쟁하기 시작하면 어떻게 진행될지 대충 알고 있다고 하셨잖아요. SF를 과학적으로 따지다 보면 어떻게 되나요?

과학자들은 SF 소설을 분석하면서 자기는 문학은 모르고 과학 부분만 이야기하겠다고 선언하는 경우가 많았어요. 과학적으로 맞는지 그른지요. 그런데 SF 작가들은 일부러 틀린 세계를 만들거든요. 시간 여행 이야기를 하면 과학자들은 불가능하다고 하지만, SF는 시간 여행을 해요. 이에 관해 논쟁을 많이 해 봤는데 대개 결론이 비슷하게 나와요. 내용은 달라도 유형이 비슷해요. 평행선이죠. SF 작가에게는 소모적인 논쟁이에요. SF와 과학의 관계, SF와 판타지의 관계, 'SF란 무엇인가?' 이런 질문에 대답하는 데 너무 오랜 시간을 보냈어요.

SF가 무엇인지는 SF 연구자가 답할 질문이니 작가가 답하기에 아주 적절하진 않죠. 명훈 님은 예전부터 여러 인터뷰에서 SF 비평이 필요하다고 이야기하셨어요. 한국 SF의 성취에 비해 SF 비평이 매우 부족하다고요. 비평이 늘어나면 소모적인 질문이 줄어들겠죠?

그럼요. 비평이 필요한 이유는 여럿 있지만, 특히 제가 불편하다고 느끼는 점이 있어요. 누가 공을 들여 열심히 앞으로 나아가고 있다면 그 궤적을 정리해 줄 사람이 필요해요. 일반 독자들이 작가의 과거 작품까지 살펴볼 의무는 없잖아요. 하지만 평론가, 비평가는 작가들이 무슨 일을 하고 있는지 정리하고 풀어 쓰는 사람이고요. 작품을 전문적으로 살피는 사람은 누가 어떤 일을 하고 있는지 쭉 보겠죠. 그런 관찰이 있는지 없는지는 큰 차이가 있어요. 업계가 형성되려면 관찰과 기록이 꼭 필요해요. 예를 들어 저는 제가 어떤 작가인지 사람들이 모른다고 느껴요. 데뷔한 지는 오래됐잖아요. 15년이 넘었어요. 꾸준히 책을 내고 있고요. 그런데 "문단과 장르를 넘나들며 많은 활동을 한 작가" 말고는 저를 말하는 표현이 없어요. 작가와 작품을 정리하고 판단하는 작업이 쌓여야 하는데, 안 쌓여 있어요.

비평이 없으니 비평의 언어가 작용할 영역을 마케팅의 언어가 차지한다는 문제가 있어요. 마케팅에서는 출판사가

다소 과장을 하더라도 다들 용인하잖아요. 그런데 그 언어가 그대로 언론 기사에서 반복되고요. 비평이 있다면 그렇게는 안 되죠. SF 작가들은 비평 없이 활동하고 있어서 필요성을 모를 수도 있지만, 비평이 있어야 해요. 이 사람의 좌표가 어디인지 말해 주는 사람이 꼭 있어야 해요.

비평이 있으면 작가가 다음 단계로 갈 때 처음부터 시작할 필요가 없어요. 저 같은 경우는 문단 독자들이 저를 매번 처음 보는 작가처럼 읽어요. 저는 「안녕, 인공존재!」에서 존재에 대한 이야기를 쓰고, 다음에 쓴 『가마틀 스타일』에서는 존재 다음의 이야기를 썼어요. 순서가 있죠. 그런데 앞에서 무슨 일을 했는지 축적되어 있지 않으면, 매번 다들 생소한 이야기로 읽어요. 작가도 처음부터 다시 써야 해요. 존재 다음의 이야기를 하려고 하는데 다시 존재 이야기를 써야 하죠.

반면 작가가 어떤 일을 해왔는지 정리되어 있으면 앞을 생략해도 돼요. 그런데 SF 작가들은 그걸 못 하죠. 지금 저는 스페이스 콜로니 이야기를 쓴다고 말했는데, 앞에서 『첫 숨』으로 설명을 많이 썼는데도 다시 스페이스 콜로니의 구조를 설명해야 해요. 그런 불편이 있죠. 작가들은 계속 다음으로 가거든요. 누가 알아주든 말든 자신은 발전해야 하니까요.

계속 다음으로 간다는 점이 좋아요. 명훈 님의 소설 중 과거에 남아 있는, 뒤처져 있는 작품들이 있잖아요. 10년 전에는 괜찮았더

라도 지금 보면 고치고 싶은 면이 많을 것 같아요.

단편집 『안녕, 인공존재!』는 개정판을 내면서 많이 고쳤어요. 10년 전에 나온 글을 다시 내려면 엄청나게 고쳐야 해요. 중간에 변화가 있었으니 기회가 생기면 개정하고 있어요. 중요한 건 작가가 과거에서 어떻게 바뀌었는지 여부일 텐데요. 처음 소설을 쓰면 내가 중점적으로 다루지 않는 부분을 채울 때 클리셰가 많이 들어가요. 어디서 봤는지 몰라도 익숙한 장면이 계속 들어가거든요. 자기 표현으로 내용을 다 채우질 못해요. 하지만 작가 경력이 쌓이면 클리셰였던 부분을 내 말로 바꾸는 작업이 가능해요. 전에 쓰던 말을 그대로 안 쓰고 다른 표현을 고르고요. 자기가 창작해서 채우는 장면이 늘어나는 거예요. 그래서 같은 단편을 써도 훨씬 오래 걸려요. 그게 작가로 성장해 가는 과정 같아요.

저도 제 눈에 안 보이는 부분이 많겠죠. 어디서 본 대로 썼는데 그런 줄 모르는 부분이요. 하지만 모든 글에 고칠 기회가 생기진 않죠. 고치고 싶지만 그냥 남아 있는 글도 많고요. 아예 새로 써버리는 경우도 많은데 이런 경우엔 연속성을 모르시는 분들은 뭐가 어떻게 바뀐 글인지 모르실 수 있어요. 다들 그렇게 새롭게 쓰고 있지 않나 싶어요.

제2회 한국과학문학상 심사평에 응모작 중 섹스 로봇 이야기가 너무 흔해서 견디기 힘들었다는 글을 쓰셨어요. 특히 "'로봇은 인

간에게 저항할 수 없다.'는 원칙과 '여성형 섹스 로봇'이 결합할 경우, 얼마나 아름답지 않은 이야기가 나오게 될지" 검토해 보라는 부분이 인상 깊었습니다.

그런 글이 정말 많았어요. 심사하면서 너무 거슬렸어요. 제가 특별히 의식하고 있어서 보인 게 아니에요. 완선 님도 심사를 맡으셨으면 바로 알았을 거예요. 계속 그랬다는데 왜 그전에는 지적이 안 됐는지 모르겠어요. 몇 년간 고정적으로 심사하시는 분도 있었는데요. 역시 개인들의 역량에만 의존하는 건 한계가 있어요. 그래서 여러 SF 문학상 주최 측에 심사위원 선정 방식 문제를 많이 이야기했거든요. '심사위원을 매년 동일하게 유지하는 건 심사의 공정성을 해친다. 계속 같은 사람이 하면 안 된다. 누가 심사하는지 미리 알지 못하도록 사람을 계속 바꾸는 게 공정성을 확보하는 기본적인 조치다. 심사위원 풀을 관리하다가 심사 직전에 그중에서 확정하는 방식이어야 한다.' 그런데 잘 반영이 안 됐어요. 문단의 기준으로는 불공정한데 SF계에서는 아직도 그냥 하는 거예요. 예전에는 한국 SF계가 작으니까 괜찮다고 넘어갔고, 규모가 작으니 누가 심각하게 문제를 제기하지도 않았어요. 실제로 큰 문제가 아니기도 했죠. 그런데 지금은 규모가 커졌잖아요. 그런데도 계속 그대로면 안 되죠.

그러고 보면 명훈 님은 출판 계약에 까다롭다는 소문이 있으신

데요. 문제가 있으면 문제라고 말하는 분이라고 생각했어요.

이상한 계약서를 보면 이상하다고 말하는 편인데, 그러면 제 성격이 까다롭다는 소문이 나더라고요. 그런 소문 듣는 게 좋지는 않아요. 계약서가 이상하지 않으면 저도 안 까다롭겠죠. 예를 들면 최근에 참여했던 한 소설집은 미술관에서 펀딩한 책이거든요. 미술관이 인세를 부담하는데 출판사에서는 작가들에게 인세 비율이 아니라 매절로 계약하겠다고 했어요. 이상하죠. 아니면 앤솔러지에 참여하는 작가들에게 선인세를 30만 원씩 주는 경우도 종종 있었어요. 제가 기획에 참여할 때는 편집자와 미리 논의해서 어떻게든 기본 이상은 지급이 되도록 방법을 마련한 뒤에 다른 분들이 계약하도록 했거든요. 그런데 이런 이야기를 하면 까다로운 사람이 돼요.

늘 하는 말이지만 프리랜서는 자기가 업계에서 조금이라도 앞에 있으면 협상을 까다롭게 해야 해요. 그래야 다음 사람의 조건이 좋아질 가능성이 생기니까요. 새로운 작가들이 받아 보는 계약서가 과거보다 조금이라도 나아졌다면, 왜 그렇겠어요. 먼저 했던 사람들이 문제를 말해서겠죠. 처음에 계약을 잘해야 하거든요. 계약하고 책 낸 다음 싸우면 엄청 불행해져요. 계약서 쓸 때 지킬 수 있는 약속만 쓰면 싸울 일이 없어요. 그대로 하면 되니까요. 그게 저는 훨씬 행복해요.

노는

것처럼

보여도

일하는 중

**아까 국제정치학으로 SF를 쓴다고 하셨는데요. 달리 영향받은 책
이나 작가는 없나요?**

사실 결정적인 영향을 받은 소설가는 잘 모르겠고요,
다만 필립 K. 딕의 단편소설을 보면서 많이 배웠어요. 단편
쓰는 방법을 새롭게 배웠죠. 짧은 분량 안에서 경이감을 일
으키는, 인식의 전환을 선사하는 작법이요. 사실 터키 작가
아지즈 네신의 영향도 받았어요. 웃긴 소설을 쓴다는 점에
서요. 그런데 한국에서는 아지즈 네신이 잘 알려져 있지 않
아서, 필립 K. 딕이라고 답하는 경우가 많네요.

글을 쓰면서 꼭 필요한 물건이나 세팅이 있나요?

없어요. 저는 책상도 매우 작아요. 작은 책상 2개를 붙
여 놓고 써요. 집 안 여기저기로 옮겨 다니며 쓸 생각이었는
데 실제로 옮기게 되진 않더라고요. 작아도 일하는 데는 전
혀 지장이 없어요. 키보드도 안 따지고 아무거나 써요. 어
디 유배 가거나 갇히더라도 충분히 재미있게 살 것 같아요.
글 쓰면 되니까. 집에만 있더라도 일 잘 하고요. 규칙적이진
않아요. 저는 집필을 규칙적으로 하면 망하는 스타일이거
든요. 준비가 안 됐는데 쓰면 안 돼요. 그럼 자꾸 산으로 가
요. 다른 분들도 꼬박꼬박 쓰는 것만 모범적이라고 생각하
지 않았으면 좋겠어요. 사람마다 주기가 다르니까요.

쓰는 시즌, 집필 기간에는 하루에 한 대여섯 시간 쓰죠. 근데 하루에 두 시간 집중해서 쓸 수 있으면 충분해요. 그럼 엄청 빠른 속도로 집필한다는 이야기를 들어요. 통째로 집중하는 시간을 만들기가 어렵지, 집필 자체는 그 정도로 충분해요. 하루에 두 시간 집중하기가 얼마나 어려운데요. 직장에 다녀도 집중하지 않고 일하는 시간 많잖아요. 회의를 하거나 이메일 쓰거나. 작가도 마찬가지예요. 하루 두 시간만 꾸준히 집중해도 찍어 낸다는 소리를 들어요. 그게 쉽지는 않아요. 집필하지 않는 동안에도 계속 생각은 해야 하고요. 멍하니 노는 모습으로 보여도 사실은 일하는 거잖아요. 본인은 알죠. 내가 일을 하는지, 딴생각을 하는지, 혹은 정말 멍하게 있는지. 집필에 들어가면 머리가 계속 돌아가서 되게 피곤해요. 편두통도 자주 오고요.

글 쓰는 시간, 그 두 시간을 확보하기 위해 어떻게 하시나요?

인간관계를 정리합니다. 어쩔 수 없어요. 글 쓰는 시간은 덩어리로 확보해야 해요. '이번 주에 글을 쓰겠다.' 하면 이번 주 내내 약속이 없어야 해요. 중간에 약속이 하루 있으면 일주일의 흐름이 깨져요. 한 달 단위로 계획하면 그달에 들어오는 원고 청탁은 다 거절해야 해요. 장편은 훨씬 오래 걸리잖아요. 일주일 걸린다고 치면 그 일주일만 시간을 못 쓰는 게 아니라 덩어리 자체가 깨져요. 한번 흐름이 끊기면 다시 전환하는 데 엄청 오래 걸려요. 다시 몰입해야 하잖 아요. 그러니 일을 거절하게 되고요. 출판사에서 작가 일정 을 관리해 주진 않아요. 어떤 출판사와 계약한 장편 소설을 쓰고 있다 해도, 중간에 그 출판사에서 청탁 연락이 오고 그래요. 작가가 알아서 관리해야죠. 내가 일정을 계획하지 않으면 시간 확보하기가 힘들어요. 그러니 무엇을 하고 무엇 을 안 할지 결단해야죠.

에세이 『SF 작가입니다』 중에 '가내 등단' 이야기가 있어요. 작가 들은 대개 집에서 작업하니, 집안에서 작가라는 직업을 인정받을 필요가 있다는 내용이었죠. 집에 있어도 노는 게 아니라 작가로서 일하는 중이라고요. 가내 등단 경험자로서 전수할 만한 요령이 있 을까요?

여기저기 농담으로 썼지만 제일 좋은 방법은《조선일 보》에서 인터뷰를 하고 그걸 어머니 친구가 어머니에게 말 해 주는 거예요. 어른들의 경우는《조선일보》가 제일 잘 먹 히더라고요. 저는 박완서 선생님 심사평을 받았을 때 가내 등단이 됐죠.

작가와 같이 사는 사람은 작가가 직업이라는 사실을 인 식하지 못할 때가 많아요. 제가 놀고 있다고 생각하고요. 일 할 땐 일하는 중이라고 확실하게 표현해야 하죠. 사실 겉으 로 보면 노는 모습이랑 똑같잖아요. 실제로 많이 놀기도 해야 하고요. 놀면서 이것저것 찾아보고 생각을 계속하는 거 예요. 그게 창작 과정의 일부니까요. 그것도 다 작가로서 일 하는 과정이라고 주변에 각인시킬 필요가 있어요. 인간관계 를 정리하고 약속을 줄이는 수밖에 없고요. 친구들에게 '넌 시간 많잖아.' 이런 소리를 듣는데, 제가 일정을 조정할 여지 가 많은 거지, 정말 빈 시간이 많은 건 아니잖아요. 일을 안 해도 되는 건 아니니까요. 쓰는 흐름을 한번 놓치면 다시 돌 아가는 데 오래 걸리고요. 그러니 내 리듬대로 지내야 하죠.

리듬이 정말 중요해요. 회사에 다니면 회사의 리듬이 있 어요. 프리랜서가 회사원과 같이 있으면 종종 회사원의 리 듬에 끌려가요. 그러면 안 돼요. 내 글이 만들어지는 리듬 은 다르니까요. 영감이 오는 때라고 해야 하나, 작가들이 창 작 활동을 하는 주기는 24시간도 아니에요. 20시간일 때도 있죠. 그러면 하루의 길이가 점점 짧아져요. 리듬이 그때그 때 달라지기도 하고요. 그 주기로 글이 써지면 거기에 맞춰 야죠. 출퇴근하는 사람에게 무심코 맞추다 보면 잘 안 써져 요. 규칙적인 리듬이면 좋지만, 그렇지 못하더라도 내 리듬 을 유지하는 상태가 좋아요. 그러려면 또 주변인을 설득하 는 과정이 필요하고요. 이 사람은 작가고, 노는 것처럼 보여 도 일하는 중이라고.

글을 쓸 때 어떤 부분부터 쓰기 시작하시나요? 그리고 얼마나 계 획하고 쓰시나요?

앞부터요. 앞부분을 잘 쓰는 게 중요해요. 특히 장편은 한 호흡에 쓸 수가 없잖아요. 중간에 끊고 글 밖으로 나가야 하는데, 글로 돌아오려면 다시 몰입 과정을 거쳐야 해요. 첫 장면을 잘 써두면 돌아오기가 쉬워요. 앞부분을 읽으면 처음 쓸 때의 속도감이 재현되도록 써놓아야 호흡이 금방 돌아와요. 그 리듬으로 뒷부분을 이어가고요. 그래서 첫 문장이 나올 때까지가 가장 고통스러워요. 『SF 작가입니다』에도 썼지만, 남이 보면 노는 모습이라도 저는 괴롭죠. '왜 일이 안 되지? 난 뭐 하는 사람이지.' 하고 자괴감 들고요. 그 시기가 지나면 '내가 왜 그랬지? 글 쓰는 법을 왜 모르지, 이렇게 쓰면 되는데.' 해요. 저는 첫 문장이 나올 때까지 괴로워하는 동안 구상을 하는 것 같아요. 그래서 이제는 괴로움을 양성화했어요. 괴로우면 '그래, 나는 구상 중이야.' 하고요.

집필 계획은 자세하게 잡아 두고 써요. 대체로 계획대로 돼요. 머릿속으로 대충 정리해 두고 메모 정도를 해 놓으면 그대로 가요. 분량과 챕터까지 거의 구상한 대로 맞아떨어져요. 그게 되더라고요. 시행착오의 결과예요. 정말 많이 반복하면 숙달되는 것들이 있으니까요.

일하기 싫을 때는 어떻게 하시나요?

일단 놔요. 죄책감이 쌓일 때까지. 그런데 출판계는 카멜레온처럼 신진대사가 느려요. 카멜레온은 밥을 안 먹어도 한 달쯤은 잘 지내잖아요. 출판계는 시간이 계절 단위로 돌아가요. "다음에 한번 만나요." 하면 3개월 뒤를 말하는 거예요. 직장인 기준으로는 굉장히 느리죠. 만약 일주일을 쉬고 일로 복귀한다면 직장인 기준으로는 엄청나게 많이 쉰 셈인데, 문학 쪽에서는 빨리 복귀하는 거예요. 그러니 작가는 중간에 조금 쉬더라도 일정이 빠듯해지진 않아요. 다만 그렇게 쉬려면 일할 때는 회사에 다니는 속도로 해야죠.

명훈 님 글을 보면 참고 자료가 많을 거라고 보이는데요, 자료를 어떤 식으로 정리하시나요? 자료를 어떻게 글에 녹여 내는지도 궁금합니다.

정리 잘 안 해요. 보고서를 쓸 때는 다 메모하고, 정리하고, 모아서 파일로 만들고, 주석을 달게 되는데요. 소설은 그렇게 안 해요. 저는 원래 학자 아니면 작가가 되고 싶었는데, 이걸 고민할 당시에는 작가 쪽엔 직업으로 임하진 않았어요. 그래서 작가 일을 할 때는 공부할 때처럼 정리하지 않았어요. '나 재미있으려고 하는 거니까 정리 안 해.' 그렇게 생각했죠. 그리고 이사를 여러 번 하니 자료를 모았다가도 다 버렸어요. 제가 도시를 파악하는 방식이 지도를 보는 거라서 여행 가면 지도를 많이 구하거든요. 이번에 인터뷰하면서 자료 사진으로 쓰려고 그 지도들을 좀 가져오려고 했는데 그것도 없더라고요. 책도 그리 많지 않아요. 특히 뉴

욕에 열 달 정도 살다 왔을 때 짐이 확 줄었어요.

뉴욕이 세계의 여러 층위가 중첩된 도시잖아요. UN 본부가 있으면서 옆에 그냥 햄버거집도 있고. 미국 경제의 중심지면서 세계의 중심지인데, 지역 사람들이 그냥 살고 먹고 지나다니는 곳이고요. 그런 복합적인 공간을 배경으로 써야 SF가 잘 써져요. 공간이 정말 중요하거든요. SF에서는 우주나 세계에 관한 이야기를 하면서도 주인공은 살아 있는 사람이어야 해요. 우주라는 거대한 층위를 다루면서도 주인공이 생활을 하는 층위가 동시에 있어야 하죠. 세계적인 이벤트가 일어나는 공간이 개인의 삶의 공간이기도 하면 이야기가 생생하게 나와요.

이전에는 한국이라는 공간에서 두 가지를 합쳐서 상상하기가 조금 힘들었어요. 광화문 상공에 UFO가 뜨면 생생한 SF를 쓸 수 있는데, 10년 전에는 왜 미국이 아니라 한국에 UFO가 나타나냐고 묻더라고요. 이호재 감독의 영화「로봇, 소리」도 생각나요. 감청이 가능한 인공지능 기계가 우주에 있다가 한국 서해안에 떨어지거든요. 그런데 관객들 반응을 보면 그게 왜 한국에 떨어지냐는 거예요. 독자들도 한국 사람이 문제를 해결하는 일에 위화감이나 부끄러움이 있었어요. 그렇지만 이제는 자연스럽게 한국을 이야기 배경으로 삼는 때가 됐어요. 외국 뉴스에 나오는 한국 소식도 예전에는 북한 이야기였는데, 요즘은 그저 한국에서 뭐 먹고 사는지 나오잖아요. 지금 SF를 쓰기 시작하는 세대는 한국을 훨씬 잘 쓸 것 같아요.

개인의 생활이라는 층위를 말씀하셨는데, 『타워』를 보면 주민들의 일상생활을 묘사하는 가상의 책이 나오죠. 타워 528층에 사는 사람들의 생활상을 세세하게 묘사함으로써 일종의 문화기록지 역할을 하는 책이요.

사회학적 범위의 이야기죠. 보통 한국문학은 개인 내면의 이야기를 다루잖아요. 인물의 동기도 내면의 무언가고요. 한국문학 기준으로는 내면을 잘 채워야 좋은 글이 돼요. 인물이 어떻게 생활하는지는 따로 채우지 않죠. 한국인 독자에게 굳이 한국인의 일상생활을 보여 줄 필요는 없잖아요. SF는 그러지 않죠. SF에서는 개인이 어떻게 생활하는지 묘사해야 인물을 풍성하게 드러낼 수 있어요. 인물이 우리가 아는 공간에 살지 않으니까요. 우리는 그들의 일상을 몰라요. SF 작가는 인물이 어떻게 생활하는지 구체적으로 묘사해야 해요. 사회적으로 어떤 관계를 맺고, 누구와 이야기하고, 뭘 먹고, 어떻게 시간을 보내고, 이런 것들을 말해야죠. 그래야 인물의 동기가 채워져요. 안 그러면 이야기가 너무 멀고 추상적으로 느껴져요. 인물이 붕 떠 버리고요.

『타워』가 명훈 님의 첫 장편인데, 저는 『빙글빙글 우주군』이 『타워』의 새로운 버전이라고 생각하거든요. 둘 다 에피소드식 연작

소설이고, SF다운데 한국 느낌이 나잖아요. 그래서 『타워』가 번역됐으니 『빙글빙글 우주군』도 무조건 번역이 되어야 한다고 생각했어요. 번역 소식을 듣고 역시나 싶었죠.

『타워』는 번역가가 번역하겠다고 선택해서 번역이 됐어요. 오롯이 번역가 선생님의 공이에요. 『빙글빙글 우주군』 번역서는 『타워』를 출간했던 출판사에서 나올 예정이에요. 영국에서는 출판사가 책을 하나 내면 거기서 계속 책을 내나 봐요. 『빙글빙글 우주군』의 톤이 『타워』와 비슷하니까 그렇게 이어 갔으면 좋겠다고 하시더라고요. 유머러스하고, 무겁지 않다는 점에서요.

한국적인 면에 대한 고민은 예전에는 있었지만 지금은 필요 없는 것 같아요. 일부러 한국적이거나 일부러 국제적일 필요 없이, 우리가 좋아하는 대로 쓰면 돼요.

번역 과정은 어땠나요? 국내 출간 과정과 좀 달랐나요? 새로운 독자를 만나는 일은 어땠는지요.

제 글이라도 번역이 되면 번역가의 업적이에요. 다만 다른 나라로 출간하기 때문에 수정한 부분이 있어요. 『타워』 중 「샤리아에 부합하는」이라는 단편에는 무슬림 여자인 '세흐리반'이 나와요. 2009년 한국에서는 무슬림을 가시화하는 정도로도 의미가 있었어요. 하지만 영국에는 무슬림이 많이 살고 관련된 사회 문제도 많으니, 편집자들이 내용을 고치자는 의견을 많이 주셨어요. 세흐리반이 테러리스트로 읽힐 여지가 있었거든요. 세흐리반은 조직에 속한 공작원일 뿐인데요. 수정 의견을 그대로 따랐습니다.

해외 독자들은 다행히도 한국 독자들이 좋아하는 점을 똑같이 좋아하더라고요. 그만큼 번역을 잘 해 주셨고요. 『타워』는 현실 정치 이야기를 하면서 풍자를 하잖아요. 그래도 블랙코미디가 아니라 밝은 이야기고요. 그런 느낌까지 전달된 모양이에요. 한국에서는 이거 한국 사람만 이해할 거라는 이야기를 많이 했지만 영국이나 미국에서도 똑같은 맥락으로 재미있게 읽은 거죠. 사실 한국의 사회 현상 자체가 보편성이 있어요. 예를 들면 한국에서는 부동산 문제를 한국적이라고 느끼는데, 다른 나라에도 마찬가지 문제가 있거든요. 한국이 근대화 이후에 발전한 과정은 매우 보편적이에요. 한국처럼 군사 쿠데타와 민주화를 겪은 나라는 정말 많아요. 한국처럼 성공적으로 발전한 경우는 드물지만, 과정 자체는 보편적이에요. 다른 나라에서 민주화 시위를 하면 한국 이야기를 하는 이유죠. 그러니 한국인의 이야기를 쓰면 매우 보편적인 이야기가 돼요. 영국과 미국 리뷰를 보면서 이를 재확인했어요.

『타워』의 빈스토크도 그렇지만 『첫숨』의 첫숨은 매우 구체적인 공간이었죠. 배경 설정은 어떻게 하시나요?

세계의 구조부터 짜요. 인물은 나중이고요. 단편 「예술
과 중력가속도」를 쓸 때 달에서 온 여자 무용수가 나올 수
있는 세계를 만들어야 했어요. 그게 나중에 『첫숨』의 세계
가 되었죠.

**말씀하신 달에서 온 무용수 '묵희'는 인도 영화 「데브다스」에 나온
여성 무용수 '찬드라무키'에서 따온 인물이잖아요. 더군다나 묵
희는 공연에서 찬드라무키 역할을 맡습니다. 찬드라무키라는 이
름은 '달처럼 아름다운'이라는 뜻이고요. 이름이 자꾸 등장하니
영화가 그리 강렬한가 싶더라고요. 찬드라무키가 그렇게 춤을 잘
추던가요?**

영화 「데브다스」는 여러 번 리메이크 됐어요. 그중 배우
샤룩 칸이 주연을 맡은 2002년 영화가 매우 화려한데, 찬드
라무키를 연기한 배우가 춤을 정말 잘 추더라고요. 마두리
딕싯이라는 배우예요. 눈빛이나 손가락까지 섬세하게 움직
이는 모습이 인상적이었어요.

내가

쓴 글이

나를

자꾸

다른

곳으로

요즘 취미가 있으신가요? 취미와 글의 관계는 어떤가요.

V리그를 열심히 보고 있어요. 여자 배구 경기요. 스포 츠팀을 응원하면 내가 승부의 세계에 들어갈 일이 없더라도 괜히 긴장돼요. 감정 이입을 하게 되고요. 선수들의 성장에 관심이 생기고, 저 사람이 잘됐으면 싶죠. 몸을 쓰는 사람 들이 멋지게 움직이는 모습을 보면 쾌감이 있어요. 지난 시 즌에 김연경 선수가 한국 리그에 있는 동안 배구 경기를 봤 어요. 옛날에는 몰랐는데 배구는 특히 수비가 엄청 정교하 고 아름답더라고요. 공을 받아내는 걸로 끝나는 게 아니라, 다음 사람에게 정확히 가게 하는 기술이 경이로워요.

제 소설 『빙글빙글 우주군』의 '한섬민'은 농구 선수 출신 이잖아요. 우주항공고등학교 때 농구 선수를 했죠. 앞서 말 한 여자 무용수 '한묵희'도 몸을 쓰는 사람이고요. 요즘은 몸 을 쓰는 여자들 이야기를 쓰고 있어요. 남자들이 움직이는 모습은 많이 나왔고, 일상에서도 많이 보이잖아요. 여자들의 모습은 덜 조명된 편이죠. 『빙글빙글 우주군』을 쓸 때만 해도 농구 장면을 줄여달라는 피드백을 받았어요. 하지만 이제는 텔레비전 예능 프로그램에도 운동하는 여자가 많이 나오죠.

저는 쓰고 싶은 대로 쓰는데 편집자들은 줄였으면 하는 장면들이 있어요. 알아요. 보통 스포츠나 전투를 길게 보고 싶어 하질 않아요. 편집자들은 SF 부분도 줄였으면 하는데, 그럴 수는 없죠. 그래도 점점 쉽게 단순하게 쓰게 되네요.

아쉬움은 있어요. 제가 잘하는 부분에 반응이 없다는 점이
요. 저는 공들여서 쓰는데도요. 예를 들어 편집자가 아무
리 유능해도 전쟁 부분에는 코멘트가 없어요. 오히려 전쟁
분량을 줄여 줬으면 하죠. 만약 제가 밀리터리 SF를 쓴다면
아예 같이 일할 편집자가 없을 테고요. 그런 어려움이 있습
니다.

**알아봐 줬으면 하는 부분이 꽤 있으시겠어요. 예를 들어 어떤 부
분들이 있나요?**

예를 들면 단편 「임시조종사」가 정말 공들여서 쓴 글이
에요. 판소리를 SF 소설로 썼잖아요. 보통 장편 초고를 쓰
는 데 3개월 정도 걸리는데 「임시조종사」는 8개월쯤 걸렸어
요. 장편 두 편보다 공을 들였죠. 국문과 출신들은 좋아해
요. 정세랑 작가님도 엄청 좋아하셨어요. 우리가 쓰는 소설
의 말은 근대소설의 말인데, 그건 일본을 통해 수입된 서양
의 말이잖아요. 그러니 지금 우리의 말은 당연하게 보여도
사실은 이광수 같은 작가들이 새로 만든 말이 전래되고 변
형된 말이에요. 근대소설 이전의 말로 소설을 쓰면 어떤 형
태가 될지 연구하려고 판소리 형식을 골랐어요. 옛날 말로
SF를 쓴다는 점이 재미있는 거죠. 언어를 의식적으로 탐구
하고 연구해서 썼어요. 실험적인 소설이니 읽기 힘든 건 어
쩔 수 없지만, 공들여 썼다는 점은 보이지 않나요.

작가로서 직업 만족도는 어떤가요?

직업 만족도는 전체적으로 안 좋은데, 매우 좋은 순간들이 있어요. 성취감이 있고요. 제가 좋아하는 일이라는 느낌이 들어요. 계속할 수 있는 일이죠. 그리고 제가 쓴 글이 저를 자꾸 다른 곳으로 보내요. 심채경 박사님과 대담했을 때 그분이 저보고 천문연구원에서 강연을 해달라고 하셨어요. 그래서 천문연구원에서 행성과학자분들을 모셔놓고 강연을 했죠. 제가 그분들께 강연을 하다니! 외교부 연구도 그렇고, 이런 경험이 특별합니다.

다른 작가를 부러워해 본 적이 있나요.

성공이 부러울 때는 있지만 작가가 부러울 때는 거의 없어요. 다만 최근에 윤고은 작가님이 좀 부러웠네요. 윤고은 작가님의 에세이를 읽었는데 이분이 너무 재미있는 분인 거예요. 소설은 전혀 다른데도요. 일상생활에서 실수가 많아서 재미있는 에피소드가 쌓이는 분 같아요. 그 점이 부러웠어요. 재미있는 입담 때문이 아니라 재미있는 일이 일어나는 사람인 게. 정세랑 작가님이 세계를 받아들이는 방법도 좋아해요. 자신이 세계를 어떻게 이해하는지가 작가의 정체성이잖아요. 정세랑 작가님도 에피소드가 많은데, 사건이 웃겨서가 아니라 해석을 재미있게 해서 웃음이 나와요. 모두가 그런 해석을 할 수는 없잖아요. 엄청난 재능이라고 생각해요.

본인의 글에서는 어떤 작품을 좋아하시나요? 좋아하는 점이 있다
면?

잘 모르겠어요. 웃긴 소설을 쓰고 싶어요. 단편 「차카타
파의 열망으로」 같은 거요. 팬데믹 때문에 남에게 침이 튀
기는 소리인 ㅊㅋㅌㅍ가 사라진다는 설정인데, 그래서 글에
서도 ㅊㅋㅌㅍ가 없죠. 모두 ㅈㄱㄷㅂ로 바꿔 썼어요. 흔히들
무거운 작품이 좋은 작품이라고 하지만 저는 웃긴 소설이
좋아요. 웃긴 소설이 희소하다는 점을 알게 됐어요. 조금이
라도 불편하면 안 웃겨요. 그러니 웃기고 싶으면 살필 점이
많아요. 게다가 해피엔딩이면서 좋은 결말을 내려면 노력이
많이 필요해요. 행복하면서도 현실성이 있어야 하니까.

그런데 요새 한국소설에서 불편한 부분을 없애려는 경
향이 과하다는 생각은 들어요. 공모전 심사를 하는데 잘 쓴
글들이 깜짝 놀랄 정도로 비슷한 거예요. 못 쓴 글은 다양
하고요. 정답이 있다는 뜻이죠. 다들 비슷한 질문에 답을
하고 있지 않나 싶을 정도로요. 물론 왜 그렇게 됐는지 모르
는 건 아닙니다. 하지만 남들과 똑같은 글을 쓰고 있으면 가
치가 떨어지잖아요. SF는 아직 충분히 다양성이 확보되어
있고, 그건 다행한 일이에요.

한국과학소설작가연대의 1기 부대표를 맡으셨어요. 정소연 작가님과 같이 창립하셨죠. 어떤 동기가 있었나요?

공모전 심사 등을 하니까 잠재적인 SF 작가들이 많다는 걸 알고 있었어요. 그분들이 개별적으로 데뷔하면 스스로 SF 작가라고 생각하기 어려울 거라고 생각했어요. 그래서 SF를 쓰는 사람들이 자신이 SF 작가라고 생각할 환경을 만들려고 했죠. 이제는 많이들 자신 있게 자기가 SF 작가라고 말하시더라고요. 예전에는 그러기가 힘들었거든요. 다들 '나는 그렇게까지 SF를 쓰는 건 아닌데……' 했어요. SF 작가로 인정받는 사람이 많지 않았고요. 문단에서는 낯설다, 이상하다, 특이하다고만 하고 SF 장르 작가라고는 인정하지 않았죠. '중간문학'이나 'SF적 기법을 사용하는 작가'라고 했어요. 한국과학기술창작문예 공모전도 SF라는 말을 피해 가려고 만든 이름이잖아요. SF 쪽에서도 한국 작가는 잘 인정하지 않았어요. 저를 아예 문단 작가라고 분류하는 경우도 있었고요. 그냥 SF 작가라고 명시하면 되는데 어디에서도 잘 안 해주더라고요. SF 쓰지 말까 하는 생각도 많이 했어요. 저는 정소연 작가님 아니었으면 그만뒀을 거예요. 정말 좋은 눈을 지닌 독자고 작가인데, 그런 동료마저 없었으면 SF를 계속 쓰기 힘들었겠죠. 누구라도 알아봐 주는 사람은 있어야 해요.

적절한

사람이

적절한

자리에

단편 「스마트 D」에 대해서도 궁금했는데요. 한국과학기술창작문예 공모전에 당선된 데뷔작이잖아요. 어떤 남자가 SF 공모전에 작품을 내면서 벌어지는 일을 다루고요. 공모전 당선을 노린 설정인가요?

상황에 맞춰서 쓴 게 맞아요. 그때는 취미로 소설을 쓰던 중이었죠. SF 같다고 생각하는 소설 다섯 편을 그 공모전에 냈어요. 「스마트 D」가 아니었다면 다른 소설이 됐을 수도 있어요. 본심에 제 소설이 두 편 이상 올라갔다고 들었거든요. 「스마트 D」도 단편집에 수록하면서 많이 고쳤어요. 거의 모든 문장을 고쳤거든요. 그게 작가가 하는 일이죠. 저는 제 문장이 예전보다 훨씬 좋아졌다고 느껴요. 미문이 되었다는 뜻이 아니고, 뜻을 명확하게 써요. 모호하지 않게, 한 번 읽으면 편하게 인식되도록 써요. 번역자가 질문을 덜할 듯한 문장이랄까요.

존재라는 주제를 많이 쓰고 계세요. 「안녕, 인공존재!」를 제일 좋아하는 단편으로 꼽으셨고요. 「안녕, 인공존재!」 외에도 『가마틀 스타일』이나 비교적 최근작인 「수요 곡선의 수호자」가 자아 또는 열반을 이야기한다는 점에서 같은 주제를 다루는 작품군이라고 생각했어요. '기계지성' 등 기계와 존재라는 개념도 반복되고요. 그런데 존재가 무엇인지는 작중에 나오지 않아요.

설명하기 어렵죠. 정말 그냥 인식하는 것이니까요. 지칭하기 어려우니 소설로 쓰고요. 쓰고 싶은 이야기 중 하나예요. 저는 존재라는 개념을 어릴 때 인지했어요. 제 기억 중 두 번째로 오래된 기억인데요, 어머니께 존재를 물어봤어요. 왜 저는 제 시점으로밖에 볼 수 없냐는 질문이었어요. 아는 단어가 많지 않았으니 아마 이상하게 말했겠죠. 그런데 어휘력이 는다고 존재를 말로 표현할 수는 없더라고요. 이걸 글을 통해서라도 담아내고 싶은 욕망이 있어요. 제가 소설을 쓰고 싶은 이유 중 하나죠. 쓰고 싶은데 쓰기 어려워요. 말로는 표현하기 어렵고, 계속 대화하다 보면 '아, 그거!' 하고 감 잡을 때가 오는데 그게 참 오래 걸려요. 소설로는 비교적 잘 전달이 되죠.

「안녕, 인공존재!」에 나오는 다른 발명품도 재미있었어요. 시간을 정확히 알려주지 않는 알람 시계라든가, 주요 기능을 없애서 존재 이유를 고민하게 만드는 물건들이 나오죠. 존재로 환원하는 질문을 야기한다는 점에서 '인공존재'와 같은 계열의 물건들이에요. 김초엽 작가님의 「감정의 물성」을 보면서도 인공존재 생각이 났어요.

저도 김초엽 작가님 작품을 읽으면서 그 생각이 났어요. 제 작품을 참고하진 않으셨을 거예요. 그냥 SF에서 이야기할 수 있는 주제 중 하나죠. 존재 같은 추상적인 개념을 정말 손에 잡히는 무언가로 딱 표현할 수가 있으니까요.

**소설에 자주 나오는 단어 중 '파멸의 신전'과 '악마'가 있어요. 특
히 악마는 판타지에서처럼 초월적인 존재이기도 하고, 기술로 드
러나는 인간 내면의 모습이기도 합니다. 여기에 무슨 의미를 담아
쓰고 계신가요?**

악마는 힌두 신화에서처럼 깨달은 존재예요. 높은 차원
의 존재인데, 악당이라고 할 수는 없지만 인간에게 해로운
의도를 갖고 있죠. 존재에 대한 열망을 담고 있어요. 『은닉』
에서는 첨단 기술을 인간에게 접목시켜 결국 내면에 숨겨져
있던 무언가를 깨우는데 그게 악마고요. 파멸의 신전은 제
가 예전에 쓰던 판타지 소설 시리즈 세계관에 나오는 개념인
데요. 설명하기는 어렵네요.

**비행 이야기도 자주 나와요. 복엽기와 삼엽기, 우주비행선, 초소
형 비행체 등이 등장하죠.**

3차원의 넓은 공간을 쓰고 싶어요. 높이가 있는 공간
요. 그래서 비행기나 인공위성 이야기가 자주 나오는데, 제
가 쓰고 싶은 건 공간이에요. 『청혼』에는 중력이 없어서 위
아래가 구별되지 않는 넓은 공간이 나오잖아요. 우주는 그
런 곳이니까요. 제가 데뷔하기 전 습작을 쓰던 때에 구글어

스가 서비스를 시작했어요. 위성 화면이 제공되기 시작했죠. 그걸 오랫동안 들여다봤어요. 우리가 보는 2차원의 평면 지도와는 다르게 3차원이 반영된 실제 사진이라 좋았어요. 그렇게 지표면을 벗어난 이야기를 쓰고 싶어요. 이건 SF에서 하기 좋은 이야기죠. SF의 매력이 커다란 규모의 이야기를 하면서 작은 이야기도 할 수 있는 점이잖아요. 큰 공간과 작은 공간을 넘나들어요. 초소형 비행체는 작은 공간의 이야기고요.

언어에도 관심이 많으신가요? 발음이 재미있는 단어가 들어간 제목이 좀 있어요. 끼익끼익, 빙글빙글, 차카타파 등이요. 단어의 생김새와 작중 이야기를 연결하셨잖아요. 게다가 「유물 위성」에는 고대 문자 이야기가 나오고, 「조개를 읽어요」는 조개의 언어를 읽는 이야기죠.

맞아요. 언어를 오브제처럼 사용해서 변화를 주죠. 그걸 스토리의 일부로 만들고요. 그런 점에서 「차카타파의 열망으로」는 「스마트 D」와 직접 연결됩니다. 작중 미래가 현실이 될지는 중요하지 않고, 팬데믹 상황에서 우리가 겪는 변화를 언어에 초점을 맞춰서 쓴 글이에요. 「스마트 D」는 검열 이야기고요. 소설 속 검열이 언어에 영향을 미치는데, 그 규율을 현실 세계의 작가가 따라요. 둘 다 길게 쓸 수 있는 이야기는 아니에요. 단편으로 끝나죠.

단편「매뉴얼」은 다른 세계의 멸망 이야기와 휴대폰 매뉴얼을 교차시키는 이야기입니다. 이런 식으로 두 가지 텍스트가 교차하는 경우가 좀 있어요. 특히 초기작은 화자가 중간에 바뀌어버리기도 하고요.

옛날에는 시점을 훨씬 자유롭게 썼어요. 그런데 독자는 고정된 시점에 익숙하니 저도 점점 고정된 시점으로 쓰고 있어요. 그게 근대소설의 기본 기술이긴 하죠. 그런데 지금은 근대 이후잖아요. 시점을 고정하는 방법이 더 나은 기술이라고 생각하지는 않아요. 그림을 볼 때도 서양 근대 그림은 보는 시점이 정해져 있잖아요. 보는 사람이 어디에 서서 봐야 하는지 정해 놓고 그 시점에서 전체를 보도록 해요. 동양화는 시점이 고정되어 있지 않아요. 어디서 보는지에 따라 먼 풍경도 보이지만 가까운 디테일이 보이기도 해요. 판소리는 화자가 서술자였다가, 진행자였다가, 1인칭 화자였다가, 다양하게 이동하는 쪽이 일반적이었더라고요. 이렇게 오히려 입체적으로 그릴 수도 있어요.

「매뉴얼」의 미성이는 휴대폰 매뉴얼을 보면서도 다른 세계의 이야기를 읽어요. 다른 세계의 전설에 나오는 예언자죠. 미성이의 이모는 무슨 운명이 있는 것처럼, 미성이를 맡아서 키워야겠다는 강렬한 충동을 느껴요. 미성이가 예언자라면 이모는 뭔가요?

사실 이모는 미성이를 잘 몰라요. 착각하고 있어요. 이모는 미성이를 키워야겠다는 생각을 하지만 미성이는 세계 멸망 이야기를 하고 있어요. 핀트가 어긋난 이야기죠. 미성이가 휴대폰 매뉴얼을 보고도 다른 이야기로 읽듯이.

나아가 단편「알람이 울리면」은 서술자를 의심하게 만드는 소설이에요. 문법이나 단어보다 훨씬 추상적인 층위의 언어를 건드려요.

근대소설 서술자는 권위적이에요. 최종적인 판단 권한을 지닌 목소리죠. 매우 근대적인 목소리잖아요. 하늘에서 정답을 내려 주는 듯한 목소리. 그런데 사실은 절대적이지도 않고 중립적이지도 않죠. 저는 서술자의 지위를 의심하는 소설을 다섯 편 정도 썼어요. 「서술의 임무」도 마찬가지죠. 서술자가 다른 요인으로 영향을 받는 소설이요. 메타적 텍스트죠. 안 그러면 서술자의 목소리가 너무 절대적이에요. 이 목소리를 의심하는 방법을 많이 고민해요. SF와 연결할 때가 많고요. 인공지능을 서술자로 삼으면 덜 권위적인 서술자가 돼요. 그렇게 사고실험을 하는 방법이 있어요. 앞서 말한 것처럼, 누군가가 쭉 지켜보면서 정리하고 해설해 주면 좋겠다고 느끼는 부분 중 하나죠.

한편 명훈 님 소설을 보다 보면 학자 같은 인물이 많아요. 공무원처럼 조직에 속해서 상명하복하는 인물이 아니라, 스스로 과제를

찾고 알아서 진행하는 인물요. 가만히 있어도 **"할 일이 보이는"**
사람들. 그리고 소설을 보면 이렇게 자발적인 사람이 효율적으로
일하더라고요.

일종의 판타지 아닐까요. 일을 잘하는 사람이 나오는 히
어로물. 『고고심령학자』는 공부 활극이라고 했었어요. 사람
이 그렇게 공부를 잘할 수는 없어요. 제가 좋았던 경험을 소
설에도 쓰나 봐요. 일 잘하는 사람들 사이에서 일하면 너무
좋아요. 직업 만족도가 높아지는 순간이죠.

『고고심령학자』는 예전에 사라진 물건, 사람, 문화가 흔적으로 남
아 있다는 이야기잖아요. 지금은 사라진 것들이 옛날에는 살아 있
었다는 점을 상기시켜 줘요. 마치 코니 윌리스가 쓴 옥스퍼드 시간
여행 시리즈처럼. 그 시리즈 주인공들은 과거를 체험하고 나면
옛날 사람들이 그저 기록이 아니라 한때 살아 있었던 존재라는 사
실을 느끼잖아요. 『고고심령학자』에도 100년 전에 살았던 일본
인 여성이 등장해요. 그런데 주인공인 학자들과는 달리 이 여성은
작중에서 어떤 역할을 맡았는지 뚜렷하지 않아요. 이 조연은 어떤
면을 담당하고 있나요?

이야기 전개에 필요한 에피소드였어요. 이야기를 끝까
지 끌고 가기 전에 전사(前史)를 설명하는 에피소드가 필요
했거든요. 편집자의 의견이었고 저도 동의했어요. 그래서

그 사람은 나중에는 안 나오죠. 전체에 안 어울리더라도 있는 편이 낫다고 생각해요. 써야 해서 쓰는 장면이 좀 있죠. 『고고심령학자』는 결말도 3개를 넣었잖아요. 구성을 완성하기 위한 결말(작가를 위한 결말), 이야기의 결말(결정적 장면), 독자를 위한 결말(그래서 어떻게 됐다더라). 문단 독자가 기대하는 결말과 SF 독자가 기대하는 결말이 조금 달라요. 독자가 최소한 하나는 결말이라고 느끼도록 했어요.

학자뿐만 아니라 엘리트라고 할까요, 능력이 뛰어난 사람이 많이 나옵니다. 『고고심령학자』에는 전문가가, 『빙글빙글 우주군』에서는 에이스가 중요한 단어로 등장하고요. 그런데 이들은 전문가든 에이스든 혼자가 아니라 각기 다른 능력을 지닌 사람들이 이루는 체계에 포함되어 있어요. 서로 상대를 뒷받침하고요. 협업을 통해 성공하고 허세도 없어요. 하나의 영웅에게 기대지 않는 이야기라는 점에서 현대적인 모습이라고 생각했습니다. 현실에 모델이 있었는지 궁금해요.

제 소설의 일 잘하는 사람들이 '엘리트'인지는 모르겠어요. 엘리트라는 말은 보통 엘리트주의를 비판하기 위해 쓰이는데, 일을 잘하는 점 자체는 문제가 아니니까요. 능력주의 신화에 대해서도 할 이야기가 많은데요. 똑똑하거나 일 잘하는 사람 자체가 문제가 아니라 '능력'이라는 말로 다른 걸 가리는 점이 문제죠. 사실 능력주의의 반대는 친한 사람을 좋은 자리에 앉히는 것일 수도 있는데, 그게 부패잖아요. 적절한 사람이 적절한 자리에 가는 건 언제나 중요하다고 생각해요. 엘리트주의의 맥락에서는 똑똑한 사람을 다루면 잘못된 일처럼 되는데, 그럼 SF를 어떻게 써요. 게다가 예술계에서 능력이 뛰어난 사람이 존재하는 점은 어쩔 수 없잖아요. 자리가 세습되는 등의 다른 점이 문제죠.

『빙글빙글 우주군』의 한섬민은 스포츠 경기의 에이스 같은 사람이에요. 그걸 염두에 둔 게 맞아요. 제가 NBA를 챙겨 보는데, 농구 경기를 보면 4쿼터 마지막 2분쯤 되면 에이스와 아닌 사람의 차이가 확 나요. 에이스는 마지막 2분에 숏 성공률이 올라가요. 에이스가 아닌 사람은 성공률이 떨어져요. 마지막의 결정적 순간이 오면 보통은 긴장해서 실수하거든요. 에이스는 그런 상황에서 골을 넣는 사람이에요. 그냥 넣어요. 그리고 그런 경험이 쌓여서 지금의 그 사람이 되었겠죠.

전쟁은

언제나

존재할

분

전쟁과 전략 이야기가 종종 나와요. 특히 역사적 실존 인물인 전략가 클라우제비츠는 마치 배명훈 월드의 현자처럼 느껴집니다. 하지만 다른 전략가인 조미니 이야기도 가끔 하시죠. 『SF 작가입니다』에서는 작가의 일과 관련해 두 사람을 비교하는 글을 쓰셨어요. 둘은 전략적으로 어떻게 다른가요? 클라우제비츠와 조미니 둘 중 하나를 뽑는다면?

소설을 쓸 때는 클라우제비츠의 방법이 재미있어요. 본격 스페이스 오페라를 쓰면 조미니가 더 재미있겠죠. 두 사람 다 나폴레옹의 전략을 해석했어요. 나폴레옹은 전쟁사에서 천재라고 불리는 사람이고, 기존의 지식을 초월하는 방안을 내놓은 사람이에요. 그리고 나폴레옹의 전쟁이 끝나며 이를 회고하는 이론이 나왔죠. 조미니는 스위스 사람인데 넓게 보면 프랑스의 지적 풍토를 이어받았어요. 당시 프랑스의 과학적 사고를 바탕으로 계몽적이고 합리적으로 접근했어요. 전쟁을 도식화해서 수학적인 모델로 이론을 만들었어요. 반면 클라우제비츠는 독일 낭만주의 전통에서 나온 사람이에요. 전장에서 사람들이 승리와 패배를 어떻게 체험하는지, 그리고 그에 따라 결과가 어떻게 달라지는지 묘사했어요. 그래서 클라우제비츠를 따라 묘사하면 전장의 상황이 문학적으로 나오죠. 조미니를 따르면 게임이나 미국식 스페이스 오페라 같은 장면이 나와요.

『신의 궤도』의 '반소매 장군'은 클라우제비츠 쪽이에요.

전장에서의 집단 심리를 중요시해요. 전장에 있으면 어느 순간 승패가 갈린다는 체감을 하게 되고, 그로 인해 승패가 갈려요. 사상자 숫자나 피로도 등 정량적인 측면은 양쪽이 똑같더라도 바로 그 순간에 결과가 정해져요. 이긴 쪽은 더 이기고, 지는 쪽은 도망가요. 그때부터 포로가 늘어나죠. 반드시 사상자가 대폭 늘어나는 건 아니에요. 그리고 대포를 빼앗기고요. 그러니 설령 불리한 진영에서 적은 숫자로 싸우더라도 승리의 순간을 체험하면 그쪽이 이겨요. 『신의 궤도』에서는 공중전을 하다가 어느 순간 승리했다는 확신을 품죠. 반면 『청혼』의 전쟁은 조미니 스타일이에요. 이론적이고 도식적이죠. 한국 출판계에서는 전쟁을 엄숙하게 묘사하길 바란다는 느낌이 있지만요.

전쟁 자체보다는 전쟁을 회피하는 이야기, 전쟁을 억제하는 사람들에 관한 이야기가 많아요. 예를 들어 『맛집 폭격』은 전쟁을 앞둔 양쪽 국가 사람이 서로 전쟁을 억누르려고 애쓰는 내용이고요.

국제정치학에서 전쟁을 뺄 수는 없어요. 제가 제1차 세계대전을 전공했기도 하고요. 많은 사람이 전쟁을 뺀 상태로 세계를 생각해요. 화성만 해도 그래요. 화성에 사람이 살게 되면 당연히 군인도 가겠죠. 우주에 진출할 능력을 가장 많이 보유한 곳은 미국 국방부고요. 군인이 개입하지 않는 상황만 생각할 수는 없어요. 저는 그걸 배웠으니 꼭 군대가 아니더라도 어떤 상황에 폭력 내지는 권력이 작용하리라는 가정을 하죠. 세계를 설명하는 데 중요한 요인이라고 믿고 있어요.

전쟁을 좋아하지는 않아요. 전혀요. 그냥 전쟁이라는 게 존재할 뿐이에요. 이걸 어떻게든 처리해야 하잖아요. 전쟁 이야기를 하지 않는다고 해서 평화를 실현할 수는 없어요. 제2차 세계대전 이후에 국제정치학의 중심이 독일에서 미국으로 옮겨 갔는데요, 미국 국제정치학계가 우선했던 고민이 세계대전을 예방하는 방법이었어요. E. H. 카의 『20년의 위기』라는 책이 주요 고전이 됐죠. 제1차 세계대전과 제2차 세계대전 사이에 나온 책인데, 카는 전쟁하지 말자는 합의만으로는 전쟁을 막을 수 없다고 했어요. 엄연히 존재하는 위험이니까요. 그 시기에는 합의로 전쟁을 방지할 수 있다는 이상주의가 득세하던 중이었거든요. 실제로 강대국끼리 더는 전쟁하지 말자는 완벽한 합의가 있었어요. 그래도 제2차 세계대전이 일어났죠.

전쟁 싫어하는 사람들이 나올 때 제일 흥미로워요. 작중에서 군인다운 사람이 나오면 문제가 생기고, 군인답지 않은 사람들이 있어야 평화가 유지되잖아요. 단편 「티켓팅 & 타겟팅」도 핵잠수함이 배경이라 진지해야 하는데 군인답지 않은 사람들이 나와서 엄청나게 웃기는 이야기고요. 군인 조직이 요구하는 엄숙함과 개인이 꾸리는 일상적인 소소함이 따로 놀고 있으니까 그런 격차에서 웃

음이 나와요.

「티켓팅 & 타겟팅」은 군 조직에 있으면서 아이돌 공연 티켓을 원하는 사람의 이야기였죠. 공연에 가는 게 목표인데, 목표를 향해 똑바로 갈 수가 없어요. 세계 자체가 구부러져 있어서 그래요. 하고 싶은 일이 있어도 세계가 기울어져 있으니까요. 자기는 티켓팅을 하고 싶은데 그게 군이라는 조직이 요구하는 바와는 어긋나니까요. 『타워』도 권력장 때문에 사람들이 영향을 받는 이야기잖아요. 자기는 직진하고 있다고 생각하지만 사실은 휘어진 길을 가는 사람 이야기를 쓰고 있어요.

판타지일 때는 달라요. 제가 쓰는 판타지에서는 세계가 구부러져 있지 않아요. 캐릭터가 훨씬 자유로워요. 단편 「냉방노조 진압작전」이나 단편집 『총통각하』의 판타지를 읽어 보면 인물이 저의 다른 SF 소설 속 인물보다 확고해요. 10년 지나고 보니 판타지는 문장을 덜 고쳐도 되더라고요. 글이 자신 있게 나왔던 거죠. SF의 인물은 복잡하고 골치가 아파요. 하지만 그게 제가 쓰는 SF 같아요. 인물이 세계의 제약을 받아서 마음대로 움직이지 못하는 상황이요.

예전에 은하 제국은 불가능하다는 이야기를 하셨죠. 그것도 재미있었어요. 화성과 지구만 해도 시차가 나고, 「외합절 휴가」나 『빙글빙글 우주군』을 보면 그 몇 분의 시차로부터 불화가 생기잖아

요. 우주에서 중앙집권형 국가는 불가능하고 봉건제 형태 정도가 가능하다는 말이 나와요. 하지만 SF 소설 중에는 거리를 뛰어넘어 연결되는 이야기도 많고요. 이를 어떻게 보시는지 궁금합니다.

SF에 과학적 고증이 중요하다고 생각하는 사람들이 있어요. 그런데 이런 분들이 예시로 드는 SF 작품을 보면 과학적으로는 맞을지 몰라도 사회과학적으로는 틀린 경우가 많아요. 우주 제국은 있을 수 없거든요. 제국이라면 현재의 국가보다 옛날 체제인데, 국가 체제조차 지구 하나를 커버할 수가 없어요. 그래서 '지구 연방'도 말은 안 되거든요. 봉건제는 가능하죠. 권력을 지방에서 보유하는 형태요. 제국이 되려면 지방과 소통하는 속도가 중요해요. 도로를 깔든 봉화를 만들든 연락이 충분히 빨리 이루어져야 해요. 급한 상황에 바로 대처하도록. 그러지 못하면 통제력이 없어져요. 그러면 분권해서 병력을 각 지역에 주둔시켜야겠죠. 지구와 화성 정도로만 멀어져도 통신에 시차가 생기고, 이동에는 더 큰 시차가 생겨요. 화성보다 더 멀면 당연히 분권해야죠. 그럼 제국 시스템은 불가능해요. 하지만 다들 그냥 넘어가죠. 과학 부분도 그렇게 틀려도 되지 않나 싶어요. SF에서는 과학적으로 정확한지가 아니라, 틀린 과학을 통해 작가가 어떤 세계를 만들고 싶은지가 중요하잖아요.

아, 『첫숨』의 스페이스 콜로니는 도시국가 형태여서 봉건제와는 맥락이 달라요. 지구의 일부가 아니라 아예 별개

288

의 공간이죠. 현재 국제정치학이 가정하는 점이, 국가는 기본적으로 서로 대등한 단위라는 거예요. 나라 크기가 달라도 1국가 1표 체제죠. 하지만 인류가 우주로 나가면 그게 깨져요. 국가보다 훨씬 작은 단위도 가능하고, 행성 단위도 가능해요. 대등하지 않은 단위가 같이 존재하는 거예요. 첫숨은 그런 상태의 도시국가고요. 이상한 상황은 아니에요. 근대 이전에는 본래 그랬으니까요.

전쟁 이야기를 하는 다른 소설과 반대로 『타워』에 실린 「타클라마칸 배달 사고」는 사람을 구하는 이야기잖아요. 전쟁하지 않는 정도를 넘어서 이상적으로 협업을 이룬단 말이죠. 그래서인지 학교 선생님들이 수업 교재로도 많이 쓰신다고 하고요. 이 차이는 어디서 나왔을까요? 인터넷을 다루기 때문일까요? 하지만 우리는 온라인에서도 얼마든지 긴장 상태를 이루잖아요.

정말 인터넷을 통한 협업을 염두에 두고 썼어요. 한국 문학에서는 인간을 숫자로 표현하는 걸 부정적으로 보잖아요. 「타클라마칸 배달 사고」는 이를 긍정적으로 보고요. 그래서 학생들에게 가르치는 용도로 쓰였나 봐요. 그리고 여기에는 '왜'가 없어요. 사람들이 그냥 행동하고 그냥 참여해요. 동기를 안 물어보죠. 초기 인터넷 시대 학자들은 네티즌들의 행동을 두고 '왜'를 계속 물었거든요. 하지만 그보다 행동 자체에 초점을 맞췄어요.

인터넷이 처음 나왔을 때는 민주주의가 널리 퍼지고 사람들이 호혜적으로 행동하리라 생각했어요. 이상주의죠. SNS 시대 이전이고요. 지금은 틀렸다는 사실을 알게 됐죠. 샤프 파워라고도 하는데, 중국에서처럼 권위주의 국가가 온라인 공간을 의도적으로 활용할 수 있어요. 『타워』를 개정하면서 「타클라마칸 배달 사고」를 오랜만에 읽었는데 정말 순수하게 썼더라고요. 저도 제가 그런 줄 몰랐어요. 예전의 저는 정말 낙관적이었나 봐요. 지금은 그렇게는 안 돼요. 앞으로는 또 모르죠.

연애가

제일

좋은

관계는

아니에요

**김은경이라는 이름이 작품에 자주 등장하잖아요. 다음으로 자주
등장하는 이름은 조은수고요. 이름을 자주 재활용하십니다. 앗,
그런데 혹시 둘의 이름이 돌림자인가요?**

아니에요. 한자 없어요. 가끔 중국어로 번역해야 할 때
번역자들이 물어보는 부분인데, 한자를 정해 두진 않았어
요. 번역하는 분들이 한국 이름에 많이 쓰이는 한자를 어
느 정도 알고 계시더라고요. 김은경은 제가 데뷔 초부터 저
와 함께한 주인공이고, 작품마다 다른 사람이었지만 오래
축적되다 보니 공통점이 생기면서 일종의 캐릭터가 됐어요.
조은수는 김은경이 갖지 않은 면을 지닌 또 다른 단골 주인
공이었어요. 이 둘이 함께했을 때 또 나름대로 잘 어울린다
는 점은 재미있었어요. 의도한 건 아니었지만요. 또, 제 소설
주인공 중에는 한 씨가 은근히 많습니다. 특히 장편. 한묵
희, 한섬민, 이번에 나올 소설 주인공은 한면지. 특별한 이
유는 없습니다. 작명하다가 왠지 좋아 보였나 봐요.

**화자의 성별에 대해서도 질문이 있어요. 명훈 님 소설에서 1인칭
화자는 대체로 남자고, 3인칭 화자는 대체로 여자라고 느꼈거든
요. 예전에는 1인칭 소설을 더 많이 쓰셨으니 남자 화자가 많았고
요. 반면 등장인물 이름으로 자주 쓰시는 은경이나 은수는 3인칭
으로 등장합니다. 은수는 어떤지 몰라도 은경이는 확실히 여성이
고요.**

신기하네요. 의식한 점은 아니에요. 은수는 원래 여자라고 생각했는데 언젠가부터 성별이 정해지지 않은 사람으로 읽히기 시작해서요. 그렇게 놔뒀어요. 성별을 지정할 필요가 없는 사람들을 쓰고 있는 거죠. 은경이도 사실 여자라고 정할 필요가 없어요. 그냥 기본적인 인간형을 여자로 설정한 거죠. 물론 성별에 따라 젠더 경험이 달라지긴 해요. 하지만 제가 그걸 꼭 쓸 필요는 없으니까요. 제 인물은 점점 연애도 안 해요. 아무도 누구와 사귀지 않죠.

정말 그래요. 『청혼』은 로맨틱한 제목이고 사랑하는 사람에게 보내는 편지 형식인데 결국 서로 못 만나잖아요. 『은닉』에서도 사랑을 두고 매우 복잡한 감정 덩어리를 이야기하는데 그게 긍정적이지만은 않죠. 『신의 궤도』에서도요. 그냥 사랑한다고 할 만한 부분에서 사랑을 피해 가요.

연애가 제일 좋은 관계라고 생각하지 않아서 그래요. 다른 좋은 관계도 많죠. 친구, 동료 등도 엄청나게 좋은 관계고요. 어릴 때는 좋은 관계가 있으면 '이게 사랑인가.' 하는데, 그렇지 않다는 걸 깨달았어요. 굳이 사랑으로 몰고 갈 필요가 없다고요. 사랑 자체를 부정하는 건 아니에요. 부부가 나오는 단편을 보면 호흡이 잘 맞는 사람들이 있어요. 그렇게 갈등 없이 원만한 관계가 좋은 관계라고 생각해요.

명훈 님이 현재 애정을 품은 대상이 있나요? 아니면 소속감을 느끼는 곳이요. 한국과학소설작가연대는 어떤가요?

현대건설 배구팀 팬으로서의 정체성? 열심히 보고 있어요. 오늘도 경기가 있습니다. 거기 말고 소속감을 느끼는 데는 없어요. 한국과학소설작가연대에는 소속감이 있었어요. 그런데 정소연 작가님이, 아마 본인은 기억 못 하시겠지만 우리가 자리를 계속 붙들고 있으면 안 된다고 했거든요. 계속 죽치고 있으면서 권력을 잡지 않도록 임기 끝나면 얼른 빠져야 한다고요. 임원에서 물러나고 나니 마음에서 뭔가 없어졌어요.

요즘 팬데믹으로 변한 점이 있나요? 생활이나 생각 등이요.

많이 변하긴 했지만, 소설가들은 대체로 비대면 업무를 하잖아요. 이전 연구를 보니 현재 팬데믹 시대에 하는 업무 처리 방식을 이미 예견했더라고요. 그 시절 연구보고서를 보면 '이거 내가 지금 하고 있는데!' 싶어요. 작가가 의외로 미래의 직업이라는 생각이 들었죠. 몇 년 전부터 이미 책을 내기까지 편집자를 한 번도 안 만나도 됐어요. 종이가 오갈 필요가 없어졌으니까요. 앞으로 어떻게 될지 모르겠지만 이런 맥락에서 일거리는 계속 있을 것 같아요.

그럼 관심을 밖으로 돌려서, 지구상의 생물 중 자주 생각하게 되

는 종이 있나요? 소설에는 고래가 자주 나왔는데요.

고래가 많이 나오기는 해요. 평소에 생각하지는 않고요. 고르자면, 드래곤? 크고 강하고 날아다니잖아요. 저는 하늘이라는 공간에 동경이 있나 봐요.

아니면 새일까요. 코로나 이후 외출은 거의 동네 산책인데요, 뒷산에 있는 새들을 잘 알아보게 됐어요. 박새도 종류별로 알아보고, 오목눈이나 되새처럼 예전에는 그냥 참새라고 생각했을 새들을 구별할 수 있어요. 직박구리는 날아가는 모양이나 소리만으로도 알아보고, 가끔 딱따구리도 봅니다. 새들을 자주 생각하는 건 아니지만, 알아보게 됐다는 건 의미가 있겠죠?

마지막으로, 끝에 대한 이야기를 하고 싶어요. 지구는 이제 회복할 수 없는 상태에 접어들었다고 하잖아요. 속도를 조절하는 방법만 남았다고요. 우리가 앞둔 멸망에 대해 어떻게 생각하세요? 바라는 끝의 형태가 있나요.

생각은 많이 하지만 잘 모르겠네요. 정말 돌이킬 수 없어 보여서 안타깝다고 생각해요. 어떤 형태면 좋을지까지는 모르겠어요. 하지만 정말 안타까워요. 지금 상황이 어쩌면 앞으로 닥칠 모든 미래 중 제일 좋은 때일지도 모르죠. 그런 생각을 하면 서글프긴 해요.

Dear 명훈

우주 저편에서
너의 별이
되어줄게.

< 청혼 >

SFWUK 1기 부대표 배명훈
2018.01.05~2019.12.19

「청혼」의 한 구절이 새겨진 스탠드.
한국과학소설작가연대 부대표 임기를 마칠 때
기념품으로 받았다.

소백산 천문대 현관.
눈 쌓인 모양이 우주복처럼 보여
재미있다.

『신의 궤도』를 준비하며 여행했던
스페인의 한 골동품 가게에서 발견했다.
빨간 비행기는 작품에서도 중요하게
나오는 소재. 현재 작가의 트위터
프로필 사진이기도 하다.

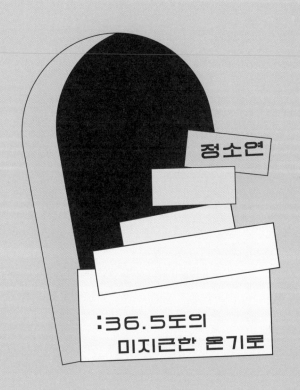

정소연

:36.5도의
미지근한 온기로

나는 정소연을 SF 사람으로 처음 만났다. 그때 정소연은 이미 작가, 번역가, 그리고 훌륭한 SF 팬이었다. 그날은 과천과학관에서 영화 「백 투 더 퓨처」 3부작을 밤새 상영하는 날이었다. 1편이 1985년, 2편이 1989년, 3편이 1990년에 나왔으니 명실상부 고전 명작 영화였다. 시리즈를 몰아서 보니 속편 제작자들이 전편을 사랑하는 관객을 위해 넣어둔 조각들이 훤히 보였다. 영화가 자신만만한 얼굴로 눈을 찡긋거리고 있었다. SF 좋아하는 사람들이 신나는 SF 영화를 보러 모인 자리라, 상영관에서는 클라이맥스마다 박수와 환호가 나왔다. 스크린밖에 보이지 않는 깜깜한 공간에서 환호성과 웃음소리가 풍선처럼 부풀어오르고…… 나도 홀린 듯이 박수를 쳤다. 우리는 저마다 온기를 품고 웃으며 헤어졌다. 집에 가면서 정소연에게 받았던 큼지막한 쿠키를 먹었는데 그게 아주 맛있었다. 오랜 시간이 지나도록 사라지지 않고 있는 기억이다.

이후에도 정소연에게 아주 많은 맛있는 먹을거리를 얻어먹었다. 남이 말하길 인생은 초콜릿 상자라는데, 내 상자의 초콜릿 몇 개는 정소연이 채워준 것이다. 어떤 사람들은 남의 상자에 그 사람이 좋아하는 초콜릿을 넣어주기도 한다. 아무 대가 없이도, 그저 할 수 있기에 하고 싶다는 마음으로.

인터뷰집 기획서를 쓰면서 기획 의도에 이런 구절을 넣었다. "SF 작가들은 제가 아는 사람 중 가장 말을 잘하고 생각이 깊고 재미있는 분들입니다." 저 문장에서 '생각이 깊고' 부분을 쓰면서 정소연을 생각했다. 정말로 생각이 깊은 사람이기 때문이다. 사람들의 깊이를 일일이 측정하고 다니진 않았으니 정확하진 않지만, 그래도 첫 번째로 머리에 떠오르는 사람이다. 내가 아는 정소연은 어떤 일을 시작할 때 장기적인 효과를 고려한다. 개인의 발걸음이 사회의 행보를 조금이라도 바꿀 수 있도록 움직인다. 그리고 듣는 사람의 마음에 어떤 물방울이 맺힐지 생각하며 말한다. 자신의 역할에 성실하고, 성의 있게 일한다. 한국과학소설작가연대를 만들었을 때도 그랬으리라 생각한다. 또한 정소연은 집중력이 뛰어나고 시간을 알차게 활용하는 사람이다. 그래서 이번 인터뷰에서는 사심을 담아 시간 관리 비법을 물어보았다.

전문직 종사자이자 활동가로서 정소연은 "해야 하는 일을, 할 수 있는 만큼" 한다고 말하곤 했다. 나도 이 말을 몇 번 되뇌어 보았다. 사람이 사람인 이상 해야 하는 일을 모두 해치울 수는 없다. 시야가 넓어질수록 세상에는 해야 할 일이 너무나도 많기 때문이다. 사소하게는 재활용 쓰레기가 정말로 재활용되도록 잘 버리는 일부터, 일상의 차별이 세를 불리지 않도록 막아서는 일이라든가, 혹은 타인을 위한 서명과 연대와 시위와 추모를 지속하는 일까지. 그런데 사람은 먹고 자고 놀고 쉬어야 한다. 때로는 타인의 비극에서 한발 물러나 무뎌져야 한다. 자신을 아끼고 보호하길 그만두지 말아야 한다. 그러면서 할 일을 외면하지 말아야 한다. '할 수 있는 만큼'은 해야 한다. 그런 점에서 정소연은 변호사라는 직업이 어울리는 사람이다. 정소연은 노동, 여성, 장애, 이주민, 이혼 사건에 전문성이 있고, 국선변호인 업무를 몇 년째 계속하고, 공익사건을 곧잘 도맡는, 그렇게 이제 10년 차가 된 변호사다.

또한 정소연은 번역할 작품을 고르는 기준이 뚜렷한 번역가다. 환상문학웹진《거울》의 인터뷰에 따르면 정소연이 작업을 고르는 기준은 크게 세 가지다. 첫째, 지금 한국어로 소개되어야 하거나 쓰일 필요가 있는 글인가. 둘째, '내가' 할 필요가 있는가. 셋째, 내가 가장 잘 할 수 있는 사람인가. 이런 모습을 두고 누구는 사람이 까탈스럽다든가 배가 불렀다고 눈을 흘길지도 모른다. 그의 단편 「마산앞바다」에 나오는 경상도 사투리로는 '포시랍다'고(나는 이 단어를 오늘 배웠고, 써먹을 기회를 호시탐탐 노리고 있었다.) 할지도 모르겠다. 나는 까다로운 기준을 유지하는 사람이 업계를 다듬는 데 일조한다고 믿는다. 까다로워도 되는 사람은 남의 몫까지 까다로울 필요가 있다. 모두가 일을 고를 수 있는 건 아니니까.

정소연 소설의 등장인물은 대개 평범한 사람이다. 여기에는 대단한 영웅이 없다. 「재회」에 나오는 두 인물 중 한 명은 자기희생적인 선택을 하지만, 희생의 대가는 볼품없다. 다른 한 명은 솔직히 자기는 그런 희생을 할 자신이 없었다고, 자기에게도 선택의 순간이 올까 두려웠다고 털어놓는다. 고백 뒷면에는 오랜 자책이 있다. 정소연이 만드는 인물은 대다수가 이토록 범상하다. 그리고 소설은 이러한 개인을 지긋이 바라보는 점에서 사려 깊다. 선택 앞에서 망설이는 사람, 자기 자리에서

한 발짝 정도만 움직이는 사람, 현명하지도 뻔뻔하지도 못한 보통의 사람이 목소리를 내도록 기다려주기 때문이다. 옆 사람이 앞서 달려가면 우리는 뒤처진다고 느끼기 마련이다. 그리고 뒤처진 만큼 자책하고 고민한다. 그렇게 앞서가는 사람과 같은 방향으로 닮아간다. 정소연의 인물은 우리 중 대다수처럼 쉽게 주저하고 사소한 용기를 낸다. 오래 갈팡질팡하고 천천히 변한다. 이들은 평균 36.5도의 온기를 품은 미지근한 인물들이다. 뜨겁게 불타오르기에는 한참 모자라지만 우리가 평생 유지해야 할, 손을 잡으면 따뜻하다고 느낄 법한 온도를 간직한다.

소수자들 또한 평범하게 존재한다. 「지도 위의 지희에게」의 '나'와 지희는 아마도 동거하는 연인이다. 그리고 읽다 보면 자연히 느껴지는데, 둘은 여성이다. 그러니까 레즈비언 커플이다. 성적 지향은 이들에게 중요한 정체성이지만 그것이 삶의 전부는 아니다. 그리고 여기서는 존재에 이유를 따지지 않는다. SF로서 정소연의 소설은 상당히 일상적이고 미시적이다. 배경은 현실과 크게 다르지 않고, 사건은 개인 규모로 일어난다. 그렇게 한 사람이 곰곰이 소화할 만한 크기의 낯섦이 나온다. 가깝게, 느리게, 평범하게, 하지만 조금 낯설게.

인터뷰 자리에서 만난 정소연은 평범한 사람의 모습을 하고 있었다. 평범한 사람 안에 그토록 많은 반짝임이 들어있다는 점을 나는 늘 좋아한다. 인터뷰는 예정된 시간에 딱 맞춰 끝났고, 나는 자리에 남아 책을 구경했다. 인터뷰 장소이자 촬영 장소였던 '여기서울 149쪽'은 독특하게 기다란 공간을 사용하는 동네책방이었다. 옛날 중림동 창고 건물을 서울시 도시재생 프로젝트의 일환으로 탈바꿈한 곳이라고 한다. 책을 두 권 이상 추천하면 서점 큐레이터의 일원이 될 수 있다는

말에 얼른 정소연의 에세이 『세계의 악당으로부터 나를 구하는 법』을
적었다. 평범하고 미지근하지만 조금씩 움직이는 사람이 늘어나길 바
라며.

어른의

삶은

도랑칠

곳이

없어요

신간 소식이 있다고 들었는데요. 근황을 알려주세요.

변호사 일을 하면서 청소년 SF 소설 번역 작업 중입니다. 2022년에 나올 번역서가 한 권 있고, 2023년에 개인 소설집을 낼 계획이에요.

작가, 번역가, 변호사를 하면서 여러 일을 병행하고 계시죠. 아니, 대학원에 다닐 때는 책을 번역하고, 일을 할 때는 공부를 하는데, 꾸준히 글을 쓰고 취미활동을 하다니요. 알수록 '이것도 하고 계셨어요?' 하고 놀랍니다. 시간을 관리하는 요령을 알려주시겠어요? 계획성 없는 사람도 시도할 수 있게 구체적으로 알려주세요.

생각보다 작가인 저한테는 청탁이 별로 없어요. 그래서 작가인 나를 가동해야 하는 시간이 많지 않아요. 소설은 청탁받을 때 쥐어짜서 나오거든요. 저는 일이 들어오면 그제야 할 수 있는지 판단하는 경향이 강해요. 예전에는 모아놓은 도토리가 있었을지도 모르지만, 지금은 다 사라졌죠.

일상에서는 뜨는 시간을 만들지 않으려고 노력해요. 아무것도 안 하는 시간이요. 예를 들면 몸이 피곤해서 누워서 쉰다면, 휴대폰이나 아이패드로 사건 기록을 봐요. 아니면 간단한 이메일 답장을 하고요. 이동할 때는 리디북스 앱의 낭독 기능인 '수진' 씨가 읽어주는 소설을 들으며 책을 읽어요. 자투리 시간을 안 버리려고 하죠. 이동 시간, 기다리는 시간. 재판 때 애매하게 대기하는 시간이 있는데, 그럴 때에도 서면을 쓰면 조금이라도 더 쓸 수 있고요. 그리고 집중을 길게 해요. 고시 공부를 해서인지 원래 그런지 모르겠네요. 오전 11시에 일을 시작하면 오후 3시, 4시까지 꼼짝도 안 해요. 그 정도 시간이면 서면 한두 개는 써요.

잠들기 전에는 내일 할 일을 미리 생각해요. 일어나서 이런 일을 하고, 다음에는 뭘 하고, 이렇게 일정을 미리 세웁니다. 하루에 해야 하는 일을 쭉 써보면 많을 때는 15개 정도 나오거든요. 항상 어떤 일에 시간이 얼마나 걸리는지 같이 생각해요. 목록화하면 각각 어느 정도 시간이 걸리는지 알 수 있잖아요. 이메일 확인은 5분짜리 일이고, 의뢰인에게 메일로 기일 진행 보고를 보내는 일은 30분, 이런 식으로 시간을 확인해서 일정의 구석구석에 집어넣죠.

뭘 해야 한다고 생각하면 스트레스를 많이 받잖아요. 그럼 미루게 되죠. 미루면 스트레스가 더 커지고, 미루는 시간에 다른 일을 하려 해도 효율이 낮아요. 그러니 할 일이 있으면 스트레스가 임계점에 이르기 전에 빨리 들여다보려고 해요. 미룰수록 하기 힘들어지니까. 정말 미루고 싶은 일일수록 먼저 들여다봐요. 지금 봐야 한다. 내일 되면 더 못하고 모레 되면 더욱 못한다. 뭐든 한 번이라도 들여다보면 의미가 있다. 진짜 하기 싫어도 일단 보기라도 하자, 열어라도 보자. 어른의 삶이죠. 나를 대신 돌봐주는 사람이 있는 것도 아니고, 내가 해야지 해결이 되잖아요. 안 들여다봤을 때의 지옥을 내가 경험하게 되고요. 어른의 삶은 도망칠 곳이 없어요.

작가로서 작업 방법과 작업 시간에 대해 알려주세요. 선호하는 도구가 있나요? 참고자료를 정리하는 방법이라든가.

특별히 필요한 것은 없고 도구도 가리지 않는 편입니다. 침대에 가만히 누워 있어요. 참고할 만한 자료는 휴대폰 메모장에 적어둡니다. 예전에는 스크랩을 했는데 요즈음은 메모장에 필요한 부분을 복사해 두거나 링크를 모아둡니다. 글을 써야 할 때는 글만 쓰는 덩어리 시간을 확보하기 위해 노력합니다. 총 시간보다는 덩어리 시간 확보가 더 중요하고 어려운 일이라, 자잘하게 신경 쓰일 일들을 미리 최대한 처리해 놓으려 해요.

'작가'는 어느 정도 책이 나오기 전에는 주변에서 직업으로 인정받기 어려운 것 같습니다. 작가라는 정체성을 굳힌 건 언제인가요?

첫 소설을 쓰고 5~6년 정도 지난 다음 같아요. 글을 얼마나 썼느냐, 주변에서 나를 작가로 인정했느냐 하는 것보다는, 그때쯤 되니 '작가라는 정체성이 아주 특별한 것이 아니구나, 글을 쓰는 사람이니 너무 큰 의미를 부여하지 말고 그냥 나를 작가라고 해도 되겠구나.' 싶더라고요.

최근에 내신 에세이집 『세계의 악당으로부터 나를 구하는 법』에서 "맡은 사건으로 소설을 쓰기도 하나요?"라는 질문을 받는다고 쓰셨죠. 자신에게 변호사의 서면과 작가의 소설은 확실히 다르다고 하셨고요. 그래도 변호사로서 여러 현장을 보시는데, 그렇게 마주치는 일을 소설로 이야기하고 싶은 충동은 없었나요? 세상에는 어떻게든 힘을 보태고 싶은 일이 많이 일어나잖아요.

정말 없었어요. 내가 영어를 많이 한다고 해서 한국어로 말하고 싶은 욕구가 해결되지는 않잖아요. 서면은 법률 용어라는 일종의 외국어를 쓰는 일이에요. 소설은 훨씬 개인적이에요. 사회에 분노하고 슬퍼하는 일을 굳이 소설에 녹여 낼 필요를 크게 느끼질 않아요. 투쟁과 활동은 현실에서 하면 돼요. 두 가지가 저에겐 초반부터 명확하게 구분이 됩니다. '이건 추출해서 소설로 쓸 일이다.' '칼럼을 써야겠다.' 아니면 '준비서면을 쓸 일이다.' '소송대리인단에 참가하겠다고 이메일을 보내야겠다.' 그렇게 딱 나뉘어요.

서면을 일종의 외국어라고 하셨는데요. 크게는 같은 한국어 단어를 쓰잖아요. 글 쓰는 스타일은 어떻게 구분하시나요? 글을 쓰는데 처음 떠오르는 단어가 법률 용어라면 소설 쓰기가 막히겠죠. 둘 사이를 오가기 위해 의식적으로 하는 일이 있나요?

처음에는 그런 현상이 있었어요. 법률 용어만 생각나는 문제요. 몇 년을 집중적으로 공부만 했으니 보통의 말을 까먹은 거예요. 왜, 외국어를 애매하게 배우면 엄청나게 헷갈리잖아요. 저도 '혜량하여 주십시오.' 같은 말이 머릿속에 가득 찬 거예요. 내 말이 전부 이상한 단어가 됐다! 한동안 초조했어요. 국어사전 보면서 매일 새로운 단어 10개씩 써서 외우기를 했어요. 예전에 소설 쓰기 시작할 때부터 한 일인데 한동안 안 하다가 다시 시작했죠. 사전이 집에도 사무실에도 있어요. 전자책 앱의 낭독 기능을 이용해 사전을 계속 듣기도 했어요. 단어, 뜻, 단어, 뜻을 그냥 읽어 주는 대로 들었죠. 그런데 이보다는 시간이 지나며 해결된 면이 커요. 일상 세계에서 지내니 말이 저절로 돌아오더라고요.

서면에 쓰는 용어는 굉장히 한정적이에요. 같은 일을 계속하다 보면 하는 일이 어느 정도 정형화됩니다. 예를 들면 노동 사건에는 이런 일들, 성폭력 사건에는 이런 일들이 있다는 구조가 보여요. 사건에 따라 저의 법률 언어도 한정이 되어서 쓰는 단어를 계속 쓰는 현상이 생겨요. 오로지 서면에서만 쓰는 나의 서면 말투가 있는 거예요. 그렇게 한정적으로 쓰는 것이 단점도 아니고요. 그렇지만 소설이나 일상에서는 더 많은 어휘를 쓰려고 노력하잖아요. 이런 점에서도 둘이 서로 전혀 달라요. 처음에는 정말 고민이었는데 지금은 별로 고민거리가 아니에요. 저도 약간 신기해요.

퇴고할 때 신경을 쓰는 점이 있나요?

쉼표 없애기. 쉼표를 많이 쓰는 편이라 퇴고할 때 죽 지워 줍니다.

예전에 대학문학상을 수상한 「마산앞바다」가 2006년 글이었으니, 이제 경력이 상당히 오래되셨어요. 작가로서 처음과 달라진 점이 있을까요?

작가라는 직업에 점점 의미 부여를 덜 하는 것 같네요. 그냥 직업의 하나, '일'이라는 생각을 많이 하고, 그 외에 어떤 낭만적인 맥락을 덧붙여 생각하지 않게 되었습니다.

취미 생활이 있나요? 취미와 글이 연관되는 지점이 있는지도 궁금합니다.

잡다한 취미를 한동안 열심히 하다가 그만두기를 반복합니다. 가장 꾸준히 한 것이 바둑인데, 사범님께서 백신 접종을 하지 않으시면서…… 수업을 하기가 조금 어려워졌네요. 한동안 컵받침 만다라 그리기에 푹 빠져 400장쯤 그렸는데, 요즈음은 뜸해요. 독서가 아마 가장 시간을 많이 할애하는 취미일 텐데, 책을 읽을 때도 특정 분야나 장르의 책을 엄청 몰아 읽는 식으로 합니다. 취미가 글에 미친 영향

은 잘 모르겠네요. 글과 취미 모두 저라는 사람을 반영한다
는 공통점이 있고, 둘이 서로 영향을 미치지는 않는 것 같
아요.

우리

모두는

우주인이야

몇 년 전 미국에서 한국 SF의 특성에 관한 강연을 하셨죠. SF 연구자이자 UC 리버사이드 영문학과 교수인 셰릴 빈트의 『에스에프 에스프리』가 국내에 번역되면서 한국어판 출간 기념 인터뷰 영상이 올라왔는데, 거기에 소연 님 이야기가 나오더라고요. 소연 님 강연을 보고 큰 감명을 받았다고요. 어떤 내용이었나요?

UC 리버사이드에서 하는 행사였는데 셰릴 빈트가 와서 발제와 토론을 듣고, 질문도 주고받았어요. 미국의 SF는 백인 남성의 그늘에서 벗어나기가 힘들어요. 아이작 아시모프나 로버트 A. 하인라인을 읽지 않기가 어렵죠. 분명 여성혐오적 경향이 굉장히 강한 장르였고요. SF에 진입하려면 이를 극복해 나가면서 읽고 쓰고 연구해야 해요. 그런데 한국에서는 SF에 입문할 때 꼭 아시모프의 『파운데이션』을 읽지 않아도 되잖아요. 과거 SF를 적극적으로 배제하지 않으면서 비교적 현대적인 SF를 자연히 접하는 일이 가능해요. 한국에서는 어슐러 K. 르 귄이나 로저 젤라즈니에서 많이 시작하는 것 같아요. 아예 한국 작가로 SF 독서를 시작하시는 경우도 점점 더 많이 보이고요. 그러니 기본 인식 차이가 있어요. 그로 인해 한국 독자들이 어떻게 SF를 더 진보적이고 덜 여성혐오적인 장르로 느끼는지 이야기했습니다.

셰릴 빈트는 그런 상태, 즉 르 귄 같은 작가가 캐논으로 받아들여지는 SF 세계가 존재한다는 점 자체가 인상적이었던 모양이에요. 처음부터 극복할 대상이 없는, 애당초 이를 자연스레 피해 가는 독자들과 작가들이 있다니, 너무 좋은 곳이라고. 그분들의 반응을 보며 이런 상황이 참 귀한 거구나 싶었어요.

SF라는 장르의 글을 시작한 계기가 있을까요? 좋아하는 작가나 영향받은 작가라든가.

SF를 좋아해서요. 많이 읽었으니까 제가 자신의 글을 쓰기 시작하자 자연스럽게 SF가 나왔던 것 같아요. 영향을 받은 작가는 낸시 크레스, 어슐러 K. 르 귄, 토머스 M. 디시요. 아름다운 글을 쓰고, 세계와 개인의 관계를 들여다보는 작가를 좋아해요.

책이 번역되면 독자층이 넓어지잖아요. 단편집 『옆집의 영희 씨』는 일본어판 등으로 번역이 되었죠. 일본에서 '2020년 베스트 SF 해외판' 10위에 선정되었고요. 해외 독자의 반응은 어떤가요?

제 소설은 지금까지 영어, 일본어, 중국어로 번역이 됐어요. 중국어는 아직 서툴러서 영어와 일본어 반응을 많이 찾아봤어요. 글을 쓰면서 제가 생각한 점과 비슷한 감상이 나오는 점이 재미있었습니다. 최근 단편 「미정의 상자」가 실린 앤솔러지 『팬데믹: 여섯 개의 세계』가 일본으로 번역됐는데, 어제 보고 정말 좋았던 일본어 리뷰가 있어요. 주인공들이 레즈비언인 점에 어떤 필요나 당위가 없는 점, 너무나 자연스럽게 여-여 커플인 점이 진짜 좋았다고요. 또 「집」이라는 단편은 영어로 번역이 됐는데, "우리 모두는 우주인이야."라는 문구가 있어요. 이탈리아인 독자분께서 이 소설이 너무 감명 깊었다고, 한국어로 이 문장을 어떻게 쓰는지 저한테 SNS 개인 메시지로 물어보시고 보내 드린 글자 그대로 문신을 하셨어요. 인상적인 경험이었죠. 영어로 번역되니 스페인어권에서도 연락이 오고요.

말씀하신 「집」에는 '나'와 '그'가 나오죠. 번역자께서 영문으로 번역하며 '그'를 어떻게 성별을 특정하지 않고 옮길지 고민했다고 들었어요. 결국 '그'의 발음에서 따와 'G'로 옮겼다고요. 번역과 관련해 기억에 남는 부분이 더 있나요?

이번에 「집」이 일본 문예지의 2022년 봄호를 통해 일본어로 번역이 됐어요. 일본어로 성별 중립적인 번역이 가능할까 싶었죠. 번역하시는 분이 된다고 하셔서 되나 보다 했어요. 아직 원고를 못 봤는데 어떻게 나왔을지 굉장히 궁금해요. 그리고 앤솔러지 『언니밖에 없네』에 실렸던 「깃발」이 얼마 전 영어로 번역되어 영문 웹진 《Strange Horizons/Samovar》에 실렸어요. 재미있었던 점이, 이제 '언니', '오빠' 등이 영어 사전에 등재됐잖아요. 영문 번역을 보니 '언니'를 달리 번역하지 않고 그대로 'unnie'로 썼더라고요.

경험하기에 번역 출간은 국내 출간과 어떻게 달랐나요?

저는 비슷한 면이 많다고 느꼈어요. 독자 반응도 비슷하고요. 다만 번역 출간이 되면 제 글이 '한국의 역사와 문화'라는 맥락에서 어떤 의미가 있는지 해석이 덧붙여진다는 점이 신기했습니다. 예를 들어 「옆집의 영희 씨」번역자께서는 역자 해설에서 수록작 전반에 한국 근현대사가 반영되어 있다고 풀이하셨더라고요. 글을 쓴 저는 생각하지 못했던 부분이고, 아무래도 한국보다는 외국의 독자가 더 선명하게 느낄 지점이라고 생각해 신기했습니다.

한국과학소설작가연대를 창립한 초대 대표신데요. 이를 만든 계기가 있나요?

작가들이 정보를 교류하고 권익을 지키는 일이 필요하다는 이야기를 했어요. 2018년 말에 만들었는데 시간이 많이 지나서 자꾸 까먹네요. 단체가 생기니까 안전해졌다는 느낌을 받아요. 위로받는 때도 많고. 서울국제도서전에 부스를 낸 때가 진짜 재미있었어요. 연대가 돈이 넉넉하질 못해 제일 작은 부스를 빌렸어요. 문학 자판기를 설치해서 작가연대 작가들의 소설 문장이 출력되도록 했어요. 책 전시를 하고, 작가연대 조끼를 입고 굿즈도 팔고 했죠. SF 작가로 오랫동안 글을 써왔지만 다른 작가를 만날 기회가 거의 없었어요. 그런데 한데 모여 같이 미션을 수행하는 상태잖아요. 너무 신나는 경험이었어요. 특정 작가를 찾아오는 독자도 있었겠지만 저희가 SF 작가라는 점에 관심을 갖고 온 방문객들도 많았어요. 굉장히 격려가 됐죠. 요즘은 그런 행사가 없으니까 좀 아쉬워요.

목소리를

주고

싫어요

**소연 님 작품에서 여–여 커플이 갈수록 늘어나고 있어요. 쓰기가
편해서인가요? 아니면 갈수록 관심이 많이 생겨서인가요?**

편해서입니다. 예전에는 글에 정상성을 확보해야 제가
안전하리라고 생각했어요. 이성 관계가 갖는 정상성이 있잖
아요. 글을 쓸 때는 성별을 정하지 않더라도 마지막에 성별
을 부여하며 이성 관계로 만들었어요. 일종의 방어기제였는
데 그게 점점 줄어들었죠. 또 우리 사회의 인식이 매우 빨리
변했잖아요. 그래서 저도 쓰고 싶은 대로 편하게 성별 지정
을 하는 게 낫겠다 했죠.

꼭 여성을 쓰려고 의식한다기보다는, 솔직하게 말하면
남자를 쓰기를 별로 안 좋아해요. 나에게서 멀리 떨어진 인
물일수록 힘이 들어가잖아요. 부담을 감수하고 쓰더라도
제 작품에서 어떤 의미가 있을지 모르겠고요. 남성이라고
지정하면 독자들에게 더 의미가 있을까? 그것도 아니고요.
픽션에 이미 남자가 너무 많아요. 안 그래도 SF는 남성 중심
적이라는 편견이 강한데 굳이 남자 인물을 하나 더 얹을 필
요가 있을까. 저는 힘들고, 독자들이 재미있을지는 모르겠
고, 장르에 대한 편견을 강화하고. 그러니 할 이유가 없죠.

**에세이에서 경계에 관해 쓰고 싶다고 말하는 부분을 봤어요. 예전
에 『미지에서 묻고 경계에서 답하다』라는 책에 실렸던 글이죠. 제
가 본 소연 님의 글을 통틀어 가장 뚜렷하게 '이런 글을 쓰고 싶다.'**

하는 마음이 드러났어요. 처음 쓴 이후로 시간이 꽤 지났는데 지금도 같은 생각인지 궁금합니다.

그 글은 약 13년 전에 쓴 글이에요. 제가 한국어 교사를 할 때니까요. 지금도 기본 방향은 크게 차이가 없어요. 글을 쓰는 일은 어떤 식으로든 목소리를 부여하는 작업이잖아요. 어떤 말을 할지보다 어떤 목소리를 선택할지가 더 중요하다고 생각해요. 발화의 내용보다 발화자가 중요한 면이요. 그런데 역시 소설로 사회 운동을 하는 건 아니니까 자연스러운 인물을 쓰고 싶거든요. 나에게서, 독자에게서 너무 멀리 떨어져 경계 바깥의 인물이 되어 버리면 몰입하기가 어려워요. 저도 쓰기가 어렵고요.

그래서 목소리를 갖기 어려웠을 등장인물을 넣는 시도를 계속하고 있어요. 예를 들면 《오늘의 SF》 2호에 실린 「수진」이라는 단편이 있어요. 매우 짧은 글인데, 그냥 읽으면 클론 업체에서 만든 나의 클론이 한집에 산다는 이야기에요. 하지만 자세히 보면 커밍아웃을 하고 가족과 사실상 단절된 상태의, 20대 후반에서 30대인 여성이 도시에서 어쨌든 자기 삶을 꾸리기 위해 어떻게 살고 있는지에 관한 이야기거든요. 정상성에서 튕겨 나간 사람이 어쨌든 일상을 살아가는 거요. 경계 근처에서 잘 안 보이는 사람을 발화자로 이야기하고 싶었어요.

그리고 「지도 위의 지희에게」는 사랑하는 사람이 탄 배가 코로나 때문에 정박하지 못하고 떠돌고 있어서 계속 메일을 보내는 이야기에요. 사랑하는 사람이 위험한 상황에 처해 연락하고 걱정하는 이야기죠. 그런데 이성 커플과 동성 커플은 대응 가능한 방법이 달라요. 제도부터 다르니까 상당히 달라진단 말이에요. 지희에게 편지를 쓰는 '나'는 법적으로 지희와 연결될 수 없는 처지라, 지희의 엄마에게 연락해서 겨우 필요한 서류를 받아요. 똑같은 팬데믹 상황이라도 분명히 동성 커플에게 더 어려운 지점이 있어요. 그런 부분을 자연스럽게 치고 들어간다고 계속 생각하고 있어요.

지금 이야기한 「지도 위의 지희에게」의 '나'와 지희는 성별이 안 나오잖아요. 둘 다 여자라는 사실이 표시되지는 않아요. 읽다 보면 눈치챌 수 있을 뿐이죠. 그리고 분명 눈치 못 챈 사람들이 있으리라 보이는데, 반응이 어땠나요?

특별히 반응을 찾아보지는 않았어요. 저의 마음속에 인물 성별이 미상인 소설이 있고, 성별이 지정된 소설이 있는데요. '나'와 지희는 확실히 여성으로 지정되어 있었어요. 그게 남자로 읽힐 수 있는지 지금 이 질문을 받고서야 생각하기 시작했어요. 제게는 완벽하게 레즈비언 커플이라 굳이 말할 필요도 없었고 다르게 받아들여질 가능성도 생각해 보지 않았네요. 「수진」도 확실히 레즈비언 커플이고, 「디저트」와 「집」은 성별 미상이에요. 「집」에는 가족이나 파트너라는 표현만 쓰고 배우자라고는 안 했어요. 우리와 제도가 다를 수 있으니, 어떤 성별이든 가능하죠.

경계에 있는 사람들, 혹은 레즈비언 커플을 쓰고 싶은 동기가 있을 것 같아요. 그런데 계속 쓰다 보면 늦게서야 깨닫는 일도 있잖아요. '이래서 내가 이걸 하고 있었구나.' 하고요. 2006년에 나온 퀴어 이야기 「마산앞바다」로부터 시간이 훌쩍 지났는데요. 계속 퀴어나 경계의 인물을 쓰는 이유를 찾으셨나요?

꽤 옛날 일인데, SF&판타지도서관에서 강의하는데 20대 초반 정도로 보이는 분이 강의를 들으러 오셨어요. 강의가 끝나고 저에게 와서 말씀하시길 "사실 나는 SF를 쓰는 데 관심이 있는 사람은 아니다. 그런데 고등학생 때 「마산앞바다」를 읽었는데, 그래서 자살을 안 하고 살았다. 이 말씀을 드리고 싶어서 강의를 검색해서 신청했다."라고 하시더라고요. 이럴 때마다 놀라요. 「마산앞바다」가 커밍아웃을 어려워하는 레즈비언 이야기잖아요. 학창 시절이 나오고요. 저는 쓰고 싶은 글을 쓴 건데 그 글이 독자에게는 생사를 결정하는 데 영향을 미칠 수 있구나, 그런 힘을 가질 수도 있구나 했어요. 그렇다면 아무래도 독자에게 힘이 되고 독자를 살게 하는 글을 쓰고 싶다는 생각을 하게 되죠.

또 작년인가 고등학교에 강의를 갔는데, 어떤 여학생이

딱 질문 하나를 하는 거예요. 이 커플은 그럼 퀴어 커플이냐고요. 아마 「깃발」을 읽고 나온 질문일 거예요. 맞다고, 고개만 끄덕하고 왔어요. 말로는 뉘앙스가 잘 전달이 되지 않는데, 그런 순간에 제게 닿는 책임감이 있어요. 계속 이렇게 써야겠다 싶죠. 저는 이렇게 쓰는 게 특별히 더 힘들지도 않단 말이죠. 그리고 내가 읽었다면 내게 도움이 됐을 글을 쓰는 마음이 여전히 있어요. 나부터 위로하고 싶은 거죠. 그에더해서 지금까지 하던 만큼만 신경을 써도 독자에게 다르게 닿는 부분이 있다면, 그게 제게 격려가 된다고 할까요. 글을 쓸 동인이 되죠.

독자분들께 받은 피드백을 말씀해 주셨는데요. 독자 반응을 많이 찾아보는 편인가요?

굉장히 열심히 찾아봅니다. 제 이름으로 검색을 열심히 했어요. 제 소설 제목은 평이한 단어라 검색하기 어려워서요. 재작년부터 사이버불링 사건을 겪으며 인터넷에서 고생을 했더니 제 이름을 검색하기가 좀 힘들어지긴 했는데, 그래도 제목과 이름을 함께 검색한다든지 하는 방식으로라도 최대한 찾아봐요. 영어와 일본어로는 노이즈가 없으니 잘 보죠. 바라는 건 별로 없고, 최대한 리뷰를 많이 써주시면 좋겠어요. 독자가 시간과 마음을 들여 읽을 만한 글이었다고 생각해 주면 좋겠습니다. 독자에게 책을 읽기 전과 조금 다른 세계를 보여줄 수 있다면 더 바랄 것이 없고요.

인물 이름 만드는 법이 조금 궁금했어요. 수진, 미정, 지희 등은 검색하기도 어려운 평범한 이름이잖아요. 작품 제목도 「집」이나 「이사」처럼 평범한 제목이 많고요.

최대한 평이하게 지으려고 해요. 소설의 주인공은 특별한 부분이 있어요. 그러니까 주인공이잖아요. 그런데 저는 소설의 등장인물이 특별하지 않다는 느낌을 주려는 이야기를 많이 쓰니까요. 특별함을 완화하기 위해 최대한 어디서 들어봤을 법한 이름을 골라요. 성명은 통계가 있으니까 한 해에 가장 많이 지은 이름 중 상위권 이름을 골라요. 지금 태어난 아이들에게 붙인 이름은 너무 힙하니까, 예를 들어 1990년생 여자아이 이름 중에서 1위 말고 조금 아래, 7, 8위 정도 순위를 골라요. 내가 생각해 봐도 주변에서 몇 번 봤다 싶은 이름이요.

제목은 그냥 제목을 못 지어서……. 누가 대신 붙여 주면 좋겠다는 생각도 해요. 에세이 『세계의 악당으로부터 나를 구하는 법』의 제목은 출판사에서 붙여 준 제목인데 마음에 들어요.

망설이는

평범한

사람들

SF라고 하면 흔히 거대한 세계와 낯선 물체를 생각하죠. 소연 님의 SF는 일상적 상황이 많이 나오잖아요. 등장인물이 적고 관계의 범위도 좁아요. 본인과 가족, 친구, 연인 정도죠. 작은 세계에 초점을 맞춘다는 점에서 마치 미시사로 세계를 읽는 듯해요. 이렇게 쓰는 이유는 무엇인가요?

세계를 말하기 위해서 작가가 꼭 세계 규모의 이야기를 할 필요는 없다고 생각해요. 한 명 한 명의 삶에 세계, 제도, 구조, 사회적 가치관 등이 다 반영되어 있잖아요. 작은 단위에서도 충분히 많은 이야기를 할 수 있어요. 그리고 작가로서 제가 잘 다룰 수 있는 이야기의 크기가 있으니까요. 개인 단위에서 일어나는 변화, 경험, 생각, 갈등이 다루기 편해요. 제가 커다란 세계관이나 이야기를 다루는 데 능숙한 작가는 아니에요. 큰 이야기를 하면 교조적으로 나올 것 같아요. 설명하거나 가르치려 드는 글을 쓰고 싶지 않아서 신경쓰는 점도 있어요. 이야기의 크기를 무리해서 키우기보다, 내가 잘 쓰는 규모에서 이야기를 계속하는 게 낫겠다고 생각하는 거죠.

작중 세계에 현실성이나 개연성을 더하기 위해 어떻게 하시나요?

최대한 현실 경험세계와 비슷한 세계를 만들기 위해 노력을 합니다. 반드시 필요하지 않으면 현실과 다른 설정을 최소화하는 편입니다. 또한 설정을 세세히 말하지 않기 위해 노력해요. 우리의 경험은 상당히 총체적이기 때문에, 작가가 작중 세계를 세세히 설명하면 오히려 현실과 다르다는 일종의 괴리감이 생긴다고 생각해요.

> **등장인물은 아무래도 작가 자신이 관찰한, 자기가 아는 인물을 구현하게 되잖아요. 자신이 만드는 인물의 모습이 한정되는 걸 보완하기 위해 쓰는 방법이 있나요?**

인물 중심으로 이야기를 쓴다고 해도 그 인물이 실존하지는 않잖아요. 내가 하고 싶은 이야기를 위한 여러 특징을 가진 사람이죠. 그런 특징을 예전에는 대중교통에서 많이 주웠어요. 대중교통에서 지나가는 사람들이 말하고 행동하는 모습을 봤죠. 특히 저는 말의 영향이 크다고 생각해요. 제 나이대나 성별과 다른 인물을 만들려면 그에 맞는 말을 잘 써야 한다고요. 그래서 지나가는 사람들이 말하는 걸 문장 통째로 외웠어요.

요즘은 사람을 많이 못 만나잖아요. 그래서 SNS나 인터넷 커뮤니티 게시판, 포털 댓글도 많이 봐요. 찬성 반대와 상관없이 사람들이 어떤 식으로 말하는지 유심히 보는 편이에요. 문장이 깨진 사람들이 있잖아요. 그럼 어떤 식으로 깨져 있는지 봐요. 물론 계속 들여다보면 내가 약간 망가지기 때문에 필요할 때 필요한 요소가 있을 법한 곳을 봅니다.

예를 들어 20대 여성을 그리고 싶으면, 저는 이제 20대 여성이 아니므로 제 경험으로 인물을 만들어봤자 20대 여성이 될 가능성이 별로 없어요. 그럼 20대 여성이 많이 갈 듯한 게시판을 계속 봐요. 말의 방식이나 생각의 흐름을 찾으려고 노력하고요.

작은 세계, 그리고 일상적인 모습에 SF를 더할 때 나타나는 효과가 있잖아요. 거대한 구조를 그릴 때와는 또 다를 테고요. 어떤 효과가 난다고 생각하세요? 작가로서 자신의 장점이 될 수도 있겠습니다.

말씀하신 것처럼 미시적으로 개인의 일을 다루면 보통 작고 따뜻한 이야기라고 하죠. 하지만 사람 하나하나는 하나의 세계잖아요. 한 사람의 행동에는 세계가 반영되어 있어요. 얼마나 우주적인 존재인가요. 내가 조금 움직여도 내 그림자는 여럿이 많이 움직이는 것과 비슷한 느낌이에요. 저도 편의상 세계는 크고 개인은 작다고 이야기하긴 하지만, 소설 안의 개인은 굉장히 크다고 생각해요. 소설에 나오는 개인은 실존하지 않는, 매우 과장된 개인이에요. 소설에서 드러내고 싶은 어떤 부분만 엄청나게 큰 상태죠. 사람 하나하나의 삶이 얼마나 복잡하고, 행동 하나하나에 얼마나 많은 외부 영향과 개인의 결심이 들어 있는지 보이면 좋겠어요. 개인의 무게가 독자에게 와닿는 순간이 있으면 좋겠다고 생각해요.

그게 SF에서 특히 잘 작동한다고 생각하고요. SF는 세계에 대한 사고실험을 많이 하잖아요. 큰 단위로 사고실험을 보여줄 수도 있겠지만, 사람 하나로 할 수도 있어요. 우리가 SF를 통해 세계를 현실과 다르게 움직이면 그 안의 사람들도 전부 기울어져요. 그 부분을 포착하는 일도 중요하니까요. 만약 현실에서 개인을 세밀하게 들여다보면 사소설이나 르포가 되겠죠. 하지만 세계가 변화하고, 그곳의 개인은 어떻게 같이 변화하는지 보여주는 건 SF 같아요.

저는 소연 님에 대한 키워드로 망설임과 미지근함을 뽑았어요. 「우주류」를 보면 주인공이 지체장애인이 되는데요. 장애가 있는 우주비행사를 모집한다는 소식을 듣고도 바로 응하지 않고, 다른 장애인들을 태운 우주선이 출발하는 모습을 보고 나서야 지원서를 보냅니다. 우주를 향해 그렇게나 직선적으로 커리어를 쌓았던 인물인데도요. 「마산앞바다」의 주인공은 자신의 성적 지향을 알면서도 오래 방황하죠. 「귀가」의 주인공은 자신의 친가족을 만나러 가기까지 미적지근하게 행동합니다. 어떤 주저함이 있어요. 이들이 망설이고 주저하는 만큼 작고 평범한 인물이라는 점이 잘 느껴지고요.

그래야 현실성이 있다고 생각해요. 아무리 의지가 강한 사람도, 아무리 확고한 사람도 늘 거침없이 나아갈 순 없단 말이에요. 그리고 소설의 인물은 실존 인물이 아니라 어떤 부분은 크게 확대하고 어떤 부분은 없앤 인물이고요. 저는 머뭇거림과 결단이 한 세트라고 생각해요. 머뭇거리고, 그래도 하는 것. 두 가지는 필연적으로 묶여 있지 않나 싶어요. 이 두 가지가 붙어 있어야 '그래도 한다.'는 부분의 현실성과 아름다움이 충분히 와닿지 않을까. 전 초인을 그리고 싶지가 않아요. 누구나 고민을 해요. 고민했지만 그래도 하거나, 아니면 고민했기 때문에 못 하거나, 이걸 반복하는 게 삶이죠. 미지근함이라는 표현을 써주신 게 굉장히 마음에 들어요.

인물의 감정 표현이 적다는 점도 보여요. 예를 들면 화를 거의 안 내요. 울부짖는 경우도 잘 없습니다. 사랑하는 사람이 죽거나 평생의 목표가 사라져도요. 이들은 독자에게 보이지 않는 괴로운 시간을 견딘 후에 잠잠히, 묵묵히, 조용하게 사실을 받아들입니다. 그런데 그 점이 눈물샘을 자극하는 것 같아요.

감정 표현이 적은 건 현실성 때문은 아니고, 제가 그런 사람이라서 같아요. 저 자신이 감정으로 치받는 행동을 한적이 없는 거예요. 언성을 높여본 적도, 물건을 던져본 적도 없고요. 그래서 제가 가진 정도의 평탄한 감정, 평탄한 상태의 사랑을 많이 쓰게 되네요.

아까 어른의 삶 이야기를 해 주셨는데요. 「앨리스와의 티타임」에는 "우리는 우리 세계에서 사는 법을 배워야 해요."라는 말이, 「마산 앞바다」에는 "무서워해도 소용없잖아요."라는 말이 나옵니다. 이런 '어쩔 수 없음'이 바로 인물이 다음 단계로 가는 이유더라고요.

어차피 세상에서 내가 결정할 수 있는 영역은 굉장히 작아요. 대부분의 일은 내가 어떻게 생각하든 간에 내 생각대로 안 돼요. 그러니 자기 생각이 무의미한 경우와 유의미한 경우를 구분하고, 유의미한 일에서만 움직이자고 생각하고 있어요. 그게 소설에 반영이 되고요. 어쩌면 독자들에게 말하고 싶은 부분 같기도 해요. '세상에 할 수 없는 일이 있다. 그건 그냥 주어진 거다. 우리는 할 수 있는 일에서만 행동이 가능하니까, 그것만 생각하면 된다. 할 수 없는 걸 생각해 봐야 소용없다. 할 수 있는 일을 생각하면 된다.'

저의 이런 시선이 독자들에게도 위로가 되지 않을까 생각할 때가 있어요. 할 수 없는 일은 할 수 없다고 하면 오히려 무력감에서 벗어날 수 있다고요. 할 수 없는 일을 계속 생각하면 무력감이 들어요. 왜 못 하냐고요. '어차피 안 되는 일이다. 너의 잘못도 아니고 네가 노력한다고 되는 것도 아니다.' 그 말이 주는 안도감이 있지 않을까 많이 생각해요.

그리고 여러 단편이 갈등을 봉합하는 방향으로 끝나요. 한쪽 인물이 성장하며 개인 간의 갈등이 해결됩니다. 어떻게 보면 '착한 아

이' 이야기 같기도 해요. 반대로 「개화」나 카두케우스 연작에서처럼 체제와 개인의 관계는 위태롭고요. 개인이 일방적으로 마음을 삭여야 하는 타협이라는 점이 명백합니다. 봉합되기 어렵죠. 이렇게 두 가지 정서로 나뉘는 점이 재미있습니다. 소연 님은 어떻게 생각하시나요?

제 안에서 이야기가 그렇게 나뉘는 것 같아요. 개인 사이의 갈등은 봉합하고, 해결하고, 포기하고, 이러면서 어떤 식으로든 종결된다고 생각해요. 그런데 소설 속 카두케우스처럼 거대한 시스템과 개인 사이의 갈등은 끝낼 수가 없어요. 아까 할 수 없는 일 이야기를 했는데, 시스템과 갈등을 끝내는 건 개인이 할 수 없어요. 시스템은 갈등을 끝낼 필요가 없죠. 권력이 지극히 불균형한 관계라 언제나 개인이 포기하든 수긍하든, 싸움이 안 되고요. 저는 우리 세계도 마찬가지로 작동한다고 생각해요. 개인 사이의 갈등은 어떻게든 끝나고, 제도와 개인의 갈등은 언제나 개인이 패배한다고요.

반면 「교실 맨 앞줄」은 개인들 사이의 갈등을 다루지만 봉합할 생각이 없죠. 그런 점에서 「비거스렁이」와 「교실 맨 앞줄」이 비교돼요. 둘 다 다른 학생들이 투명인간처럼 취급하는, 또래 사이에 받아들여지지 못한 아이가 주인공입니다. 그런데 「비거스렁이」의 주인공은 자신에게 딱 맞는 본래의 자기 자리를 찾아가죠. 「교실 맨

앞줄」의 주인공은 초능력자처럼 이질적인 존재로 이동하고, 갈등은 해소되지 않습니다. 두 소설의 차이는 어디에서 오나요? 그 사이에 무슨 변화가 있었나요?

「비거스렁이」와 「교실 맨 앞줄」 사이에는 14년의 차이가 있어요. 둘 다 학교 내 따돌림 이야기잖아요. 따돌림은 피해자가 해결할 수 있는 문제가 아니에요. 그런데 저는 문제가 해결되는 소설을 쓰고 싶었고, 해결의 방향에서 독자가, 특히 따돌림 피해자가 읽었을 때 자신을 위로하는 소설이라고 느낄 글을 쓰고 싶었어요. 「비거스렁이」를 쓸 때는 나에게 맞는 세계가 따로 존재한다, 그러니 이동하면 해결이 된다는 방향을 생각했어요. 14년이 지난 지금은 따돌림을 보는 관점이 변했고, 저도 여러 이유에서 나라는 존재가 힘을 가져 그 상황을 벗어나는 이야기를 쓰고 싶은 때로 접어들었어요. 「교실 맨 앞줄」을 보면 초능력자가 되어 여러 제약이 생겨요. 무조건 힘이 세고 강해지는 게 아닌 거죠. 그렇더라도 따돌림에서 벗어날 힘이 있다, 남이 도와주지 않아도 되는 힘이 있다는 부분에 집중하고 싶었어요.

제가 개인적인 경험에서 멀어지면서 좀 더 자유롭게 쓴 부분이기도 해요. 2007년에는 과격하게 쓰기 어려웠던 거죠. 2020년에는 과격해도 된다고 생각했고요. 똑같은 경험에서 나왔지만 조금 파괴적인 글을 써 보았는데, 나쁘지 않네요. 저는 제가 그대로 받아들여지는 세상에서 살고 싶다는 생각을 했지만, 진짜 다 없어졌으면 좋겠다는 생각도 분명히 했거든요. 하나의 경험에서도 바라는 바가 여럿 있잖아요. 독자도 두 해결 방법을 각자 다르게 받아들일 거예요. 「비거스렁이」같은 이야기에서 큰 위로를 받는 사람도 있겠지만, '너무 미적지근하고, 결국 해결도 안 되고, 한 것도 없고……' 하는 사람도 있겠죠. 「교실 맨 앞줄」처럼 다 부수고 초능력 쓰는 이야기에 카타르시스를 느끼는 독자도 분명 있을 것 같아요.

소연 님이 사람을 보는 관점이 궁금해지는데요. 사회복지학, 철학, 법학을 공부하셨잖아요. 여기에 영향을 많이 받으셨나요?

사회복지학은 사람을 대하는 방법, 사회 문제를 보는 관점에 영향을 크게 주었어요. 실습이나 봉사 활동에서도 영향을 받았고요. 특히 학부 전공이었으니 한창 가치관이 형성될 때잖아요. 철학을 통해서는 세계를 보는 눈을 얻었어요. 세계가 어떻게 구성되는가, 어떻게 해석되는가, 그런 걸 생각하는 데 도움이 됐어요. 법학은 실용 학문이라…… 잘 모르겠네요.

변호사 일을 하면서는 어떤 사람이든 존재할 수 있고, 무슨 일이든 일어날 수 있다고 생각하게 되었습니다. 사람들은 전부 거짓말쟁이다. 그런데 거짓말이 나쁜 게 아니다. 거짓말은 그냥 존재한다는 점도요. 저는 거짓말을 안 하는 사람이고, 평생 거짓말은 나쁘다고 생각하며 살았거든요. 그런데 변호사가 되고 보니 사람들이 전부 다 거짓말을 하는 거예요. 그게 선악의 문제가 아니더라고요. 내가 지금까지 정직하게 살았다고 말할 수 있는 이유는 거짓말이 필요한 환경에 있어 본 적이 없어서, 크게 시험받은 적이 없기 때문이에요. 일종의 특혜라고 할까요. 이게 정말 변호사 일을 하면서 생긴 변화예요. 선악 판단을 안 하게 됐어요. 마약을 할 수도 있고 사람을 찌를 수도 있고 그게 평가의 대상이 아니라 그냥 존재하는 현상이라고요.

하지만 소연 님 소설에서 거짓말을 하는 사람은 별로 없어요.

거짓말에 선악이 있는지와 그 거짓말이 굳이 필요한지는 다른 문제라서요. 작가가 소설에서 어떤 부분은 강조하고 어떤 부분은 넘어간다고 할 때, 거짓말은 제가 강조하고 싶은 부분이 아닌 거죠. 제가 작가로서 인간의 추악함을 소재로 쓰지 않는 것처럼요. 분명 존재하지만 그걸 내 소설에서 커다랗게 만들어서 보여주고 싶진 않은 거예요. 소리 지르고 화내는 모습이 없는 것과도 같은 이유네요.

인간의 추악함을 쓰는 사람은 현재 한국 SF에서는 잘 없는 것 같아요.

네, SF는 추악함이 잘 안 맞는 장르 아닌가 싶어요. 추악함은 너무 현실이에요. 현실에 가까운 현상을 쓰면서 잘 쓰기는 생각보다 매우 어렵거든요. 게다가 SF라면 현실과 조금이라도 다른 걸 써야죠.

억울함을

변환하는 데

드는

노력

앞서 고등학생 주인공들 이야기를 했는데요. 청소년 주인공을 쓸 때 성인에 비해 더 주의하는 면이 있나요?

청소년 독자가 읽었을 때 청소년 같지 않은 인물이 되지 않게 신경을 씁니다. 그 외에는 없어요. 『옆집의 영희 씨』가 청소년 문고로 나온 건, 그때 창비 청소년 문학 담당 편집자께서 연락을 주셨기 때문이에요. 제 소설이 전연령 대상이라 가능했죠. 선정성이나 폭력성 측면에서 신경 쓰일 만한 글을 쓰지 않으니까요. 나의 감성, 나의 표현에 크게 어긋나지 않도록 쓰겠다는 노력만 해요. 그리고 너무 어리게 쓰지 않으려고 신경 써요. 청소년기는 사람이 어색해진 상태라고 생각하거든요. 어떤 부분은 완성에 가깝고 어떤 부분은 아직 자라야 하는 점이 한참 남아 있고. 그래서 약간 어색한 사람이 되는데, 이를 너무 매끈하게 만들지 않으려고 해요. 균질하지 않은 게 청소년기의 큰 특징이라고 생각해서요.

에세이에서 다른 이의 삶을 헤아리지 않는 사고방식에 대해 "잘은 모르지만 정신 건강에도 좋을 것 같다."라고 쓰신 부분에서 웃었어요. 남을 무시하고 살면 정신 건강에 좋을지도 모르겠다고 말은 하지만 본인은 편하게 깜깜이가 되지 못하고, 될 생각도 없는 모습이 너무 묻어나는 문장이라서요.

저는 변호사가 되기 전까지 여성의 삶이 어떤지 많이 생각하지 않았어요. 성별보다는 성적 지향에 관한 고민이 컸고 불안했기 때문에 제가 언제나 솔직할 수가 없다는 점이 어려웠고, 여성이라는 점은 오히려 부차적인 정체성이었어요. 그런데 남초적인 직업으로 진입하며 갑자기 여성의 삶을 느끼게 됐어요. 주변을 공기처럼 둘러싼 차별이 있는데 눈치를 못 챈 거죠. 젊은 여성인 내가 적극적으로 노력하지 않으면 주어지는 게 너무 없는 거예요. 누구나 그렇게 산다고 생각할 수도 있겠지만, 나이가 많은 남자이기만 해도 주어지는 게 분명 있거든요. 그런데 나는 싸워야 해요. 부당하죠. 그럴 때 뭔가 억울한데, 억울함만으로는 쓸모가 없어요. 어디로도 가지 못하고 그냥 이상하고 성격 나쁜 사람이 되는 거예요.

소수자성이 있으면 억울함을 변환하려는 노력을 끊임없이 하게 돼요. 늘 하진 못하죠. 어떤 일에는 '세상은 원래 이래.' 하고 체념하고, 어떤 일에는 '지금은 싸워야겠다.' 하며 싸워요. 싸워서 바꾸면 뿌듯하고, 못 바꾸면 '차라리 노력이라도 하지 말걸.' 싶어서 너무 우울하고. 그럼에도 억울함을 변환하는 노력을 끊임없이 해야 한다는 점이 힘들죠. 소수자성에서 벗어나면 확 편해져요. 저는 결혼을 일찍 했는데요. 결혼하니 나의 성 정체성이나 성적 지향에 대해 아무도 안 물어보더라고요. 세상이 어른 대접을 해 주고요. 제가 기성세대에 사근사근하거나 말 잘 듣는 사람이 아닌데, 20대에 결혼했다는 사실만으로 그런 아주 '정상적인' 캐릭터로 받아들여져요. 세계가 저에게 조금 우호적이 되어 정말 이상한 기분이 들었어요. 정상성에 가까우면 진짜 편한데, 그럼 또 억울한 거예요. 정상성이 달콤할수록 세상의 부당함에 화가 나요.

한편으로는 내가 의식하지 않는 모든 일에 정상성의 편안함을 누리고 있으리라는 죄책감이 있어요. 내가 장애인이 아니기 때문에 갖는 죄책감이 있고, 결혼한 여성이기 때문에 정상 가족의 유지에 복무한다는 죄책감이 있고요. 심지어 저는 시부모님을 존경하거든요. 존경할 수 있는 시부모님을 만나는 것은 완전히 우연이죠. 그 점까지도 죄책감이 들어요. 하지만 억울함과 죄책감은 쓸모가 없으니 다른 행동을 해야 하는데, 다수자가 소수자보다 편하면 편할수록, 그 차이가 클수록 힘들어요. 무엇을 해야 하나 고민하고 더 큰 노력을 해야 해요. 그럼 또 세상이 잘못됐다는 생각이 들고요. 이런 이야기를 하면 '세상에 불만이 많다.' '동의할 수 없는 말을 많이 한다.' '너무 화가 나 있다.' 그런 말을 듣죠.

그런데 제가 실제로 분노에 사로잡힐 때는 거의 없어요. 저는 미적지근한 사람이에요. 젊을 때는 몰랐는데 나이가 마흔에 가까워지니 제가 미적지근한 사람이라는 걸 알게 됐어요. 어떻게 보면 안온한 사람인 거죠. 그래도 되는 환경에서 자랐으니까요. 요즘은 그런 행운과 특혜에 대해서도 생각해요. 나는 어떻게 이렇게 미적지근한 상태로 나이들수 있었나.

여성의 삶에 관해, 주인공이 여자라서 쓸 수 없는 이야기가 있다고 느낀 적이 있나요?

없다고 생각해요. 다만 주인공이 여자라서 쓸 수 있는 이야기는 있어요. SF답게 현실을 약간 비틀어서 소설을 쓰더라도, 우리는 여성이 젠더 권력에서 우위에 있는 사회를 실제로 겪어 본 적이 없어요. 여성 인물을 주인공으로 설정할 때 현실성이 있으려면 어떤 식으로든 눌린 자국이 있는 인물이 된다고 생각해요. 어떨 때는 흔적이고 어떨 때는 꽉 닫힌 모양이죠. 억눌린 지점이 있는 인물은 여성일 때 조금 더 자연스럽달까. 삶 전반에서 눌린 지점을 만들어 내기가 비교적 쉬워요. 왜냐하면 그런 여성이 사회 곳곳에 있으니까요. 태어나는 순간부터 있잖아요. 한국만이 아니라 세계 어딜 가든 눌리는 지점이 있어요. 신체적으로도 10대 때 월경을 시작하며 2차 성징을 더 파괴적으로 경험하는 점이 있고요. 그런 지점을 이야기하고 싶고, 더 많이 이야기됐으면 해요.

여성, 퀴어, 청소년 인물에게 일관성이 있어요. 소연 님 소설은 이들을 여상하게 다루는 점이 좋아요. 방금도 이야기했지만 레즈비언 커플이 아주 당연하게 존재한다는 점도 그렇고요.

어느 정도는 일부러 하는 거예요. 퀴어 문학이 많아지고 있지만 여전히 교육적인 측면이 있죠. 소설 속 세계에 퀴어가 존재하는 이유를 찾곤 하잖아요. 저는 이유 없이 최대한 자연스럽게 그리고 싶었어요. 퀴어라는 점을 전면에 내세우지 않는 모습으로요. 어떤 인물이 퀴어라는 소수자적 특성이 있지만, 여러 특성 중 하나일 뿐인 모습으로. 특별한 소재처럼 다루지 않고 평이하게 쓰고 싶어요. 앞에서 소설을 사회운동으로 쓰지 않는다고 했지만, 이 부분에는 사회적인 인식이 들어가요. 성 소수자를 최대한 자연스럽게 그리는 소설이 더 필요하다고요. 독자분들은 비율상 이성애자가 많을 테죠. 성 소수자를 당연하게 존재하는 요소로 받아들이도록 하고 싶어요.

성 소수자의 커밍아웃을 그나마 직접 다룬 소설이 「마산앞바다」와 「처음이 아니기를」이죠. 둘 다 옛날에 쓴 글이에요. 최근의 글은 주인공이 갈등을 겪더라도 성 소수자이기 때문에 겪는 갈등은 아니게 하려고 신경을 많이 씁니다. 만약 리얼리즘 소설을 쓰면서 이렇게 특성이 탈락된 상태를 쓰면 이상할 거예요. SF니까 시공간을 아예 바꿔 버리면, 카두케우스 시리즈처럼 다른 사회가 되면 소설을 읽는 사람도 '여기는 그렇구나.' 하고 받아들이잖아요. SF를 쓰는 사람으로서 특히 적극적으로 가능한 일이기도 하니, 앞으로도 신경 쓸 것 같아요.

앞서 성별 중립적인 명칭 이야기를 했는데요. 한국어 3인칭 대명

사 '그', '그녀'에 대해서 생각하는 점이 있으신가요? 글에 3인칭 대명사를 잘 안 쓰고 이름을 많이 쓰시잖아요.

기본적으로 '그녀'라는 말을 안 쓰려고 해요. 번역할 때는 씁니다. 영어 원문을 읽으면 바로 성별을 알 수 있는데 이를 임의로 탈락시키는 게 번역자로서 적절한 선택인지 의문이 있어요. 제가 글을 쓸 때는 '그녀'라는 단어가 존재하지 않는다고 생각하려 해요. 게다가 소설은 입말에 가깝게 쓰잖아요. 우리가 말할 때 '그녀'라는 표현을 잘 안 써요. 보통은 이름이나 관계 표현을 많이 쓰죠. '언니', '엄마' 하는 식으로. 만약 제가 '그녀'라는 말을 쓴다면 성별 등 뭔가를 드러내고 싶어서일 거예요.

대체

불가능하다는

안도감

소연 님 소설에는 상대를 애틋하게 여기는 사람, 연애하는 사람이 꽤 나와요. 그런데 원만하게 연애하는 사람은 잘 없네요. 왜일까요?

소설에는 갈등 요소가 있어야 하잖아요. 매끈한 사람은 등장인물이 되지 않아요. 그런데 제 소설 속 사회는 소수자성이나 성별을 큰 문제로 삼지 않으니까요. 이렇게 제하다 보면 연애 정도의 갈등이 남아요. 그래서 그 부분이 약간 구멍 난 사람이 등장하는 게 아닐까요. 게다가 건강한 연애처럼 밀착되고 독점적인 관계가 있으면 다른 데서 겪는 갈등을 해당 관계에 의존해서 해결할 수 있어요. 이를 소설에 어떻게 들어가게 할지는 고민스럽네요. 갈등은 내가 맞서야 하는 것인데, 다른 사람이 딱 붙어서 같이 갈등에 맞서면 이야기의 구도나 전개가 완전히 달라지니까요.

연애 말고 다른 갈등, 예를 들어 자매 관계를 써 보려고 했던 소설이 「깃발」이에요. 그런데 제가 봐도 너무 미적지근한 거예요. 이토록 가까운 관계라면 훨씬 강한 스파크가 있어야 할 텐데, 자매만으로는 소설이 안 나와서 결국 연애 이야기가 되었죠. 「개화」도 큰 갈등을 겪지만 자매 사이는 미적지근하잖아요. 완전히 대립하질 않고 '그래도 언니인데, 가족인데……' 하는 마음이 있잖아요. 왜 그런지는 고민이 되더라고요. 제가 경험한 가족관계가 안정적이고 우호적이라서 가족 간의 갈등을 만들기가 어려운가, 경험에서 오는 한계인가. 저는 제 안에 경험이 없으면 충분히 현실적으로 쓰지 못하는 것 같아요. 이제는 거기가 저의 최대치라고 생각해요. 가족 간 불화는 잘 쓰는 작가님들도 많으니까, 저는 이 정도의 소설을 쓰고 있어도 괜찮지 않을까.

우리가 사랑하는 방법을 배우는 경험은 매우 드문 경험이잖아요. 사랑 이야기가 많아서 의식하지 못할 뿐이죠. 관련한 체험이 있나요?

일차적으로 가족에서 배웠어요. 어린 시절을 생각해 보면 그림 같은 집이었어요. 어머니가 초능력이 있는 줄 알았어요. 저녁 준비를 하시다가 "아빠 올 시간 됐다." 하셔서 저랑 동생이 밖을 보면 아버지 차가 들어와요. 그러면 나가서 아버지 손을 잡고 집에 들어오고요. 주말에는 아버지와 근처 초등학교에 토끼에게 밥 주러 가고. 저는 부모님이 부부 싸움도 안 하는 줄 알았죠. 그런데 그럴 리는 없잖아요. 애들 앞에서 싸우면 안 된다고, 방문을 닫고 조용히 싸우셨을 거예요. 사랑하고 배려하는 모습을 계속 배우면서 자랐어요. 사랑을 의심할 일이 없었어요. 오히려 성장한 뒤에 사실은 다른 사람들이 가족과 불화하는 경우가 대단히 많다는 사실을 학습했어요. 그러니 지금은 알아요. 제가 얼마나 드문 환경에서 자랐는지, 얼마나 운이 좋았는지요.

특별한 일이라고, 가치 있다고 느끼면 자기도 실천해야

겠다는 생각이 들잖아요. 저도 공유하고 싶다고 생각해요. 글 쓸 때나 일할 때 '나는 당신을 상처 입히지 않을 거예요, 실수로라도 다치게 하지 않을 거예요.'라는 강한 확신을 주려고 노력해요. 하지만 가족은 너무 개인적이고 근본적인 경험이라 어떻게 공유되는지는 잘 모르겠어요. 조금만 잘못 말해도 그저 자랑이 돼요. 경험을 그대로 말하면 자랑이 될 정도로 드문 일이라면, 모두 경험하지는 못하는 일이라면, 어떻게 전달할까요. 평생 고민할 부분이에요. 한동안 가족 이야기를 아예 안 하기도 했어요. 그런데 세상에 이런 사랑이나 신뢰의 공동체가 존재한다고 말하는 일은 필요하거든요. 자신이 받지 못해서 슬프기도 하겠지만, 세상에 사랑이 존재한다면 스스로 찾아가서 만들 수도 있잖아요. 저희 아버지의 성장 환경을 봐도 딱히 사랑을 엄청 많이 받아서 저에게 그런 아버지가 되어 주신 게 아니에요. 사랑을 확신하고, 자신이 찾으려 하고, 다른 이들에게도 주려고 노력하는 거죠. 요즘은 다시 가족 이야기를 하는 방향으로 행동하고 있어요. 저의 구체적인 경험을 전하면 누가 이를 통해 배울 수도 있잖아요. 자신은 경험하지 못했지만 그런 가족, 주변인이 되어야겠다고 생각할 수도 있고요. 몇 년 후에는 또 생각이 바뀔지도 모르겠지만 일단 지금은 그래요.

그렇다면 지금 애정을 품은, 가장 소중한 것은 뭔가요?

가장 큰 건 제가 만든 가족이죠. 배우자와 고양이 세 마리. 요즘은 이 평온함을 더욱 중요하고 소중하게 생각해요. 저 자신은 특별한 사람이 아니잖아요. 살다가 죽는 세상의 수많은 사람 중 하나예요. 젊을 때는 지금처럼 확고하게 알지 못했어요. 내게는 대체 불가능한 무언가가 있다고 생각했어요. 막연하게, 너무나 자연스럽게 나는 조금 특별하다고 생각하는 거죠. 이제는 그 생각이 사라졌어요. '나라는 사람은 대체 가능하다. 있으나 없으나 세상에 큰 차이가 없다.'라는 사실을 알아요. 그러나 그렇더라도 내가 사랑하는 사람에게 나는 대체가 불가능한 존재죠. 그 사실이 주는 어떤 안도감이 있어요. 안도감을 유지하는 평온이 중요하고요.

개인적으로 추모하는 죽음이 있나요?

많죠. 트위터에 보면 산업재해로 사망한 사람을 기록하는 계정이 있어요. 거의 날마다 올라오니, 날마다 새로 추모하는 죽음이 생겨요. 일하면서도 죽음을 많이 보고요. 그냥 항상 추모하며 사는 것 같아요. 언제나 새로운 추모가 필요하고⋯⋯. 추모는 결코 충분하지 않다고 생각해요. 특히나 노동 사건을 많이 하며 느껴요. '추모 투쟁'과 연결되잖아요. 장례식 하기 전에 최대한 버티고, 투쟁 동력을 모으기 위해 죽음을 두고 싸우고. 그렇게 어떤 이슈를 해결하고 장례를 치르면 완결됐다는 느낌이 생겨요. 하지만 그런 감각은 아주 잠깐이죠. 죽음이 사라지지는 않잖아요. 죽음은 지속적으로 존재해요. 어느 순간 다시 생각나고, 다시 슬퍼지고, 추모하고. 죽음은 살면서 제 안에 그냥 쌓여 가는 것 같아요.

벗어나고 싶지는 않아요. 이것도 그냥 존재하는 거예요. 살아 있는 사람의 몫이고요. 오히려 추모가 충분하다고 느끼면 뭔가 잘못되는 게 아닌가 싶어요. 추모에 대해 "그 정도면 충분하다."라고 말하는 사람만은 결코 되고 싶지 않아요. 활동하다 보면 자주 나오는 말이에요. "산 사람은 살아야지." 말 자체는 맞는 말이지만, 살아 있는 사람에게 추모는 의무가 아닐까요.

단편 「집」을 쓸 때 이런 마음을 담았어요. 추모가 영원히 끝나지 않으리라는 현실, 일상을 지속하면서도 계속 찾아올, 가끔 굉장히 막막해지는 감각을 그리고 싶었어요. 살아 있는 한 당연히 주어지는 거라고 생각하지만, 굉장히 까마득하게 느낄 때가 있어요. 죽은 사람은 다시 돌아오지 않으니 제가 살아 있는 한 추모도 끝나지 않겠죠. 죽음은 점이 아니라 선이에요. 계속 이어지는 거예요. 내가 살아서 움직이는 한, 살아 있는 내 삶에서 그런 선은 늘어나기만 해요. 너무나 까마득하게 느낄 때가 있어요. 「집」을 쓸 때 이를 전달하고 싶긴 했어요.

얼마 전에 유언장을 작성하셨다고 들었어요. 마지막으로 준비해

두고 싶은 일이 있다면요?

최대한 살아 있는 사람에게 폐가 되지 않게 죽고 싶다는 생각은 해요. 유언 외에 특별히 준비할 일은 없고, 다만 뭔가 보험에 가입해야 하지 않을까 싶네요. 지금 보험이 하나도 없는데 살아 있는 사람들에게 부담이 안 되려면 질병이나 생명보험에 가입해야 하지 않을까요. 가입하는 나이에 따라 차이가 크니 더 늦기 전에 해야겠다 싶어요.

지금은 전염병으로 인해 죽음이나 멸종에 관해 많이 생각하는 시기잖아요. 「처음이 아니기를」은 중국에서 시작한 전염병으로 사랑하는 사람이 죽는 이야기죠. 「지도 위의 지희에게」와 「미정의 상자」는 아예 코로나 팬데믹을 두고 나온 단편이고요. 아마 느끼신 바가 있지 않을까 싶은데요. 팬데믹을 겪으며 변한 점이 있는지도요.

한국은 전염병으로부터 비교적 안전하기도 했으니 특별히 죽음에 관해 더 생각하지는 않았어요. SF 작가로서는, 제가 현실에서 시간 선을 약간만 이동시켜 글을 쓰는 편인데 이렇게나 현실 삶의 양식이 바뀌면 도대체 뭘 써야 하는지 고민이 컸어요. 2020년에는 정말 어떻게 써야 할지 몰랐어요. 이런 대규모 전염병을 동시대에서 경험한 건 처음이니까 사회가 어떻게 변할지 모르겠더라고요. 지금은 우리가 약간 예측이 가능해졌잖아요. 자연스럽게 해결이 됐어요.

전염병에 대해서는 재난이 평등하지 않다는 점을 정말 많이 생각했어요. 앞으로 의식하지 않아도 소설에 반영될 것 같아요. 재난의 불평등성을 지금까지는 그렇게 깊이 생각한 적이 없었는데, 팬데믹을 겪으며 많이 생각했죠.

개인적으로는 원래 사람 만나는 일을 그다지 좋아하지 않았는데, 팬데믹이 2년 이상 되니 사람이 만나고 싶어요. 항상 저는 사람을 만나면 힘이 빠지는 쪽이라고 생각했는데 이제는 만나면 힘이 돼요. '서로 접촉하는 기본적인 사교가 정말 필요한 일이었구나.' 그게 최저선에 미달하니까 삶의 만족도가 떨어지더라고요. '나도 정말 평범하게 사회적인 동물이구나.' 하는 생각을 많이 했어요.

마음이 가는, 자주 생각하게 되는 생물종이 있나요?

문어요. 문어가 정말 매력적이에요. 정말 멋있어요. 미스터리하고요. 소설에 거의 인간형의 등장인물만 썼는데 인간형이 아닌 뭔가가 등장한다면 어떤 식으로든 문어의 변형일 거예요. 일단 다리가 여덟 개잖아요. 신경세포가 다리 전체에 분포되어 있어서 다리로도 판단하고 학습하고요. 고지능 생물이 하는 행동을 많이 보이는데요. 우리는 지능 등을 인간중심적으로 판단하니까, 문어가 사실은 훨씬 지능이 높은 생명인데 우리가 모르는 건 아닐까 싶어요. 문어에 대해서 생각보다 충분히 밝혀지지 않은 바가 많더라고요.
종류도 많고요. 이런 게 다 너무 신기해요. 공룡처럼 멸종한
존재가 아니라 동시대에 살고 있잖아요. 이토록 대단한 생
명이 있는데 문어가 보통 심해에 살다 보니 잘 모르죠.

이제 마무리할까요. 우리에겐 멸망밖에 남지 않았다고들 하잖아
요. 기후변화나 환경오염을 이제는 되돌릴 수 없다고요.

제가 살아 있는 동안 인류의 멸종을 만날 수도 있겠다
는 생각을 하거든요. 지구를 얌전히 두고 사라지지 못하고
지구랑 같이 멸종하겠죠. 인류가 이토록 지구상의 모든 생
명에게 부정적인 영향을 끼치는 문화를 만들었는데, 어떻게
이렇게 됐지 싶을 때도 있어요.

다만 현재의 위태로움은 많이 생각하게 됐어요. 예를 들
어 퇴근할 때 서울 올림픽대로를 타면 정말 다리마다 불이
들어와 있고 차가 꽉 막혀서 번쩍번쩍해요. 이런 삶의 형태
가 몇십 년 뒤까지 유지될까, 도시의 삶을 지탱하기 위한 이
많은 물질이 앞으로도 남아 있을까 싶어요. 이런 형태로 살
아온 지 몇십 년 안 됐고, 서울이 앞으로 몇십 년을 이 상태
로 가게 될지 그것도 모르겠고요. 내 세대가 한순간 경험하
는 문화일 수도 있죠. 에너지 소비의 어떤 최정점에 살고 있
지 않은가 싶기도 해요. 현재의 모든 걸 나중에는 '옛날에는
그랬지.' 하며 돌아보게 될지 몰라요. 모든 것이 추억이 되

고, 필연적으로 이 모든 것들이 거의 사라지겠죠. 다음 세대
가 아니라, 저의 세대에서 이런 소비가 한계에 부딪히리라고
생각하거든요. 그럼 기분이 이상해져요. 나중에 지금 이 시
기의 일상을 돌아보면 진짜 이상하겠다. 차 안에서 그런 생
각을 하며 달려요.

취미 생활을 하는 작업대.
이 책상에서 다이어리 꾸미기나
만다라 그리기 등을 하며
시간을 보낸다.

첫째 커크, 둘째 스팍, 셋째 빽빽이.
커크와 스팍은 「스타트렉」의 주인공 이름을
따왔다. 빽빽이는 아직 어려서 아명으로 부르고
있으나 여전히 빽빽이 외에 다른 이름을
짓지 못했다.

정세랑

: 귀여움으로
진화하는 조건

정세랑의 데뷔작은 「드림, 드림, 드림」이다. 이 단편은 옛날 옛적에 종간되어 이제는 중고조차 구하기 힘든 잡지 월간 《판타스틱》에 실렸다. 판타지, SF, 미스터리 등 이름대로 판타스틱한 장르를 다루는 잡지였다. 이들 장르를 모두 좋아하는 나는(웹소설 시대를 맞이한 지금은 로맨스도 좋아한다.) 잡지를 정기 구독했을 뿐만 아니라 매번 반가운 마음으로 꼬박꼬박 읽었다. 안타깝게도 《판타스틱》은 월간이었다가 휴간 또는 격월간, 계간, 웹진으로 전환되며 역사의 뒤안길로 사라졌다. 「드림, 드림, 드림」은 그렇게 어수선한 가운데 야심 차게 실린 단편이었다. 그때는 그저 귀여운 소설을 쓰는 신인 작가가 나타났다고 생각했다. 마냥 깜찍하고 사랑스러운 거 말고, 예쁘고 반짝거리게 포장한 거 말고, 진지하고 솔직한데 그런 모습이 어쩐지 친숙해서 귀여운 글을 쓰는 작가라고.

정세랑의 소설은 거창한 구석이 없다. 문장은 간결하게 매끄럽고, 세계는 알쏭달쏭하지만 난해하지 않다. 판타스틱한 일이 일어나더라도 일상은 일상답다. 등장인물은 허튼소리를 하지 않는다. 밥을 꼭꼭 씹어 넘기듯 자기가 보고 느끼고 생각하는 바를 정직하게 소화한다. 덕분에 정세랑의 소설은 인물의 생활에 질량이 있다. 이들이 살아가는 모습을 보고 있자면 낯선 세계라도 다 사람 사는 세상이라고 느껴진다. 그래서 종종 정세랑의 소설은 세계를 그대로 나타내는 대신 인물을 통해 세계를 보여 주는 방식을 택한다. 「리틀 베이비 블루 필」이나 「리셋」은 배경이 되는 시공간의 스케일이 거대하지만, 인물의 생활상이 구체적이기에 세계의 변화에 현실감이 있다. 한발 나아가 「웨딩드레스 44」나 『피프티 피플』은 아예 인물에서 인물로 이어지는, 인물로 이루어진 세계의 이야기다. 이들은 독자의 손을 붙잡고 세계를 안내하는 든든한 이야기꾼 노릇을 한다.

더불어 귀여움 이야기를 해야 한다. 귀여움의 핵심 조건은 안전함이다. 정세랑 소설에서는 폭력을 다루더라도 그게 치명적인 위험으로 작용하지 않는다. 현실에 존재하는 잔인한 면들이 소설에서는 멀리 몇 겹의 껍질 뒤에 위치한다. 『보건교사 안은영』은 괴물과 싸우는 전사의 액션 스릴러지만, 안은영은 어정쩡한 자세로 장난감 칼을 휘두르는 사람이다. 마치 호러 코미디 영화에서 가짜 피를 쓰고 허술하게 굴어 긴장을 깨듯, 이 소설은 환상과 일상을 넣어 독자를 안심시킨다. 마찬가지로 『덧니가 보고 싶어』는 망한 사랑 이야기에다 강력 범죄 사건이 나오지만, 그래서 좀 못됐지만, 안 아프고 귀여운 이야기다. 악당에게 사연을 늘어놓을 기회도 주지 않는 단호함도 엿보인다. 그는 독자를 위협하지 못하고 무게 없이 사라진다. 『이만큼 가까이』에서는 주인공 '나'의 삶에 커다란 구멍이 뚫리는 비극이 발생하고, 그만큼 '나'의 이야기가 사라진다. 나는 한동안 시간이 어떻게 흘러가는지도 모르게 텅 빈 채로 지낸다. 하지만 주변 친구들이 빈자리를 메운다. 인물과 인물이 스크림을 짜서 주인공을, 독자를 보호한다. '나'가 짬짬이 주변인의 일상을 모자이크처럼 이어 만든 다큐멘터리는 주인공의 삶이 다음 이야기로 이어지는 계기가 된다.

이런 안전함이 귀여움으로 진화하려면 애정이 곁들여져야 한다. 『덧니가 보고 싶어』에서 선이와 『지구에서 한아뿐』에서 유리는 좋고 싫음을 뚜렷이 드러내는 뾰족한 인물이다. 착한 척하지 않는 다정한 사람들이다. 주인공들은 친구의 그런 점을 사랑한다. 여기서는 인물이 아무리 고슴도치처럼 뾰족하게 굴어도 아무도 크게 다치지 않는다. 물론 튀어나온 면이 안 맞는 사람끼리는 "나쁜 새끼"라고 말할 일이 몇 번쯤 생기긴 한다. 『덧니가 보고 싶어』에서 일하느라 지친 용기와 에너지가 넘치고 손이 매운 여자친구는 맞지 않는 퍼즐이다. 하지만 깔끄러움을 간직하는 사람은 딱 맞물리는 상대를 만나기도 한다. 여자친구는 용기와 헤어지고 자기처럼 에너지 넘치는 상대를 만난 덕분에 세기의 사랑을 하겠다는 포부를 이룬다. 벨크로, 혹은 찍찍이는 갈고리와 걸림고리가 얽히며 부착력이 생긴다. 다양한 사람들이 서로 얽힌 관계는 애정으로 굳건해진다. 그래서 재미있게도 정세랑의 소설에서는 모난 곳 없어 보이는 매끈매끈한 사람이 나쁜 놈이다.

인터뷰에서는 이런 점을 이야기했다. "인물 한 명 한 명이 각자 자신의 이야기를 간직하고 있어요. 소설을 보면 주로 세 명 이상이 나와서 복작거려요. 건강한 관계가 느껴져요." 정세랑은 데뷔작부터 꾸준히 밝고 가볍고 건강한 소품을 썼다. 그리고 잘 쓴 소품이 귀하다는 사실을 알렸다. 정세랑은 출판사 편집자로 일하다 2010년 데뷔한 후로 2013년 『이만큼 가까이』로 창비장편소설상을, 2017년 『피프티 피플』

로 한국일보문학상을 수상했다. 2015년 출간된 『보건교사 안은영』
은 2019년 넷플릭스 드라마로 제작되었다. 2020년 출간된 『시선으
로부터,』는 여러 매체에서 올해의 책으로 선정되었고, 이후 정세랑은
2021년 신진여성문화인상을 받았다. 페미니즘과 생태주의를 담은 글
도 적극적으로 썼다. 정세랑은 이렇게 차근차근 쌓은 섬세하고 온화한
이야기로 독자들에게 열렬한 사랑을 받고 있다.

　　작가의 작품을 꾸준히 따라 읽다 보면 작가에 관해서도 알게 되기
마련이다. 나는 정세랑이 데뷔한 뒤로 인터뷰 등으로 만난 일이 몇 번
있었다. 그래서 소식이 들릴 때마다 반가운 마음으로 생각했다. '나, 이
사람 알아. 어떤 사람이냐면…….' 어떤 사람이냐면, 사람을 환대하고
장점을 곧잘 찾아내는 사람이다. 2021년 한국문학번역원 주최의 대담
으로 정세랑을 오랜만에 만났는데 너무나 자연스러운 환대를 받아서
'아, 이런 사람이 친구가 많은 거구나.' 싶었다. 대담이 끝나고는 엄청나
게 긍정적인 피드백을 받았다. "질문 너무 신선하고 재미있었어요. 이
렇게 일 잘하시는 거 소문나면 안 되는데." 그리고 나는 소문이 나라고
냉큼 인터뷰집을 만들었다. 정세랑 소설의 문장처럼, 어떤 한마디는 마
음에 오래도록 남는다.

　　인터뷰는 서면, 대화, 채팅을 섞어서 진행했다. 대면으로 진행할 때
는 새를 로고로 쓰는 서점 '책방오늘'의 테이블에서 차를 마시며 이야기
했다. 귀여운 새가 그려진 책방은 새를 사랑하는 이야기를 나누기 적절
한 공간이었다. 인간의 눈썹이 이상하다는 이야기도 했다. 외계인이 인
간의 눈썹을 이상해하는 이야기 「채집 기간」을 읽고 나니 나도 눈썹이
생소해졌기 때문이다. 그렇게 인간 바깥의 관점에서 인간을 보고, 인간

중심의 시선을 탈피하여 지구를 바라보는 눈을 전달받았다. 또 인터뷰를 글로 만드는 작업을 하며 정세랑이 언어를 손질하는 방법을 조금이나마 엿보았다. 쉽게 읽히고 오래 기억에 남는 문장을 쓰는 방법을. 문장을 그렇게 자연스럽게 만들려면 걸리는 점이 없도록 신중하게 마음을 불어넣어야 한다. 이런 손길에 서린 다정함 덕택에 사람들이 정세랑 월드에서 편히 쉬어가는 거라고, 새삼 알게 되었다.

느리고

온화한

사람들

요즘은 어떤 일을 하고 계신가요?

장기적인 프로젝트들을 위해 준비 중이에요. 자료를 조사하고, 장르의 규칙들도 파악하고, 실컷 읽는 시기입니다. 한동안 계속 미스터리가 쓰고 싶어서 여러 각도로 진입을 계획하고 있어요. 예를 들면 서술 트릭에서 해도 되는 일과 하면 반칙인 요소에 대해 생각해 본다든지 하는 거죠. 제일 즐거운 시기기도 하고 막막한 시기기도 한 것 같습니다.

미스터리 좋아하시죠. 호러도 좋아하신다고 했고요. 전에 좋아하는 미스터리 작가로 조세핀 테이를 꼽아 주셔서 좋았어요. 저도 재미있게 읽었거든요. 곧 세랑 님의 아주 못되고 오싹한 이야기를 볼 수 있을까요?

긴장감이 조성되고 또 해소될 때 쾌감이 있는 것 같아요. 아드레날린이 필요할 때가 있잖아요. 컴퓨터를 껐다 켜는 것과 비슷한 효과가 있는 듯합니다. 호러도 꼭 한번 시도해 보고 싶습니다. 사실 지금까지도 소설에 꽤 못된 부분이 많지 않나 싶은데, 상대적으로 없어 보이나 봐요. 고통을 다룰 때 건조하게 생략해서 다루는 편이라 그런 것도 같습니다.

그리고 드라마 작업을 맡으셨다는 기사를 봤어요. 『보건교사 안은

영』도 넷플릭스에서 드라마가 되었죠. 각본을 맡으셨고요. 드라마 등 협업을 할 때는 혼자 쓸 때와 어떻게 다른가요?

협업은 끝없는 회의로 이루어져 있어요. 팬데믹 이후로 온라인 회의를 매주 했던 것 같아요. 소설만큼 모든 디테일을 제가 결정할 수는 없지만 외부의 아이디어가 새로운 방향을 제시해 줄 때 찾아오는 상쾌함도 분명 있습니다. 덕분에 소설에 대화 부분이 계속 늘어나고 있어요. 원래도 대화 부분이 많은 편이긴 했지만 더더욱 늘었습니다. 인물들의 구체적인 동선에 대해서도 계속 떠올리게 되고요. 소설이 영상물에 스며들고 영상물이 소설에 스며들어서 자꾸 섞이는 중인데, 몇 년 더 지나 봐야 정확히 알 수 있지 않을까요?

어쩌면 영상물처럼 음악이나 그림이 글의 모티브가 될 수도 있겠네요. 미술관을 좋아한다고 하셨고, 『시선으로부터,』에도 미술관에 가는 장면이 있잖아요. 『보건교사 안은영』은 시각적 이미지가 생생하죠. 글의 기틀을 잡아 주는 이미지가 있나요?

음악은 쓸 때 듣기보다는 쓰기 직전에 듣는 편입니다. 감정 고조에 어울리는 곡으로 서너 곡 듣고 작업을 시작해요. 그리고 구체적인 이미지보다는 색채감을 자주 떠올려요. 지금 이 장면은 어떤 색감인가, 인물들이 어떤 빛 속에 혹은 어둠 속에 서 있는가. 색 자체를 떠올리면 풀리는 부분이 있는데 원활히하기 위해 시각 예술 작품을 꾸준히 접해야 하는 듯합니다.

묘사에 들어가는 구체적이고 생생한 조각들이 눈에 보여요. 현장감이 있다고 할까요. 신체적으로든 감각적으로든 현재성이 느껴집니다. 평소에 메모를 많이 해 두시나요?

스마트폰 메모도 하고 노트 메모도 합니다. 기억력이 그렇게 좋은 편이 아니라 필수예요. 메모를 하지 않아도 다 기억하는 작가들이 부러울 때가 많습니다.

세랑 님의 작업 공간이 궁금합니다. 작업할 때 '이것만은 꼭 필요하다.' 하는 도구가 있나요? 전에 손목을 위해 꼭 키감이 가벼운 키보드를 쓰라고 추천하셨던 것도 인상 깊었는데요.

작업 책상에는 일정 노트와 아이디어 노트가 두 권 펼쳐져 있고. 관절이 좋은 편이 아니라 디자인이 아름답기보다는 인체 공학적인 가구와 도구들로 꾸며져 있습니다. 키보드는 로지텍의 ERGO K860을 쓰고 있어요. 아주 만족스럽습니다. 필요한 도구는 눈이 편한 녹색 펜이요. 파란색보다 보기 편하잖아요. 가벼운 만년필에 나사식 카트리지로 올리브색 잉크를 넣어 사용하고 있습니다. 펜으로 쓰면 너무 빨리 닳아서요. 노트는 겉면까지 종이로 된 노트를 좋아합니다. 예전에 인조가죽 표면이 녹아서 난리가 난 적이 있거든요. 그리고 실제본 형태인 쪽이 좋아요. 쫙 펴질 때 쾌감이 있어요.

하루의 작업 시간은 어느 정도인가요? 글 쓰는 시간을 확보하기 위해서는 어떻게 하시나요?

여덟 시간을 넘기지 않으려고 합니다. 구체적으로 측정하진 않고 아침 먹고 점심까지, 점심 먹고 저녁까지 해요. 규칙적인 생활을 하지 않으면 필요한 양을 소화해 낼 수가 없더라고요. 요새는 자체 주 4일제를 하려고 해요. 매주 성공하는 것은 아니지만 삶의 질을 추구하고 싶어요. 저녁이 되면 한이 맺힌 것처럼 놀게 됩니다. 놀고 싶어서 자기가 싫어요. 무리하는 것을 피하기 위해 다른 사람의 제안보다는 저의 장기적인 계획에 따라 일하려고 하고요. 번아웃 쪽으로 미끄러지는 걸 경계하고 있어요.

쓰는 시간을 위해서 말하는 시간을 줄여요. 강연, 언론 노출 등 말하기를 즐겨 하면서도 좋은 작업물을 꾸준히 선보이는 분들이 계시지만 저는 그렇게 하기 어려운 타입인 것 같아요. 말하기 자체가 싫다기보단 에너지 소모가 커서 쓰기를 방해받게 되더라고요.

글쓰기에 번아웃되지 않기, 또는 계속해서 쓰기 위해 주의하는 점

이 있나요?

갑작스러운 기획에는 되도록 합류하지 않으려고 합니
다. 아무리 근사하고 신선한 기획이라도 단기간에 진행되
는 일들은 결국 무리가 되더라고요. 마음이 맞는 사람들과
천천히 논의하며 제 리듬을 잃지 않을 수 있는 일들이 좋
아요.

**자신의 리듬을 유지하기 위해 일을 걸러내려면 자기확신도 꽤 필
요할 것 같아요. 그런데 작가라는 직업은 어느 정도 책이 나오기
전에는 확신이나 인정을 얻기가 쉽지 않고요.**

1년에 단 한 편의 좋은 단편을 써도 작가라고 생각하기
때문에 길이가 짧든 길든 완성의 경험을 한 사람은 다 작가
라고 여기고 있어요. 주변의 인정과 경제적 자립에 작가의
정체성을 연결시켜 버리면 스트레스가 지나치게 커지지 않
을까 우려됩니다. 책이 나와도 대단한 보상으로 연결되지
않는 이상 웬만해서는 가벼이 평가되어 버리니, 다른 사람
의 인정 같은 것은 애초에 신경 쓰는 범위 바깥으로 밀어내
버리는 쪽이 낫지 않을까요? 제 경우도 겨우 몇 년 전에야
제가 하고 있는 일이 취미가 아니라 직업이라는 걸 인정받은
것 같아요. 오래 걸렸고, 주변의 인정을 받기 전에는 마음
상할 일이 많았어요. 마음이 덜 상하려면 방점을 두어야 할

곳은 완성의 경험 그 자체인 듯해요. 어떤 이야기가 나를 완전히 통과했고 끝났다는 느낌요.

세랑 님은 어떤 시점에 글이 '끝났다'고 느끼나요? 그 감각을 언제 처음 느꼈나요?

요철 없이 읽힐 때, 혹은 적당한 요철만이 남아 있을 때요. 처음에 단편을 투고하기 시작했을 때에도 끝냈다는 감각을 느꼈어요. '이제 다른 사람에게 보여줄 수 있어.' 하고 봉투에 넣으면서요. 그런데 그 완성의 감각 자체도 시간이 지나면 또 희미해져요. 책이 나올 때는 완성되었다 싶은데, 몇 년 지나면 생각이 달라져서 고치고 싶어지니까요. 그럴 때 개정판을 만들 기회가 오면 기쁩니다. 물론 결벽적으로 작품을 업데이트할 필요는 없고 작품은 시대 속에서 이해되어야 하겠지만, 기회가 있을 때 수정하는 것도 뜻깊은 경험인 듯합니다. 머릿속에서 일어나는 변화는 멈춰 있지 않고 몇 년만 지나도 쌓인 경험이 영향을 미치니까요. 몇몇 이야기는 후속작도 내고 싶어요. 그런데 벌여놓은 일이 많아서 미루게 되네요.

수정을 자주 하지만, 작품의 주제 자체는 시간이 지나도 늘 유효한 것 같아요. 답을 찾기 어려워 오래 곱씹는 질문에 관해 쓰기 때문에, 표현은 바꾸고 싶어도 뼈대를 바꾸고 싶을 때는 잘 없습니다. 다른 작가 분들 책을 읽을 때도 집요하게 오랜 주제를 파고드는 모습을 좋아합니다. 한 주제에 대해 수십 년 동안 쓰는 분들도 계시잖아요. '고집 세고 끈질긴 사람들이 글을 쓰게 되는구나.' 감탄해요.

그런 점에서 전에 부러워하고 있는 작가로 아룬다티 로이 말씀을 해주셨죠. 책이 엄청나게 드문드문 나오는데도 그 시간을 기다리게 될 만큼 작품의 밀도가 높다는 내용이었습니다.

네, 좋아하는 작가님이에요. 최근작 『지복의 성자』에서 무덤 위에 지어진 집을 설명하는 장면이 떠오르네요. 삶과 죽음과 모든 것이 층층이, 연결된 채로 존재하는 모습을 굉장히 문학적으로 보여 주는 장면이었어요. '우리가 다 죽고 나서도 다음 세대 사람들이 또 우리가 싸웠던 주제로 싸우고 울고 웃고 하겠지.' 그런 생각을 종종 해요.

단편이 될 이야기와 장편이 될 이야기는 느낌이 다르다고 하던데, 그런 감각이 있나요?

여전히 모르겠어요. 작가마다 압축률이 다르지 않나요? 저는 써봐야 아는 편이라, 주로 등장인물 숫자로 가늠해 보곤 해요. 인물이 적게 나오면 단편이나 중편, 많이 나오면 장편으로요. 한두 인물로는 장편을 잘 진행하지 못해요. 기본적으로 좀 와글와글한 타입이죠. 독자로서도 한두 인

물만 움직이는 장편을 그다지 선호하지 않고요. 상호작용이
활발하게 일어나는 전개 쪽이 취향인 것 같습니다.

**그럼 글의 시작점은 어디인가요? 좋아하는 장면, 혹은 이야기의
시작점, 결말 등 여러 가지가 가능할 것 같아요. 가장 힘겨운 부분
은 어디인지도 궁금합니다.**

그때그때 다르지만 가운데나 끝에 위치하는 핵심 장면
에 다다르기 위해 문장들을 몰아갑니다. 중요한 장면들이
먼저 떠오르고 그다음은 점선 잇기 같아요. 힘든 때는, 좋
아하는 장면에서 그다음 좋아하는 장면까지 먼 길이 예상
되거나 이어지는 지점이 잘 보이지 않을 때요. 머칠씩 같은
문단에서 정체될 때도 흔해요.

**퇴고할 때 신경 쓰는 점은 무엇인가요? 사람들이 알아채 주길 바
라는 부분이 있나요.**

똑같은 단어를 반복해서 쓰지 않는지를 신경 써요. 주
로 '생각하다' '조금' '더' '~모양이었다' '~것이었다' '~는
데' '~지만'이 많아서 바꾸거나 빼곤 합니다. 그리고 느리게
읽히길 원하며 쓴 글을 느리게 읽어 주실 때, 미끄러지듯 읽
히길 원하며 쓴 글을 미끄러지듯 읽어 주실 때 반가워요. 글
마다의 속도를 생각하며 쓸 때가 많거든요.

등장인물 이름은 어떻게 정하나요? 예전에 하셨던, 악역에겐 스팸메일 발신자의 이름을 붙인다는 이야기가 재미있었는데요. 지금도 그렇게 쓰고 계신가요?

요새 아쉽게도 사람 이름 스팸보다는 회사 이름 스팸이 늘고 있어요. 스팸 메일에도 유행이 있더라고요. 그래서 악역 이름을 어감을 고려하며 정한 다음 인터넷에 검색해 봐요. 그렇게 해도 나오는 것은 공인뿐이라 겹치는 일을 완전히 막을 수는 없겠지만요. 악역 이름들이 유난히 독특하고 이질적인 경우가 많은 것은 작가들이 그런 식으로 검색하기 때문 아닐까요? 친구들이나 독자분들이 써도 좋다고 선물해 주신 이름들은 반대로 최대한 동명이인이 많을 듯한 쪽을 편히 쓰게 되더라고요. 근사하게 그려지는 주인공 이름도 가끔 부담스러워질 수 있으니까요.

세랑 님의 글을 읽는 독자들의 모습을 상상해 보신 적이 있나요? 어떤 모습인가요?

언제나 단어를 천천히 고르는 온화한 사람들을 상상합니다. 어떤 사람들은 온화함을 미지근하다고 저평가하지만, 격한 감정으로 쉽게 치우치는 시대에 온화한 사람들이 귀하지 않나 생각해요. 말하기보다 읽기와 쓰기가 편한 분들일 거라고도 상상해요. 저도 순발력이 좋지 않아서 말을 두서 없이 하는 편인데, 읽기와 쓰기에서 안정을 찾아요. 비슷한 성향의 분들이 많이 읽고 많이 쓰시면 좋겠어요.

전에 도서관에서 세랑 님 사인본을 발견한 적이 있어요. 일부러 도서관 책을 챙겨 사인을 받은 분이 계셨더라고요. 도서관 이용자들을 향한 메세지가 적혀 있어서 재미있었어요. 세랑 님은 독자와 만나면서 기억에 남은 경험이 있으신가요?

요새는 손목 통증으로 사인을 많이 못 하고 있어요. 그래서 초판본 사인 이벤트는 대부분 거절하고 있습니다. 대량으로 사인을 하기보다는 직접 만나 뵙고 이름을 적어드리는 쪽이 더 좋지 않나 싶어요. 기억에 남는 일이라면, 이름을 잘못 받아쓰는 바람에 제가 낭독용으로 들고 있던 책과 바꿔 드린 적이 있습니다……. 이후로 서명 전에 꼭 여분 종이에 철자를 확인하는 편이에요.

아, 그리고 양말 선물을 정말 많이 받았습니다. 몇 년 전에 인스타그램에 마음에 드는 양말을 샀다고 올린 적이 있는데, 다들 그걸 기억하시고 다정하게 양말을 사 주셔서 발이 늘 따뜻합니다. 최근 긴꼬리딱새 양말을 선물해 주신 분께 행운의 양말로 특별한 날 신고 있다고 말씀드리고 싶어요. 물론 저를 만나러 귀한 시간 내어주시는 분들이니 편하고 가볍게 와주셔도 충분하지만요.

세랑 님 책은 현재 여섯 나라에 번역되어 있는데요. 번역된 책을 보면 어떤 마음이 드시나요? 어떤 이야기가 한국의 경계를 넘어서도 통용될지 궁금하기도 합니다.

한 글자도 읽을 수 없을 때 신기한 기분이 듭니다. 같은 책도 전혀 다른 분위기의 표지를 입을 때가 있어 새롭고요. '이렇게 해석하셨구나.' 혹은 '이 방향을 선호하시는구나.' 하고 다른 점을 발견할 때 재밌어요. 구체적인 것들은 번역가 선생님들이 달아 주시는 자세한 각주나 미주로 다 설명이 가능하겠지만, 작품을 움직이는 감정이 보편적인 감정이면 좋지 않을까요? 이야기에 있어선 국내든 해외든 어떤 점이 사랑받을지 솔직히 예상이 어렵기는 합니다.

본인을 다루는 논문이나 평론을 읽어 보셨나요? 이외에 자기 글의 반응을 찾아보고 싶다는 욕망이 들 때는 없으신가요? 솔직히 남의 반응이 궁금한 게 사람 마음이니까요.

평론으로 다뤄지면 보통 출판사에서 보내 주시곤 해서 꽤 읽은 것 같아요. 작품을 소재로 하긴 해도 평론은 완전히 독립적인 장르라, 거리를 두고 읽습니다. 그다음 작품을 쓸 때 시야각을 넓힐 수 있으면 기쁜 일이고, 그렇다고 또 너무 영향을 받아서도 곤란하고요. 거리감을 적당히 두고, 좋은 평론의 뼈대가 되는 명료한 사고방식을 접합니다. 아주 가끔 인물의 설정을 틀리거나 작품 속 사실관계를 왜곡해 억지로 끼워 맞춘 글도 만나요. 그런 글은 싫지만 어디에나 기본을 못 갖추는 사람이야 있겠죠. 나쁜 평론은 다루는 작품을 해치기보다 쓴 사람의 부족한 자질을 드러내는 경우가 많아 그다지 신경 쓰지 않습니다.

리뷰를 찾아보는 일도 경력 초반에는 자신이 어떤 위치에서 어떤 글을 쓰고 있는지 파악하기 위해 어느 정도 필요하겠지만, 시간이 흐를수록 되도록 보지 않는 편이 좋은 것 같아요. 같은 작품을 두고도 완전히 다른 반응들이 오기 때문에 혼란스러워지니까요. 단편만 쓰면 좋겠다, 장편만 쓰면 좋겠다, 장르만 쓰면 좋겠다, 리얼리즘 문학만 쓰면 좋겠다, 로맨스를 쓰면 좋겠다, 로맨스를 그만 쓰면 좋겠다……. 그야말로 정반대의 의견들이 동시에 펼쳐져서 갈피를 잡기 어려워요. 노출이 늘수록 악의적인 괴롭힘도 따라붙기 때문에 노출의 정도를 스스로 결정할 수 있으면 도움이 될 듯합니다. 요새는 댓글란을 방치하거나 제목을 지나치게 자극적으로 뽑는 매체에는 작품 게재나 인터뷰 등을 피하고 있습니다. 매체의 조회수를 올려주자고 제가 다치고 싶진 않아요.

작가로서 직업 만족도는 어떠신가요?

쓰는 일은 좋은데, 저 자신이 노출되는 건 성격에 잘 맞지 않는 것 같아요. 여성 작가에게 특히 강요되는 이미지와 태도 같은 게 있어요. 그런 것을 피해 당당해 보이고 싶어 노출을 피하지 않았었는데, 어느 순간 좀 스트레스가 되더라고요. 다시 선택할 수 있으면 완전히 숨어서 글만 쓰고 싶습니다.

과거와 달라진 점이 있나요? 어떤 작가가 되고 싶으신가요?

쓰는 양에 대한 강박을 약간 버리게 되었어요. 많이 쓸 수 있다면 좋겠지만, 쫓기는 마음은 더 이상 들지 않아요. 덜 생산하는 게 친환경적이지 않을까 싶기도 하고요. 몇 년 전만 해도 50권을 쓰고 싶다고 인터뷰를 했는데, 지키지 못할 수도 있겠습니다. 언제나처럼 쉽게 규정하기 어려운 작가가 되고 싶고, 두 번 읽었을 때 한층 좋은 이야기를 쓰고 싶어요. 처음엔 빠르게, 재독할 때는 느리게 읽혔으면 합니다.

관찰자의

리듬

새를 보는 일, 탐조를 하고 있다고 여러 자리에서 밝히셨는데요. 자연의 새를 지켜보는 경험이 글에 반영되는지도 궁금합니다.

얼마 전에는 중랑천에서 비오리를 봤는데 옆모습이 아주 멋졌어요. 대단한 노력을 기울이고 있는 것은 아니고 어디에서든 모르는 새를 보면 이름을 꼭 찾아봐요. 포켓 도감 한 권에서 시작할 수 있는 즐거운 취미입니다. 가장 좋아하는 책은 『새들의 천재성』이라 그 책도 추천드려요. 새를 보다 보니 소설에 자꾸 새가 나오더라고요. 스쳐가는 존재로라도요. 그리고 다른 소설에 생태적인 묘사가 자세하면 동질감을 느껴서 더 집중해서 읽습니다.

지금까지의 글 중 대표작이라고 생각하는 글이 있나요? 혹은 애착이 있는 글이요.

아직 묶이지 않은 단편 중 「태풍의 이름을 잊은 것처럼」에 가장 애착이 있습니다. 썼던 중 가장 마음에 드는 글이었어요. 얼른 책으로 묶고 싶습니다. 전태일기념관에서 낸 전시 책자에만 실렸어요. 여러 작가들이 여성 재봉 노동자 분들을 만나서 인터뷰하고 그 내용으로 소설을 쓰는 프로젝트였어요. 전태일 열사 다음 세대의 여성들이 야학에서 공부하고 투쟁에도 참여하며 활동했던 이야기를 담았어요. 한국 현대사에서 중요한 시기 현장에 계셨던 분이 주인공인 소설이고, 평소보다 작품 속 현실의 농도가 높을 수밖에 없어서 잘 쓰고 싶다는 압박감이 있었거든요. 다행히 인터뷰해 주신 선생님이 마음에 든다고 말씀해 주셨어요. 정말 한 사람을 위해 쓴 소설이었는데, 경험을 내어주신 분이 만족한다고 해 주시니까 의미가 있더라고요. 한 사람을 위해 썼지만 많은 분들이 읽어 주셨으면 하는 소설이 되었습니다. 그때 참여하신 다른 작가님들 작품도 좋아해요. 이제 각자의 작품집에 흩어져 실리겠네요.

하고 싶은 프로젝트를 고를 수 있게 되어서, 그런 프로젝트들의 결과물에 특히 애착이 가는 것 같아요. 그런데 하고 싶은 프로젝트를 고르려면 어느 정도 안정된 경력을 가져야 하죠. 경력 초반에는 닥치는 대로, 가리지 않고 일을 할 수밖에 없었던 기억이 나요. 그렇게 헤맸던 경험도 분명 남긴 것들이 많았어요. 어떤 일은 재미있고 경제적 대가도 있는데 하고 나면 뭔가 허탈했고, 또 얼떨결에 하게 된 일에서 큰 의미를 찾게 될 때도 있었고요.

역사 이야기라면 「알다시피, 은열」도 한국 역사의 한 꼭지가 중요하게 나오는 작품이잖아요. 세랑 님은 대학교에서 역사를 공부하셨는데, 영향이 있나요?

사람들이 어떤 어려운 순간에 기대보다 굉장히 빛나는 모습을 보여준다는 확신이 있어요. 역사에 기록되어 있으니까요. '끔찍한 상황에서도 어떤 사람들은 인간성을 보여준다.' '하지 않아도 되는 일을 한다.' 그게 거짓말이 아니라는 걸 잊지 않으려고 합니다. 애정도 있어요. 간혹 제가 인류를 지나치게 그로테스크하게 그린다는 오해를 받곤 하는데, 문명의 방향을 비판하는 것이지 인류 자체를 불신하지는 않습니다. 디스토피아 소설을 여러 번 써서 오해를 받는 걸까요? 기본적으로 저는 디스토피아를 쓰는 사람들은 그런 세상을 원치 않기에 쓴다고 생각해요. 보통 두려움과 경계심으로 쓰지 않나 짐작해 봅니다.

저는 디스토피아에서도 삶의 방식이 계속되는 느낌에 집중하는 것 같아요. 상황이 크게 바뀌어도 인류의 한 측면이 계속되면 좋겠어요. 인류는 매우 좋은 관찰자라고 생각합니다. 우리만큼 왕성하게 알고 싶어 하고 관찰하고 싶어 하는 종도 없지 않나요? 물론 모두가 항상 그렇진 않고, 파괴적인 면도 많죠. 하지만 문명을 발전시킨 것은 그런 면보다는 관찰자로서의 면이라고 봅니다. 우리가 바깥 세계, 다른 대상에 관심이 있었기 때문에 여기까지 이르렀다고요.

인류의 양면성을 계속 생각하게 돼요. 알고 싶어 하는 사람이 있고, 이용하고 싶어 하는 사람이 있다는 걸요. 누구는 처음 발견된 개구리를 보존하고 싶어 하고 누구는 습지를 밀어 버리고 싶어 하죠. 늘 양쪽이 다 있다는 걸 알아요. 끝내는 관찰하고 사랑하는 쪽이 더 강해졌으면 좋겠어요. 한쪽을 응원하는 마음으로 써요. 요즘 과학자 분들을 만날 일이 많은데 생명을 아끼는 사람들끼리의 표정이 닮아 있더라고요. 확산하는 사랑은 있는데 비대한 욕망은 없는, 그런 맑은 얼굴이 인류 전체의 얼굴이면 좋겠다고 바라게 됩니다. 픽션의 세계에서라도 주인공의 자리를 자꾸 주고 싶어져요.

환경에 관심을 가지면서 환경친화적인 책을 제작하고자 노력하고 계시잖아요. 기존의 제작 방식과 비교할 때 구체적으로 어떻게 다른가요?

지속 가능한 종이에 덜 해로운 인쇄를 하려고 출판사 담당자들과 자주 이야기를 하곤 합니다. 제안드렸을 때 항상 결과로 이어지는 것은 아니지만 요새는 많이 동의해 주세요. 코팅 부분에 플라스틱류가 포함되는 방식은 꼭 필요할 때가 아니면 되도록 지양하고 있어요. 덜 해로운 코팅 방식을 시도했다가 종이가 잘 마르지 않아 다시 찾아 바꾼 적도 있고, 재생지도 써 보고, 사탕수수 종이도 써 보고. 관련된 분들이 무척 힘써 주세요. 종이를 기껏 정했는데 갑자기 수입이 안 된다거나, 일반 소장용으로는 괜찮은데 도서관에 들어갔더니 금방 망가지고 만다거나 해서 해결할 거리가 계속 남아 있습니다. 정답은 모색 끝에 찾아오나 봐요. 뜻을 같이해 주시는 분들께 특별한 감사의 마음을 가지게 되었습니다.

세랑 님의 생태주의적 관심사를 가장 많이 반영한 작품은 『지구에서 한아뿐』이리라 생각해요. 얼마 전 재출간하며 현재에 맞는 내용으로 수정했다고 알고 있는데요. 달라진 부분을 소개한다면요?

처음부터 끝까지 새로 썼기 때문에 달라진 부분을 짚어 드리기는 어려울 것 같아요. 내용도 내용이지만 표현을 많이 바꿨어요. 문장의 배치 같은 것이나 접속사를 쓰는 방식 등 여러 가지가 몇 년 동안 많이 달라졌거든요. 한번 썼던 작품을 다시 통과하는 일이 새로 쓰는 것보다도 어렵더라고요. 그래도 굵직한 것을 꼽자면, 처음 썼을 때는 탄소 배출량에 대해 주로 접근한 것에 비해 개정판에서는 동물권과 비거니즘에 대한 고민을 더했습니다. 10년이 짧은 것 같아도 접하게 되는 정보들이 크게 달라진 것 같아 앞으로도 기대가 돼요.

비슷한 관심사를 다룬 작품으로 엽편 「채집 기간」이 있습니다. 외계인이 미래의 지구로 추정되는 행성에서 생물 표본을 채집하잖아요. 그들이 인간으로 추정되는 생물을 보며 눈썹이 이상하다고 생각하는 부분이 재미있었어요. 타자의 관점에서 우리를 보는 연습이죠.

그 작품은 생태주의적 측면도 있지만, 그보다는 인간의

눈썹이 얼마나 이상한지에 대한 이야기예요. 평소 눈썹에 대해 문득문득 이질감을 느끼곤 했어요. 눈썹의 기능만 생각한다면 그냥 눈 위까지 이마가 전부 털인 게 훨씬 효율적이지 않나요? 동물은 보통 눈썹이 없고 다 털이잖아요. 그런데 인간은 기이하게도 이마를 굳이 비우는 쪽으로 진화했어요. 왜 「모나리자」가 눈썹이 없는지 알 것 같아요. 다빈치도 눈썹을 받아들이지 못한 겁니다. 물론 의사 소통의 원활함을 위해 이렇게 된 것이겠지만, 그래도 중간에 털이 끊겨 있다는 점이 너무 이상해요. 떠올리지 않고 있다가도 또 가끔 보면 '으악, 이상하다.' 싶어서 '꼭 엽편으로 써야지!' 했어요. 외계인도 분명 이해하지 못할 거라고요. 독자분들이 그 엽편을 읽은 이후 눈썹에 이질감을 느낀다는 말씀을 자주 하셔서 이질감을 퍼뜨려 버렸나 싶었습니다.

『지구에서 한아뿐』은 물론이고 『목소리를 드릴게요』는 확실히 SF죠. 기존 SF의 기준으로 구분하자면 말랑말랑한 쪽입니다. 자연과학적 부분을 엄밀하게 파고들지 않아요. SF를 쓸 때 이론이나 과학적인 부분을 어떻게 메우셨나요?

과학책이나 과학 잡지, 기사를 좋아하는 편이라 자극과 영향을 받아서 쓸 때가 많은 듯합니다. 그렇지만 기본적으로 역사 전공자라 과학 이론보다는 사회의 변화나 공동체 내외부의 역동성에 더 집중해서 쓰는 것 같아요. 주인공 인물 없이 사회가 주인공인 이야기를 꽤 좋아해요. 「리틀 베이비 블루 필」 같은 형식이요. 새로운 약물이 만들어진 일 하나로 사회 전체가 변화하잖아요. SF는 아니지만 「웨딩드레스 44」도 개별 인물들보다는 그들이 모여 있는 모습 자체가 주인공이고요. 심지어 이름이 없고 숫자로만 등장합니다. 그런 방향으로 소설을 쓸 때는 조금 더 서술자의 자아를 희미하게 만들면서 쓰는 것 같아요. 직관적으로 조정하는 거라 설명은 좀 어려운데, 사회를 모형으로 만든 다음 떠다니는 카메라처럼 변화하는 시점으로만 존재하게 하는 거죠. 마치 일어나지 않았지만 일어날 법한 일을 건조하게 받아 적듯이요. SF가 꼭 과학에만 많이 기댈 필요는 없다고 봐요. 쓰는 이가 익숙한 다른 영역을 끌어들이며 써도 좋지 않을까 합니다.

　주인공이 없으면 문학적인 글을 좋아하는 분들은 낯설어 하시는데, 역사학이나 사회학 좋아하는 분들은 좋아하시더라고요. 작가가 뭘 쓰는지보다 누가 읽느냐에 따라 작품이 달라지는 것 같아요. 자신의 관심사가 필터가 되니까요. 요새는 리뷰를 잘 보지 않지만 입체적인 해석을 재미있게 내놓으시는 분들을 좋아해요. '다음엔 정말 그쪽으로 파고들어서 써 봐야지.' 싶고요. 그런 리뷰를 찾으려고 악의적인 리뷰까지 다 읽을 순 없으니, 아쉽죠.

SF 작가로 인터뷰하자고 했을 때 세랑 님은 "그런데 저는 판타지

작가 아닌가요?"라고 하셨죠. 저는 세랑 님이 당연히 SF 작가 카테고리에 속한다고 생각했거든요. 이건 제가 SF의 경계를 느슨하게 잡기 때문일지도 몰라요. 생각해 보면 할란 엘리슨도 자기를 SF 작가라고 부르지 말라고 했고 옥타비아 버틀러도 자기는 그냥 작가라고 했죠. 세랑 님의 SF 작가 정체성은 몇 퍼센트인가요?

SF 작가로 불리는 것 자체는 좋은데, 써 온 분량이 약간 부족하지 않나 싶어서요. 지금까지 쓴 작품 중 80퍼센트가 판타지와 리얼리즘 소설, 혹은 그 둘이 적절히 섞인 소설이었어요. SF는 20퍼센트 이하일 거라고 생각합니다. 그래서 저의 SF 작가 정체성도 20퍼센트 정도예요. 작품 수의 절대량으로 판단할 수밖에 없어서 SF 작가 정체성이 강하지 않네요. 그런데 판타지 작가라고 불릴 때보다 SF 작가라고 불릴 때가 많아서 요새 '사이언스 픽션'이 '사이언스 판타지'가 되어 버린 듯해 당황스럽습니다. 전 세계적으로 SF와 판타지를 한데 두고 이야기하는 흐름이긴 하더라고요. 어슐러 K. 르 귄도 테드 창도 판타지를 많이 쓰지 않았나요? 켄 리우는 정말 판타지 작가고요. 따져 보면 성질이 다른데도 같이 묶어서 말하잖아요. 언제부터 이런 통합이 일어나고 있었을까요? 꽤 견고했던 경계선이 흐려지는 이유가 뭘지 저도 궁금합니다. SF와 판타지의 차이를 전에는 알고 있었다고 생각했는데 이제는 또 모르겠어요. 그냥 흘러가는 대로 흘러가고 있고, 다른 분들의 의견이 궁금해집니다. 하나 만

족스러운 것은, 장르 작가라고 하면 10년 전에는 벽 같은 편
견에 부딪히곤 했는데 최근엔 많이 유연해졌다는 점이에요.
장르에 유년기부터 익숙했던 독자들이 등장한 것이 큰 변화
의 요인인 것 같습니다.

**어떤 이유로 SF를 쓰게 되셨나요? SF에서 어떤 글을 쓰고 싶으신
가요?**

SF 작가 동료가 많아서 친구 따라 강남 가듯이 썼습니
다. 작가로서는 다룰 수 있는 단위가 큰 것이 좋고, 독자로
서는 완전히 다른 세계에 머리를 담글 수 있는 것이 좋습니
다. 시간과 공간을 한층 큼직큼직하게 사용하고 싶어요. 몇
천 년을 뛰어넘거나 수백억 명이 나온다거나 하는 대하소설
을 써볼 수 있다면 좋겠습니다.

**자신의 이야기를 공기층으로 비유하신 적이 있어요. 그런 안전한
느낌은 비현실일 때 쉽게 가능한 측면이 있는 것 같아요. 이와 관
련해 SF는 비현실인 만큼 진보적일 수 있지만 그만큼 현실도피가
될 위험이 있다는 이야기도 나옵니다. '오락 소설'을 쓰고자 하는
분으로서 생각하게 되는 점이 있으실 것 같아요.**

현실보다는 현실 약간 옆이 스트레스를 줄일 수 있는 것
같습니다. 같은 주제를 이야기할 때 처참한 것을 처참한 대

로 그리는 것도 유의미하고 거리를 벌려 자극과 충격을 다소간 조절하는 것도 유의미하다고 믿습니다. 어느 한쪽만 유효하다고 보지는 않기에, 그다음은 쓰고 읽는 사람의 선택이겠죠. SF 독자로서는 도피적인 부분보다 전복적인 부분을 더 많이 느껴 온 것 같습니다. 쓸 때도 목표는 대체로 전복이었습니다만, 얼마나 효과가 있었을지는 모르겠습니다. 그리고 소설이 항상 현실에 어떤 영향을 미쳐야 하는 것도 아니지 않나 싶어요. 유익한 소설도 있고 즐거움만을 목표로 하는 소설도 있고, 다양하게 쓰이는 쪽이 건강하지 않나 합니다.

SF가 꼭 현실의 비유나 은유로 작용하지는 않지만, 현실에 기반을 두고 현실과 관련을 맺는 점도 사실입니다. 소설을 쓰면서 한국 또는 현재의 이슈에 영향받은 점이 있나요?

공동체의 가치관, 공동체의 선택에 대해 쓰고 싶을 때 SF를 택하고 싶어진다는 점에서 언제나 영향을 받고 있는 듯합니다. 최근 몇 년 가장 괴로운 뉴스는 아동 학대에 대한 뉴스들이었는데, 「7교시」 같은 경우 학대의 요소를 제거해 보려 했던 것 같네요. 정말로 원하는 사람들만 아이를 낳고, 그 아이가 어떻게 자라는지 주변에서 함께 지켜봐 주는 사회잖아요. 개인의 삶에 공동체가 개입하는 정도를 따지면 사실은 약간 독재 사회일지도 모르죠. 하지만 어린이들

이 야산이랑 냉동고에서 발견되는 게 너무 괴로워서요. 그
런 일이 없는 세계를 그려보고 싶었어요. 괴로움 때문에 쓰
게 되는 소설들이 있는 것 같습니다.

**예전에는 SF 작가들이 점점이 흩어져 있다는 말이 나왔었는데
요. 지금은 한국과학소설작가연대가 있고, 숫자가 많아지기도 했
고. 여러모로 다를 것 같아요. 변화를 체감하는 면이 있나요?**

국내 작품 출간 종수가 늘어서 독자로서 무척 행복합니
다. 문단 문학에 비해 지면이 적고 다른 조건도 나빴는데 크
게 개선되고 있는 것이 작가로서 안심이고요.

SF가 어렵다고 말하는 사람들에게 하고 싶은 말이 있나요?

어떤 장르든 100권을 읽어야 마음에 쏙 드는 세 권 정도
를 고를 수 있게 되는 것 같습니다. 완전히 취향인 세 권을
만나실 수 있길요.

새로운 세계로,

뒤도

돌아보지 않고

떠났으면

자료를 위해 인터뷰를 많이 하신다고 알고 있습니다. 이야기를 끌어내고 원하는 부분을 캐치하는 비결이 있나요? 간혹 작가나 편집자가 등장하기도 하는데, 이렇게 본인과 가까운 직업이 등장할 때와 아닐 때의 차이가 있나요?

인터뷰는 사실 상당히 부담스러울 수 있는 방식이잖아요. 그래서 관련 분야의 수업 교재를 구해 본다든지, 다큐멘터리가 있는지 알아보는 등 다른 방식으로 조사할 수 있다면 가능한 선까지 한 다음에 요청 드리는 편이에요. 외향적인 인터뷰이에게는 구두 인터뷰를 요청하고, 내향적인 인터뷰이에게는 서면 인터뷰를 하거나 아예 소설의 초고를 써서 감수를 부탁드리는 쪽이 좋았습니다. "일단 이렇게 써 보았는데 틀린 점이 있는지" 여쭤보는 거죠. 막상 확인해 보니 조사한 것이 현실과 약간 어긋날 때도 있는데, 그럴 때는 현실에 가깝게 고치기도 하고 이야기가 현실에서 멀어지는 게 나을 때는 일부러 보편적이지 않은 상황으로 둘 때도 있습니다. 정확히 쓰려고 애쓰긴 하지만 모든 경우에 꼭 있는 그대로를 따라갈 필요는 없는 것 같아요.

인물의 사적인 순간과 공적인 순간을 모두 담고 싶어요. 사람에게는 사적인 얼굴이 있고 공적인 얼굴이 있는데, 공적인 얼굴은 직업을 표현할 때 제일 자연스럽게 나오지 않나 하고요. 인물의 기질이랄까, 성격이 다면적으로 드러나길 바라면서 만들어 봅니다. 문학적인 순간을 생각할 때 사적이고 내면적인 순간이 먼저 떠오르지만, 사람들은 사적이기만 한 존재는 아니니까요. 대개 일하는 시간이 여덟 시간이 넘어가는 걸 감안하면 더 그렇죠. 다만 조사한 내용이 지나치게 많이 들어가면 이야기가 무거워지거나 딱딱해져서 15퍼센트만 자연스럽게 여기저기 배치되도록 쓰면 적당한 농도가 되는 것 같아요. 물어보신 것처럼 작가나 편집자가 나오면 오히려 편안해서, 그 편안함에 안주할까 봐 덜 쓰려고 합니다.

인물 하나하나가 간직한 이야기가 많은 만큼, 여러 인물이 교차할 때는 소설이 액자식 구성처럼 느껴지기도 합니다. 이야기 속에 이야기가 들어 있는 형식이요.

하나의 이야기가 하나의 질문만을 가질 때 가끔 부자연스러움을 느낄 때가 있습니다. 주제를 표현하기 위해 모든 인물이 목표점을 향해 달리는 건 현실에서는 잘 없는 모습 같고, 각 인물을 움직이는 추동력은 각자 다른 게 그럴듯하지 않나 균형을 잡아보는 편이에요. 그래서 사람도 많고 사람마다의 질문도 다른 소설을 자주 쓰는 듯합니다.

열심히 일하는, 피곤한 인물들이 나오는데도 세랑 님의 소설을 '치유'라고 이야기하는 사람이 많습니다. 마음이 무겁지 않은 글이라고 할 수도 있겠네요. 글에서 어떻게 무게를 덜어 내시나요?

의식적이기보다는 제가 독자로서 가장 지쳤을 때 책을 드는 것 같아 무의식적으로 그렇게 쓰는 게 아닐까 싶습니다. 저에게 읽는 것이 언제나 회복의 시간이어서 쓸 때도 그런 방향으로 기우나 봐요.

가까운 친구들을 생각하며 쓰는 것도 글의 무게감을 결정하는 데 도움이 되고요. 매일 메신저로 이야기하는 친구들에게서 가장 힘을 많이 얻거든요. 친구들의 10대, 20대, 30대를 다 알 수 있어서 좋았습니다. 오래 지속되어 온 대화 속에 있다는 것, 친밀감과 신뢰 속에 있다는 것이 글과 삶의 무게 추가 됩니다. 점점 더, 서로에게 지지대가 되어주는 소수의 사람들만이 정말로 의미 있다는 생각을 해요. 의미 없는 수많은 관계 속에 놓이기보다 직접 선택한 소수의 관계를 계속 가꾸어 나가는 게 좋지 않을까 합니다. 친구들을 떠올릴 때 안전함을 느끼고, 어떤 테두리 안에, 팔 안에 안겨 보호받고 있는 이미지가 먼저 오거든요. 그 소중한 감각을 소설 속에 담고 싶을 때가 많고요.

그러고 보면 소설에 다양한 나이대의 사람이 등장합니다. 『이만큼 가까이』는 파주에서 자란 친구들의 10대와 20~30대 이야기죠. 『시선으로부터,』의 가족들은 3대에 걸쳐 있고, 『피프티 피플』에는 온갖 사람이 나와요. 다양한 나이대의 사람을 다르게 만들기 위해 어떻게 하시나요?

저는 서사만큼이나 스타일을 실험하는 것 자체가 목표
일 때가 많은 것 같아요. 다른 세대의 화법을 그럴듯하게 흉
내 내는 것이 즐겁습니다. 나이 든 분을 그릴 때는 역사가 있
는 인물, 축적된 것들이 뒤에 어른어른 비치는 인물로 그리
고 싶어져서 늘 공을 들이게 됩니다. 청소년은 생동감 있고
실수하는 인물들로 그리고 싶어요. 실수하고 경로를 수정하
는 인물요. 실수를 하면 스스로를 미워하기 쉽잖아요. 그런
데 실수 없이 완성되는 사람은 없으니까 괜찮다고 말해 주
고 싶어서요.

**스스로 기이한 이야기를 쓴다고 하셨어요. 영문을 알 수 없는 일
이 일어나는데 그 원인이나 과정에는 관심이 없어 보이는 점이 재
미있습니다. 『재인, 재욱, 재훈』에서 이들의 초능력은 그냥 생기
죠. 그들에게 오는 편지의 정체도 알 수 없고요. 『덧니가 보고 싶
어』에서도 용기의 몸에는 그냥 문장이 생기고요. 『보건교사 안은
영』의 은영의 능력도 이유가 없습니다.**

생략을 좋아합니다. '이 텍스트 위의 세계에서는 그렇
다고 하자.' 하고 약속하고 나면 그렇게 되는 것들이 늘 신
나요. 보드게임의 규칙 같은 게 아닐까 합니다. 『재인, 재욱,
재훈』의 초능력 관련된 부분도 일부러 생략한 부분이죠. 누
가 초능력을 주었는지는 중요하지 않고 오히려 그걸 모르는
쪽이 주제에 적합해 보였어요. 인물이 자기 역할을 스스로

파악하고 의지대로 움직이려면요. 독자분들이 그 생략에 동의해 주셔서 좋더라고요. 실제로 우리가 살면서 어떤 일들이 왜 그렇게 되었는지 누가 친절히 설명해 주는 일은 잘 없지 않나요? 그냥 세계에 던져져서 모호함 속에 자신만의 지도를 그리죠. 세계를 잘 모르고 확신도 없지만 '어쨌든 이렇게 행동할 거야.' 하고 움직이는 인물을 좋아해요.

어쩌면 이유를 몰라도 다음으로 가는 것이 여행자의 마음가짐일지도 모르겠습니다. 사람들은 각자 삶을 모험하는 주인공이고요. 고전적인 판타지 구조에서는 주인공이 고향으로 돌아와야 하잖아요. 조지프 캠벨이 정리한 영웅 신화의 원형 구조가 그랬죠. 혹은 판타지와 SF를 구분할 때 나오는 말이기도 합니다. 돌아오는 이야기인지, 가 버리는 이야기인지. 세랑 님 소설에는 물리적으로든 정신적으로든 다른 세계로 훌쩍 떠나는 사람들이 있죠. 그래서 가 버리는 쪽의 이야기 같아요.

네, 돌아오는 이야기를 좋아했던 적이 별로 없었던 것 같네요. 고향이라고 부를 만한 곳이 없이 커서일까요? 성큼성큼 가 버리는 쪽이 재미있습니다. 다른 세계로 떠나서 돌아오지 않는 이야기가 항상 쓰고 싶어요. 어느 쪽이 낫거나 그래야 한다는 게 아니라, 타고난 취향입니다. 어릴 때 읽었던 책에서도 모험을 떠났던 주인공들이 굳이 돌아오는 게 마음에 들지 않았어요. '새로운 세계에서 그냥 살아 버렸으면, 뒤도 돌아보지 않았으면.' 하고 바랐습니다. 네버랜드에 살고, 나니아에 살고, 신선들이 복숭아를 주면 그냥 눌러앉아 버리고, 엘프들이랑 배를 타고 가 버리면 좋겠다고요. 이사는 많이 다녔지만 아주 멀리 떠나 보지는 않은 사람인데 그런 충동은 어디에서 올까요? 좀 더 파고들어 봐야겠네요. 어쨌든 완전히 떠나 버리거나, 공간적으로는 그대로 위치하더라도 본질은 바뀌는 이야기를 좋아합니다.

여행 에세이 『지구인만큼 지구를 사랑할 순 없어』에서 쓰시길 여행을 잘 안 하는 사람이라고 하셨죠. 관련이 있을까요?

여행을 잘 하지 않는 건 환경적인 이유도 있지만, 매일 비슷하게 이어지는 안온한 일상에서 안정감을 느끼는 성격이어서 그런 것 같아요. 그런데 이런 성격의 사람이라도 컴포트 존에서 벗어나려는 노력은 의식적으로 하는 게 도움이 되더라고요. 자극이 있어야 성장도 있는 거겠죠. 얼마 전에 한 항공사가 탄소 배출이 적은 새로운 연료로 비행에 성공했던데, 그런 변화들이 더 생기면 좋겠어요. 여행 자체는 누구나 누려야 할, 아주 멋진 일이라고 생각합니다.

떠나는 사람들과 반대로 남아서 자리를 지키는 사람들이 있어요. 『시선으로부터,』에는 하와이에 살며 그곳을 지키는 사람들이 있었죠. 『청기와주유소 씨름 기담』은 이제는 사라진 홍대 근방의 청

기와주유소 이야기고요. 애초에 홍대 지역을 기억하기 위한 앤솔러지 『홍대기담』에 실렸던 작품이었습니다. 그런데 같은 자리에 있어도 세상이 계속 달라지면서 변화가 밀어닥치잖아요. 그럼 한 자리에 남는 일은 사실 계속 새로움을 맞닥뜨리는 일이 되지 않나, 그런 생각을 했어요. 자리를 지키는 사람들의 힘은 어디서 올까요?

작은 아름다움을 잘 발견하는 능력이요. 지나치기 쉬운 아름다움을 포착하려면 예민해야 하지 않나 싶어요. 그래서 예민한 사람들을 좋아해요. 예민하다는 것은 아름다움도 잘 포착하고 고통도 잘 포착한다는 뜻 같고요.

한 사람이 자신의 주위에 그리는 원에 대해서 생각해요. 제가 떠올린 말이 아니라. 『전염의 시대를 생각한다』 등을 쓰신 파올로 조르다노 작가님과 2020년에 서울국제작가축제에서 대담을 했을 때 들은 단어예요. 파올로 조르다노 작가님이 '공감의 원(circle of empathy)'이라는 표현을 쓰셨는데요. 한 사람을 중심으로 투명한 공감의 원을 그렸을 때 그 원이 평생 아주 작은 사람들도 있고, 전 지구를 다 껴안을 만큼 큰 사람들도 있고, 처음 시작은 작아도 더 넓히려는 사람들도 있다는 이야기였어요. 구성원들이 그 원을 어떤 크기로 키워 가느냐가 공동체의 방향을 바꾸기도 한다고 말씀하시는데 고개를 끄덕일 수밖에 없었습니다. 저는 공감의 원을 넓히고자 하는 사람들에게 관심이 생기는 것 같아요. 아끼고 사랑하고 이해의 신경망을 더 멀리 던지는 일이 에너지가 많이 들어도 계속 해 나가는 사람들요. 어쩌면 훌쩍 떠나는 것보다도 남아서 지키는 게 더 힘든 일일지도 모르겠어요.

제 이야기에서 남아 지키는 인물과 떠나는 인물의 대표적인 예는 『지구에서 한아뿐』의 한아와 경민이일 것 같아요. 한아는 자기 원의 경계가 분명한 사람이에요. 반경은 넓지만, 어쨌든 정주해 있죠. 경민이는 중심을 아직 못 찾았거나 혹은 자기 안쪽으로 말려들어 있어서 떠나서 자기를 펼쳐 봐야 하는 사람이고요. 경민이의 경우는 정체성이 한 번 바뀌기 때문에 작품 전체에서 그렇다고는 말할 수 없겠지요.

어쨌든 마지막 장면에서 그렇게 극단적인 방법으로 한아가 지구를 떠나게 만든 이유가 있었어요. 다 쓰고 보니, 한아의 성장을 위해 한아도 떠나 봐야 할 것 같았거든요. 한아가 우주를 만나면 우주도 끌어안을 수 있을 거라는 신뢰가 있었습니다. 상대방이 자신을 만나기 위해 멀리서 찾아왔으면 지구를 사랑하는 지구인도 걸음을 좀 떼어 보는 거죠. 한아는 고집도 세고 두려움도 많아 외계인 경민이가 등을 떠밀어 줘야 했죠. 결이 좀 다르지만 다른 한편으로는, 한아가 외계인 경민에 대해 처음 품었던 의심이 맞다고 이야기해 주고도 싶었어요. 뭔가 위험하다, 조심해야 할 것 같다는 첫 직감이 틀리지 않고 맞았다고요. 외계인 경민은 무해한 캐릭터라는 평가를 받곤 하는데, 그 캐릭터가 그렇게 무해한가요? 한아를 존중하려고 최선은 다하지만 기본적으로는 꽤 집요하고 음험한 캐릭터가 아닌가 합니다. 그래서 쓰게 된 에필로그가 독자분들께 약간 배신으로 느껴졌을 수 있을 듯해요. 고민은 많았지만 새로 고칠 때도 한아가 떠나야 한다고 생각했어요.

다른 대담에서 욕망의 이야기가 나왔죠. 한국문학번역원에서 주최한 쓰무라 기쿠코 작가와 했던 대담이었는데요. 세랑 님 글은 사회에서 욕망하라고 하는 것들 너머의 친절함이나 상냥함을 긍정한다는 내용이었습니다. 그러니까 '욕망하지 않아도 된다, 친절해도 된다.'라는 메시지를 준다고요.

끝없이 욕망해도 된다는 것은 지금의 자본주의 사회가 외치는 얼마 못 갈 거짓말인 것 같아요. 욕망의 크기를 계속 키우는 것이 긍정적이지도 건강하지도 가능하지도 않으니. 더 원하고 더 소비하라고 거슬릴 정도로 시끄럽게 외치는 쪽을 의심해 보고 싶어져요. 쓰무라 기쿠코 작가의 인물들도, 제가 쓰는 인물들도 그런 의심을 자주 하는 인물들이죠. 그런 점이 통해서 대담이 매우 즐거웠고, 그때 나눈 이야기들을 다시 복기하게 됩니다.

상냥함이나 친절함보다는 욕망의 크기를 줄일 때에 오는 자유에 대해서 더 이야기하고 싶습니다. 욕망의 크기, 자아의 크기를 비대하게 만들지 않는 것은 분명 다른 존재들

에 대한 친절로 이어지겠지만, 그보다는 스스로 해방될 수 있다는 점이 핵심인 것 같아요. 저는 소비를 거의 하지 않는 삶을 살고 있는데, 어느 날 문득 돌아보니 그런 성향 덕분에 번아웃을 피할 수 있었더라고요. 만약에 경제 규모가 큰 삶을 살고 있었더라면 그다지 의욕을 느끼지 못하는 일들도 참고 맡아야 했겠죠. 규모가 작은, 축소 지향적인 삶을 살고 있어서 오히려 직업적인 측면에서는 훨씬 멀리 갈 수 있는 길이 열리는 게 재밌다고 생각했어요. 그리고 탁한 욕망에 대한 본능적인 경계심에 크게 의존해 왔던 것 같아요. 큰 돈, 큰 명성, 다른 유혹적인 것들을 부자연스럽게 제안했던 사람들이 시간이 지나 문제 있는 인물로 밝혀진 경우가 꽤 돼요. 사회적 물의를 일으킨 사람에서 감옥에 간 사람까지 있으니 함께 일하지 않은 게 얼마나 다행인지 몰라요. 그럴 때 안도했어요. 콘텐츠 업계에 사기꾼들은 사라지지 않고 끝없이 나타나요. '그들의 욕망과 내 욕망이 일치하지 않아 겨우 피했구나.' 싶어요. 아찔하고 피로하지만 경계하는 것밖에 다른 방법이 없더라고요. 신뢰할 수 있는 이들과 의미 있는 작업만 하고 싶어요. 다른 것들은 아무것도 중요하지 않게 느껴져요.

그런데 또 사람들이 다 축소 지향적이기만 하면 세상이 얼마나 무채색이겠어요? 다들 하얀 벽만 보고 있겠죠. 저는 키우는 화분이 다섯 개지만, 화분을 100개 넘게 키우는 사람들을 보면 감탄해요. 맥시멀리스트인 친구들이 화려하

게 펼치고 확장하며 사는 것도 보는 재미가 있더라고요. 탐
미적으로 색깔도 많이 쓰고 풍부하게 모으고 전시하는 사
람들만의 매력이 있잖아요. 새도 그래요. 둥지를 알록달록
꾸미는 새가 있고, 날마다 아무 나무껍질에 들어가서 자는
새도 있고요. 현실에서든 이야기 속에서든 미니멀리스트와
맥시멀리스트가 고루 있고, 성향이 다른 사람들이 서로 신
기해하고, 그러면 좋겠어요. 자기 호흡대로 사는 것만큼 중
요한 것은 없고, 자기가 아닌 것이 되고 싶어 하면 행복하지
않으니까요. 다양한 사람들이 다양하게 사는데 큰 흐름으
로 봐서는 욕망이 적당해지는 세계를 원합니다. 욕망을 부
추기기만 하면 황폐함밖에 남지 않을까 걱정돼요. 지금보다
는 과잉 소비 사회에서 자유로워지면 좋겠습니다. 풍부함은
꼭 소비에서만 찾을 수 있는 게 아니니까요.

싸우는

여자들

「해피 쿠키 이어」를 익명으로 『익명소설』에 실었을 때 남자라는 추정을 받은 적이 있으신데요. 쓸 때 일부러 다르게 쓰려고 노력했나요?

관능에 대해 쓰는 것만으로도 남성 작가를 흉내 낼 수 있었어요. 그런 점에서 관능에 대해서는 다시 한번 탐험해보고 싶어져요. 여성 작가에게는 여전히 어떤 제한선이 있는 게 아닌가 하는 의문도 있고요. 다루기 어려운 주제라 아직 구체적인 계획은 없지만요.

작가님 소설에 나오는 건강한 여자들, 아름다운 여자들, 분노하고 이를 가는 여자들, 못되고 귀여운 여자들이 좋아요. 이들의 매력과 약점을 어떻게 불어넣으시나요?

사람들이 일관적이지 않을 때 매력을 느끼는 것 같아요. 늘 절제해 온 인물이 갑자기 감정을 분출한다거나, 어떤 문제에 대해 강경했던 인물이 다른 문제엔 물렁하다거나, 열심인 듯 심드렁하거나, 매끄러워 보이는 사람이 까끌거리는 면을 숨기고 있다거나. 모순이나 불일치가 있어도 그것에 대해 관대하게 쓰고 싶어요.

공격성 없는 남자들 및 싸우는 여자들이 자주 나옵니다. 공격성 없는 남자를 소설에서 반복해서 재현하는 작업에 관해서는 에세이에 쓰셨죠. 세랑 님이 만든 싸우는 여자는 『보건교사 안은영』의 안은영, 흡혈귀가 된 「영원히 77사이즈」의 주인공이라든가 「메달리스트의 좀비 시대」에서 좀비 떼 사이에 살아남은 양궁 선수가 있네요. 혹은 육탄전은 하지 않지만 『지구에서 한아뿐』의 한아와 『섬의 애슐리』의 애슐리도 싸우는 사람이죠. 매우 고집이 세고요.

공격성이 저의 오랜 주제입니다. 거의 모든 글이 공격성과 공격성의 제거에 대한 게 아닌가 싶을 정도로요. 앞에서도 말씀드렸지만, 저는 뉴스에 스트레스를 많이 받거든요. 인류의 바닥을 드러내는 범죄 기사들을 접하는 게 힘듭니다. 그래서 뉴스에 나올 사람을 굳이 소설에 다시 등장시키고 싶어 하지 않는 것 같아요. 등장한다 해도 그런 사람이 외치는 자기 정당화의 목소리는 음소거해 버립니다. 현실을 그대로 말하는 것도 매우 중요한 작업이고 그걸 하는 창작자들도 중요한데, 저는 그 방향은 아닌 것 같습니다. 그럴 능력도 강인함도 없어요. 점점 소리 지르는 사람조차 못 견디고 있거든요. 삶에서든 작품에서든 멀리하고 싶습니다. 낮은 목소리, 정교한 목소리를 확산시키고 싶기도 해요. 말투는 생각보다 잘 옮으니까요. 더 나은 세계를 원하며 써 나간다 해도, 쓰는 사람마다 다른 방법을 택할 수 있다고 믿어요.

여성형 괴물에 대한 애호가 있기도 해요. 주류에 받아들여지지 않은, 이질적인 존재들의 오랜 계보가 있잖아요.

초능력자일 때도 있고 괴물일 때도, 마녀일 때도 있죠. 몰이해와 배척 속에서도 자기 역할을 하고 있는 사람에게 관심이 있어요. 사회가 요구하는 상에서 벗어나 있지만, 정말 필요한 위치에 있는 존재요. 그런 인물들의 싸움은 이중적으로 이루어지죠. 직접적으로 끔찍한 존재와 싸우며, 자신을 받아들여 주지 않는 공동체에 대한 항의도 해야 하니까요.

괴물인 여자도 괴물이 아닌 여자도 많이 나오는 책이 『옥상에서 만나요』같아요. 그 책 속의 여자들은 내내 싸우고 있죠. 가라앉지 않기 위해 움직이고 있어요. 쓸 때는 몰랐는데 모아보니 자기 삶을 개선하려는 종류의 몸부림들이더라고요. 좋지 않은 상황에서 벗어나기 위해, 결과는 모르지만 일단 움직여보는 여자들에 대해 계속 쓰고 있었어요.

싸움을 벌이는 본인들도 알잖아요. 훨씬 쉽게 사는 방법이 있을 텐데 쉬운 길을 택하지 않고 있다는 점을요. 하지만 사실 쉬운 길을 택하지 않는 이유는 차마 택할 수 없기 때문이니, 정말로 '쉬운 길'이라고는 할 수 없겠지만요.

어떤 기질은 쉽게 변하지 않는 것 같아요. 저는 작가들도 각자 자기가 쓸 수 있는 것을 쓰는 게 아닌가 여겨왔거든요. 자기가 좋아하는 것, 쓰고 싶은 것을 쓴다기보다 쓸 수 있는 걸 쓰는 게 아닌지 하는 거죠. 내재된 리듬에서 애써 벗어나려고 해도 다 완성해 놓고 보면 일관된 무언가가 있거든요. 그런 점에 대해 골몰하다 보면 어려운 길을 기질상 어렵게 가는 인물들도, 싸우는 게 기질에 맞지 않지만 힘든 용기로 싸우는 인물들도 좋아하게 돼요. 어떤 싸움이든 자기 자신을 일단 끌어안고 하는 거구나 싶어서요.

지금 한국 사회는 여성에 대한 여성들의 시각이 많이 바뀌었다고 생각해요. 성별을 다루는 방법에 있어 이전과 바뀐 점이 있나요? 혹은 성적인 문제에 대해서는요?

과거에는 작품 속 인물의 성비가 일대일이 아니면 공격해 오는 분들이 많아서 방어적으로 일대일로 쓰는 습관이 있었어요. 힘드니까 피하자는 마음이었던 것 같아요. 물론 최근작인 『시선으로부터,』를 두고 왜 여성 인물이 더 많고 더 중요하게 다뤄지는지 이해할 수 없다며 집요하게 괴롭히는 분들이 있는 걸 보면, 변하지 않은 부분도 큰 것 같긴 합니다만 과거보단 확실히 자유로워진 측면이 있습니다. 한국 사회의 분위기가 바뀌면 창작자들이 덜 방어적으로 쓸 수 있을 것 같아요. 마음껏 용감하게 방어를 내리고 쓰기엔 개인이 감당해야 할 부분이 커서 아직 그러진 못하고 있습니다. 제가 겁 많은 회피형인 것도 사실이고요.

3인칭 대명사 대신 이름을 자주 쓰시더라고요. 혹시 '그'/'그녀'의 문제에 대해 어떻게 생각하시나요? 이 단어가 남성을 기본으로

둔다는 점이요.

원래 별 의견이 없다가 번역가를 겸하는 작가님들이 특히 고민이 깊으신 것을 보고, 주로 이름으로 쓰거나 단어를 생략하고 있습니다. 한국어는 대명사가 필수가 아니라 유연해서 좋은 것 같아요. 이름을 부르는 것도 좋아하고요.

행성의

룸메이트

작중에 3인 이상이 등장하는 경우가 많은 것 같습니다. 아무리 사랑하더라도 연인은 연인이고 친구는 친구, 그렇게 연인과 친구가 서로 대체할 수 없는 존재로 병존하죠. 그래야 사람이 관계를 건강하게 유지하기 때문이 아닐까 싶은데요. 관계를 향한 갈망을 한 사람에게서만 채우려 하면 쉽게 파괴적인 관계가 되니까요. 『시선으로부터,』에는 "한 사람에게 모든 것을 구하면 실패할 수밖에 없습니다."라는 말이 나오고요. 의식하고 쓰시는 점인가요?

제가 좋아하는 사람들에게 기댈 때가 많아서, 여러 종류의 친밀감에 대해 쓰는 편인 것 같아요. 정원에 여러 종류의 수종이 있어야 아름답듯이 사람들 관계도 비슷하지 않을까 생각해요.

한아와 경민은 완전한 사랑을 이루는 사이인데 다른 커플은 그렇게까지 잘 맞아떨어지지는 않잖아요. 『보건교사 안은영』의 인표는 은영의 꽃무늬를 싫어하죠. 나중에는 받아들이게 되지만요. 『덧니가 보고 싶어』의 재화와 용기 두 명도 엄청나게 안 맞아요. 그럼에도 연애를 하는 점이 재미있었어요. 연인과 친구의 차이가 드러나기도 하고요. 친구는 안 맞아도 되고, 안 맞으니까 오히려 친구가 되었다는 식으로도 이야기하죠. 연인은 안 맞으면 어떻게 만나냐고 하고. 다 잘 맞는 사이여야 이상적으로 그려지죠.

솔직히 재화와 용기는 다시 헤어지지 않았을까요? 처음

쓸 때는 별생각 없었는데 고칠 때 보니까 '앗, 이 두 사람 괜찮을까?' 걱정되더라고요. 그렇지만 닮지 않은 사람들이 부딪히다가 가끔 이해에 다다르는 순간들에 대해서는 계속 쓰고 싶어요. 우정이든 애정이든 다른 어떤 관계든요. 대화하는 중에 저 사람이 내 말을 완전히 흡수했다 싶을 때나, 혹은 반대로 상대방의 말이 무슨 뜻인지 뼛속까지 알 것 같을 때가 좋더라고요. 눈을 마주치고, 유실된 것 없이 전달되었다는 걸 서로 확인하는 순간을 포착하고 싶어요.

연애 소설의 매력에 대해 여기저기서 언급하셨는데요. 지금도 연애 소설을 좋아하시나요?

연애 소설은 시대를 불문하고 그 향유층의 바람과 강력히 연결되어 있는데, 연애 소설 속의 변화를 통해 시대의 변화를 살펴보는 것이 즐거울 때가 있어요. 요새 연애 소설을 읽으면 캐릭터들의 진취성과 능동성, 자기 긍정이 과거와는 확연하게 다르더라고요. 연애 소설이 모든 걸 너무 성애 위주로 몰아가는 부작용도 있지만, 또 어떤 면에서는 현실 연애의 대체재로 기능할 때도 있어서 주고받는 영향의 양태에 대해 생각하게 됩니다. 실제 연애보다 안전한 도구가 아닌지, 사회의 변화와 맞물려 복잡한 판단을 하게 되는 것 같아요. 제 소설에서 연애 이야기는 대부분 몇 년 전에 쓴 것들이라 특별히 시대가 반영되지는 않아요. 줄곧 해롭지 않은 관계를 쓰자는 생각은 했어요. "그만둬도 돼."라고 말하는, 자기 보존이 우선이라는 점을 확실히하는 이야기요. 『시선으로부터,』도 그런 이야기일 수 있겠네요. 심시선이라는 인물이 겪은 관계는 연애도 아니었지만, 착취적인 나쁜 관계에서 빠져나오려는 저항과 그것을 둘러싼 상황이 큰 줄기를 이루고 있으니까요.

사랑하는 방법을 배운 경험이 있으신가요? 성애에 국한하지 않고요. 혹은 현재 애정을 갖고 있는 대상이 있나요?

어떤 밤의 어떤 완벽한 대화가 아주 잠시 존재했을 때, 그것을 재현해 고정시키고 싶어서 글을 쓰는 게 아닐까 생각해요. 좀 전에 말씀드린 것처럼 궁극적인 이해의 경험을 늘 갖고 싶어 하는 거죠. 불가능한 걸 원한다는 걸 알면서도 계속합니다. 그리고 주로 아티스트들을 좋아해요. 그런데 항상 100명쯤 동시에 좋아하고 있어요. 대신 한번 좋아하면 끝까지 좋아하는 편인 것 같고요.

먹을 것에 대한 애정도 느껴지는데요. 소설에 맛있는 것, 단것 이야기가 종종 나옵니다. 먹는 행위는 순간적이고 사적이지만, 즉각적이고 강렬하다는 점에서 사람을 살아 있게 하는 경험 같아요. 먹을 것이 자주 등장한다는 점, 의식하고 계셨나요?

설탕을 실컷 먹고 싶은데 건강상의 이유로 절제해야 해서 대리 만족으로 픽션의 인물에게 먹이고 있습니다. 주로 절인 과일이나 잼을 좋아하는데……. 존재하지 않는 인간, 부럽네요.

소속감이나 연대감을 충전하는 곳이 있나요?

매체를 가리지 않고 이야기 만드는 사람들을 좋아해요. '어떻게 저렇게 밥 먹고 이야기만 생각하면서 살 수 있을까?' 감탄도 하고, 동료 의식도 느낍니다.

혹은 개인적으로 추모하는 죽음이 있나요? 주변인이든, 한번도 만난 적 없는 사람이든, 가상인물이든.

막을 수 있었던 안전사고를 당한 분들의 죽음을 늘 추모하게 됩니다. 사고 기사로 접하는 죽음들은 사실 아주 가까운 곳에서 일어나고 있잖아요. 그 가까움에 대해 환기하고 싶어요. 『보건교사 안은영』에서 크레인 사고를 다룬 적이 있습니다. 유사한 사고가 믿을 수 없이 반복적으로 일어나서 애도하는 마음으로 썼던 기억이 납니다. 캐릭터 자체는 완전한 허구지만요. 그리고 제가 가습기 살균제를 3년 정도 썼고 주변에도 큰 피해를 본 분들이 계셔서, 충격을 받아 역시 가상의 인물로 『피프티 피플』에 쓴 적이 있어요.

세랑 님은 앞으로 어떤 방식으로 죽음을 맞이하고 싶나요? 마지막으로 준비해 두고 싶은 일이 있다면?

저는 정말 끔찍한 악몽을 자주 꾸는 사람이라 죽기 전까지 인지 능력을 잘 유지하고 싶어요. 꿈이 지나치게 개연성 있어서 깨어나서도 소름 끼칠 때가 있거든요. 만약 어떤 질환 때문에 현실 인식에 혼란이 생기면 경찰서에 가서 시신 여섯 구를 묻어 두었다고 고백한다든지, 스케일이 크게 위험한 소리를 해 버릴 것 같아서 우려돼요. 어두운 상상을 제 안쪽에서만 잘 통제하고 싶어요. 왜 그렇게 악몽을 자주 꿀까요? 호러 소설과 추리소설을 좋아해서 그런 것 같기도 한데, 꼭 써 보고 싶습니다.

마음이 가는, 신경 쓰이는, 자주 생각하게 되는 생물종이 있나요?

새와 물고기를 좋아합니다. 탐조와 스노클링이 취미라서 그런 것 같습니다. 움직임이 아름다워요. 그냥 움직이는 게 아니라, 수만 년 동안 빚어진 움직임이라고 생각하면 더 근사하게 느껴지고요. 행성을 같이 쓰는 룸메이트처럼 생각하면 좋은 것 같아요. 인류를 위해서라도 거대한 보호구역을 일부러 만들 필요가 있다고 생각합니다. 야생 박쥐가 정글에 머물고, 철새가 습지에 머물러야 팬데믹이 반복되지 않을 거라고 들었어요.

팬데믹으로 과거와 달라진 점이 있나요? 생활의 측면이든, 생각의 측면이든.

다른 방식의 삶을 더 간절히 원하게 되었어요. 근 100년간처럼 파괴적으로 살아서는 더 큰 위기가 올 수밖에 없을 것 같아서요. 설령 인류가 살아남는다 해도 수많은 다른 종들의 멸종을 대가로 치른 다음이어서 외롭고 황폐한 형태로 살아남지 않을까 걱정입니다. 생활의 측면에서는 사람들이 원하지 않는 물건을 일부러 고르려고 해요. 못생기거나 흠집 났거나 유통기한이 짧게 남은 것들을 버려지지 않게 쓰고 싶어요.

「리셋」에서 사람들은 그렇게 다른 방식을 살게 되죠. 멸망을 피하고요. 세랑 님은 바라는 끝의 형태가 있나요?

종 다양성이 유지되는 것. 인류가 종 다양성의 좋은 관찰자가 되는 것. 그것을 위해 개인적인 차원에서도 시간과 에너지를 많이 쓰고 싶어요. 살면서 만들 쓰레기 산이 작았으면 하고요. 얼마 전에 나무로 된 트로피를 받았는데 아주 마음에 들었어요. 내가 죽으면 이 트로피도 썩겠구나 싶어서요. 크리스털 유리는 자칫하면 3만 년까지 간다고 해서 부담스러워요. 어떤 상도 3만 년 기록될 가치 같은 건 없지 않을까요? 흔적 없이 분해되는 것들을 더 애호하게 됩니다.

글 쓰는 책상의 모습을 찍었다.
아래는 글을 쓸 때 쓰는 초록색 잉크와
만년필.

새를 좋아하는 정세랑 작가가 갖고 있는
새에 관한 책들. 긴꼬리딱새가 수놓아진
독자로부터 선물 받은 소중한 양말.
행운의 양말로 특별한 날 신고 있다.

감사의 말

책을 기획하면서 인터뷰이에게 인터뷰 참여에 대한 비용을 지급하고 싶다는 마음이 있었습니다. 관행이 어떻든 그래야겠다고 생각했는데, 덕분에 약간 좌충우돌하는 과정을 겪었습니다. 조언이나 의견을 주신 모든 분께 빚을 졌어요. 그리고 이 과정을 모두 받아주신 민음사에 아주아주 큰 감사를 드리고 싶습니다.

이제 감사 인사를 늘어놓을 차례입니다. 먼저 구상 단계부터 흔쾌히 인터뷰를 수락해 주신 작가 여러분께, 덕분에 즐거웠습니다. 다음에 또 만나요. 빡빡한 일정을 소화해 주신 이한솔 편집자 님과 민음사 인문교양팀 분들, 책의 물성을 다듬어주신 다른 분들께도 감사 말씀을 드립니다. 기획을 지켜봐 주신 김성일 님과 박나림 님, 뭐든 어서 쓰라고 등을 떠밀어 주신 김명남 님과 인터뷰집 관련 조언을 주신 이다혜 님께도 감사드립니다. 원고를 준비하는 동안 그거 재미있겠다고 응원해 주신 친구 여러분과, 온라인을 통해 여러모로 분노와 웃음을 주신 분들께도 감사를 드리고 싶습니다. 책이 꼴을 갖춰가는 동안 큰 힘이 되었습니다.

이런 세상에서 아직도 책을 사는 잠재적 동료분들께, 부디 계속 책을 사는 출판계의 빛과 소금이 되어달라는 말을 또 보내고 싶습니다. 계속하기 쉽지 않죠. 그래도 이 책을 집어 주셔서 감사합니다. 가능하면 많이 웃으면서 읽어 주세요. 그럼 더 바랄 게 없습니다.

마지막으로, SF를 더욱 좋아하게 되는 방법을 안내해 드립니다. "제가 여기에 대해서 할 수 있는 말은 간단합니다. 장르에 관심이 있는 독자라면 관습과 언어를 이해하고, 최신작을 과대평가하지 않기 위해 고전을 먼저 읽으라는 것. 그리고 현재의 흐름을 따라가고 옛날 작품들에 갇히지 않기 위해 최신작도 많이 읽으라는 것."[*]

---

* 듀나, 『장르 세계를 떠도는 듀나의 탐사기』(우리학교, 2019), 206쪽.

인터뷰를 위해
참고한 작품 목록

1. 김보영

◆단행본
『다섯 번째 감각』(아작, 2022)
『얼마나 닮았는가』(아작, 2020)
『역병의 바다』(알마, 2020)
『미래로 가는 사람들』(새파란상상(파란미디어), 2020)
『당신을 기다리고 있어』(새파란상상(파란미디어), 2020)
『당신에게 가고 있어』(새파란상상(파란미디어), 2020)
『천국보다 성스러운』(알마, 2019)
『저 이승의 선지자』(아작, 2017)
『7인의 집행관』(폴라북스(현대문학), 2013)
『멀리 가는 이야기』(행복한책읽기, 2010)
『진화 신화』(행복한책읽기, 2010)

◆앤솔러지
「저예산 프로젝트」, 『엔딩 보게 해주세요』(요다, 2020)
「로그스 갤러리, 종로」, 『근방에 히어로가 너무 많사오니』(황금가지, 2018)
「얼마나 닮았는가」, 『아직 우리에겐 시간이 있으니까』(한겨레출판, 2017)
「11월 3일은 학생의 날입니다」, 『다행히 졸업』(창비, 2016)
「세상에서 가장 빠른 사람」, 『이웃집 슈퍼히어로』(황금가지, 2015)
「신문이 말하기를」, 『독재자』(뿔(웅진), 2010)

◆논픽션 및 기타
『SF 거장과 걸작의 연대기』(돌베개, 2019)
『SF는 인류 종말에 반대합니다』(지상의책, 2019)
「내 선생이 된 소설」, 『책이 선생이다』(엑스북스(xbooks), 2018)
『SF 크로스 미래과학』(우리학교, 2017)
「SF를 쓴다는 것」, 『한국 창작 SF의 거의 모든 것』(케포이북스, 2016)
《사바삼사라》(카카오페이지)

ㄹ. 김초엽

◆단행본
『므레모사』(현대문학, 2021)
『행성어 서점』(마음산책, 2021)
『방금 떠나온 세계』(한겨레출판, 2021)
『지구 끝의 온실』(자이언트북스, 2021)
『우리가 빛의 속도로 갈 수 없다면』(허블, 2019)
『원통 안의 소녀』(창비, 2019)

◆앤솔러지
「양면의 조개껍데기」,『팔꿈치를 주세요』(큐큐, 2021)
「글로버리의 봄」,『놀이터는 24시』(자이언트북스, 2021)

◆논픽션 및 기타
『사이보그가 되다』(사계절, 2021)
『장르의 장르』(안전가옥, 2018)

ㅋ. 듀나

◆단행본
『우리 미나리 좀 챙겨 주세요』(창비, 2021)
『평형추』(알마, 2021)
『아르카디아에도 나는 있었다』(현대문학, 2020)
『구부전』(알마, 2019)
『두 번째 유모』(알마, 2019)
『민트의 세계』(창비, 2018)
『아직은 신이 아니야』(창비, 2013)
『면세구역』(북스토리, 2013)
『제저벨』(자음과모음(이룸), 2012)
『브로콜리 평원의 혈투』(자음과모음(이룸), 2011)
『용의 이』(북스피어, 2007)

『대리전』(이가서, 2006)
『태평양 횡단 특급』(문학과지성사, 2002)

◆ 앤솔러지
「며칠 늦게 죽을 수도 있지」, 『2035 SF 미스터리』(나비클럽, 2022)
「셰익스피어의 숲」, 『세 개의 달』(알마, 2021)
「아발론」, 『교실 맨 앞줄』(돌베개, 2021)
「찢어진 종잇조각의 신」, 『낯익은 괴물들』(폭스코너, 2021)
「항상성」, 『언젠가 한 번은 떠나야 한다』(단비, 2020)
「돼지 먹이」, 『들어본 이야기』(미디어창비, 2020)
「사라지는 미로 속 짐승들」, 「불가사리를 위하여」, 『짝꿍: 듀나×이산화』(안전가옥, 2020)
「죽은 고래에서 온 사람들」, 『팬데믹: 여섯 개의 세계』(문학과지성사, 2020)
「네 몸 속에 웅크리고 있는 것」, 『몬스터: 한밤의 목소리』(한겨레출판, 2020)
「바쁜 꿀벌들의 나라」, 『인생은 언제나 무너지기 일보 직전』(큐큐, 2019)
「그깟 공놀이」, 『나의 서울대 합격 수기』(단비, 2018)
「캘리번」, 『근방에 히어로가 너무 많사오니』(황금가지, 2018)
「두 번째 유모」, 『아직 우리에겐 시간이 있으니까』(한겨레출판, 2017)
「마지막 테스트」, 『복수는 나의 것』(탐, 2016)
「큐피드」, 『조커가 사는 집』(작은책방(해든아침), 2015)
「아퀼라의 그림자」, 『이웃집 슈퍼히어로』(황금가지, 2015)

◆ 논픽션 및 기타
『남자 주인공에겐 없다』(제우미디어, 2020)
『오늘의 SF #2』(arte(아르테), 2020)
『여자 주인공만 모른다』(제우미디어, 2019)
『오늘의 SF #1』(arte(아르테), 2019)
《보스토크 VOSTOK 매거진》16호 (보스토크프레스, 2019)
『장르 세계를 떠도는 듀나의 탐사기』(우리학교, 2019)
「얼음 행성으로 돌아가다」, 『책이 선생이다』(엑스북스(xbooks), 2018)
「퀴어 소녀: 소녀에겐 미래가 필요하다」, 『소녀들』(여성문화이론연구소(여이연), 2017)

『이것이 나의 도끼다』(은행나무, 2017)

『SF 영화』(부천국제판타스텍영화제(사), 2015)

『가능한 꿈의 공간들』(씨네21북스, 2015)

「후회를 하면 후회할 거야」, 『후회할 거야』(우리학교, 2014)

「나는 상상한다, 그리고 쓴다」, 『나는 어떻게 쓰는가』(씨네21북스, 2013)

『스크린 앞에서 투덜대기』(문학과지성사, 2001)

4. 배명훈

◆단행본

『빙글빙글 우주군』(자이언트북스, 2020)

『안녕, 인공존재!』(북하우스, 2020)

『타워』(문학과지성사, 2020)

『춤추는 사신』(미메시스, 2018)

『고고심령학자』(북하우스, 2017)

『푸른파 피망』(창비, 2017)

『예술과 중력가속도』(북하우스, 2016)

『첫숨』(문학과지성사, 2015)

『맛집 폭격』(북하우스, 2014)

『가마를 스타일』(은행나무, 2014)

『청혼』(문예중앙, 2013)

『총통각하』(북하우스, 2012)

『은닉』(북하우스, 2012)

『신의 궤도』 1, 2 (문학동네, 2011)

『끼익끼익의 아주 중대한 임무』(킨더랜드, 2011)

◆앤솔러지

「알람이 울리면」, 『세 개의 달』(알마, 2021)

「수요 곡선의 수호자」, 『놀이터는 24시』(자이언트북스, 2021)

「차카타파의 열망으로」, 『팬데믹: 여섯 개의 세계』(문학과지성사, 2020)

「정글이 빙글빙글」, 『웃음을 선물할게』(창비, 2019)

「외합절 휴가」, 『아직 우리에겐 시간이 있으니까』(한겨레출판, 2017)

「타이베이 디스크」,『헬로, 미스터 디킨스』(이음, 2012)

◆논픽션 및 기타
『오늘의 SF #2』(arte(아르테), 2020)
『SF 작가입니다』(문학과지성사, 2020)
『오늘의 SF #1』(arte(아르테), 2020)
《보스토크 VOSTO 매거진》16호 (보스토크프레스, 2019)
「변두리에서 쓰는 SF: 서울은 왜 외계의 침공을 당하지 않는가」,『2040, 서울을 묻다』(서울연구원, 2018)
「무모하게 사랑할 특권」,『연애소설이 필요한 시간』(부키, 2015)
「누가 답해야 할까?」,『눈먼 자들의 국가』(문학동네, 2014)

5. 정소연

◆단행본
『이사』(창비, 2017)
『옆집의 영희 씨』(창비, 2015)

◆앤솔러지
「교실 맨 앞줄」,『교실 맨 앞줄』(돌베개, 2021)
「미정의 상자」,『팬데믹: 여섯 개의 세계』(문학과지성사, 2020)
「깃발」,『언니밖에 없네』(큐큐, 2020)

◆번역서 외
엘리자베스 문 지음, 정소연 옮김,『어둠의 속도』(푸른숲, 2021)
셰릴 빈트 지음, 전행선 옮김,『에스에프 에스프리』(arte(아르테), 2019)
케이트 윌헬름 지음, 정소연 옮김,『노래하던 새들도 지금은 사라지고』(아작, 2016)
낸시 크레스 지음, 정소연 옮김,『허공에서 춤추다』(폴라북스(현대문학), 2015)

◆논픽션 및 기타
『세계의 악당으로부터 나를 구하는 법』(은행나무, 2021)
『오늘의 SF #2』(arte(아르테), 2020)
『오늘의 SF #1』(arte(아르테), 2019)
「집」,《문학 3》5호 (창비, 2018)
「『옆집의 영희 씨』의 작가, 정소연을 만나다」,《창비어린이》2016.
겨울 (통권 55호) (창비, 2016)
「SF, 과학적 상상과 상상적 과학의 교차」,『상상력과 지식의 도약』
(이학사, 2015)
「여기 존재하는 어떤 경계에 대해」,『미지에서 묻고 경계에서 답하다』(사이
언스북스, 2013)

6. 정세랑

◆단행본
『재인, 재욱, 재훈』(은행나무, 2021)
『이만큼 가까이』(창비, 2021)
『피프티 피플』(창비, 2021)
『시선으로부터,』(문학동네, 2020)
『목소리를 드릴게요』(아작, 2020)
『덧니가 보고 싶어』(난다, 2019)
『지구에서 한아뿐』(난다, 2019)
『청기와주유소 씨름 기담』(창비, 2019)
『옥상에서 만나요』(창비, 2018)
『섬의 애슐리』(미메시스, 2018)
『피프티 피플』(창비, 2016)
『보건교사 안은영』(민음사, 2015)

◆앤솔러지
「아미 오브 퀴어」,『언니밖에 없네』(큐큐, 2020)
「아라의 소설」,『멜랑콜리 해피엔딩』(작가정신, 2019)
「육교 위의 하트」,『다행히 졸업』(창비, 2016)

◆논픽션 및 기타

『지구인만큼 지구를 사랑할 순 없어』 (위즈덤하우스, 2021)

「봄에는 습지를 산책하고 싶습니다」, 『언니에게 보내는 행운의 편지』 (창비, 2021)

『오늘의 SF #2』 (arte(아르테), 2020)

『오늘의 SF #1』 (arte(아르테), 2019)

《보스토크 VOSTOK 매거진》 16호 (보스토크프레스, 2019)

「우리가 석고 인형으로 태어났더라도」, 『나다운 페미니즘』 (창비, 2018)

『부디 계속해주세요』 (마음산책, 2018)

「연애소설 애호가를 애호하는 이유」, 『연애소설이 필요한 시간』 (부키, 2015)

우리는 SF를 좋아해: 오늘을 쓰는 SF 작가 인터뷰집

1판 1쇄 펴냄 2022년 5월 15일
1판 2쇄 펴냄 2022년 12월 27일

지은이   심완선
인터뷰이   김보영, 김초엽, 듀나, 배명훈, 정소연, 정세랑
발행인   박근섭 · 박상준
펴낸곳   (주)민음사

출판등록   1966. 5. 19. 제16-490호
주소   서울특별시 강남구 도산대로1길 62(신사동)
            강남출판문화센터 5층 (우편번호 06027)
대표전화   02-515-2000 | 팩시밀리 02-515-2007
홈페이지   www.minumsa.com

ISBN 978-89-374-4279-7 (03800)